U0097416

古典詩歌研究彙刊

第二三輯

龔鵬程 主編

第 12 冊

中國詩歌形式研究
——以長短句節奏格律為中心（第二冊）

柯 繼 紅 著

國家圖書館出版品預行編目資料

中國詩歌形式研究——以長短句節奏格律為中心（第二冊）
／柯繼紅 著 — 初版 — 新北市：花木蘭文化事業有限公司，
2018〔民107〕
目 4+230 面；17×24 公分
（古典詩歌研究彙刊 第二三輯；第 12 冊）
ISBN 978-986-485-289-5（精裝）
1. 中國詩 2. 詩評
820.91 107001416

ISBN-978-986-485-289-5

古典詩歌研究彙刊
第二三輯　第十二冊　　　　　ISBN：978-986-485-289-5

中國詩歌形式研究——以長短句節奏格律為中心（第二冊）

作　　者　柯繼紅
主　　編　龔鵬程
總 編 輯　杜潔祥
副總編輯　楊嘉樂
編　　輯　許郁翎、王筑　美術編輯　陳逸婷
出　　版　花木蘭文化事業有限公司
發 行 人　高小娟
聯絡地址　235 新北市中和區中安街七二號十三樓
　　　　　電話：02-2923-1455／傳眞：02-2923-1452
網　　址　http://www.huamulan.tw 信箱 hml810518@gmail.com
印　　刷　普羅文化出版廣告事業
初　　版　2018 年 3 月
全書字數　449398 字
定　　價　第二三輯共 14 冊（精裝）新台幣 22,000 元
版權所有・請勿翻印

中國詩歌形式研究
——以長短句節奏格律為中心（第二冊）

柯繼紅　著

目

次

第三章 詞與律句關係研究

　　本章研究詞與律句（即平仄律句）之基本關係，通過統計說明詞使用律句之基本狀況。本章研究結果強有力支持「詞體使用平仄律句」之基本觀念，爲後文之詞牌格律研究奠定了堅實基礎。

第一節 詞的句式節奏分析

　　關於詞的句式節奏，歷史上向無全面研究。相關研究體現在對句讀的片段認識上。

　　《詞律》發凡云：

　　　　分句之誤更僕難宣。既未審本文之理路語氣，又不校本調之前後短長，又不收他家對證；隨讀隨分，任意斷句；更或因字訛而不覺，或因脫落而不疑，不惟律調全乖，兼致文理大謬。坡公水龍吟「細看來不是楊花點點是離人淚」，原於是字點字住句，昧昧者讀一七兩三，因疑兩體，且有照此塡之者，極爲可笑。升菴謂淮海「念多情但有當時皓月照人依舊」以詞調拍眼言當以「但有當時」作一拍，「皓月照」作一拍，「人依舊」作一拍——蓋欲強同於前尾之三字二句也，其說乖謬，若竟未讀他篇者，正詞綜所云「升菴強作解事與樂章未諳」者也。沈天羽謂「太拘拘」，此是誤處，豈得謂之拘拘而已。乃今時詞流尚有守楊說者，

吾不知詞調拍眼今已無傳，升菴何從考定乎？時流又謂：
「句皆有定數，詞人語意所到時有參差，如瑞鶴仙第四句
『冰輪桂花滿溢』爲句」，此論更奇。滿字是叶韻，自有此
調此句皆五字，豈伯可忽作六字乎？如此讀詞論詞，眞爲
怪絕。今遇此等，俱加駁正。雖深獲罪於前譜，實欲辨示
於將來，不知顧避之嫌，甘蹈穿鑿之謗。**詞中惟五言七言
句最易淆亂。七言有上四下三如唐詩一句者**，若鷓鴣天「小
窗愁黛淡秋山」、玉樓春「棹沈雲去情千里」之類，**有上三
下四句者**，若唐多令「燕辭歸客尚淹留」、爪茉莉「金風動
冷清清地」之類，易於誤認。諸家所選明詞往往失調。故
今於上四下三者不注，其上三下四者皆注豆字於第三字
旁，使人易曉無誤。整句爲句，半句爲讀，讀音豆，故借
書豆字。其外有六字八字語氣折下者亦用豆字注之。**五言
有上二下三如詩句者**，若一絡索「暑氣昏池館」、錦堂春「腸
斷欲棲鴉」之類，**有一字領句而下則四字者**，如桂華明「遇
廣寒宮女」、燕歸梁「記一笑千金」之類，尤易誤塡，而字
旁又不便注豆，此則多辨於注中，作者須以類推之。蓋嘗
見時賢有於齊天樂尾用「遇廣寒宮女」句法者，因總是五
字句不留心而率塡之，不惟上一下四不合，而廣字仄宮字
平遂誤同好事近尾矣。又四字句有中二字相連者如水龍吟
尾句之類，與上下各二者不同，此亦表於注中。向因譜圖
皆概注幾字句，無所分辨，作者不覺，因而致誤。至沈選
天仙子後起用上三下四，解語花後尾用上二下三等，將以
爲人模範而可載此失調之句乎？沈氏全於此事茫然，觀其
自作多打油語，至如賀新郎前結用「星逢五」之平平仄，
後結用「夜未午」之三仄，眞足絕倒。而他人之是非又烏
能辨察耶？〔註1〕

其中談及五七言的特殊節奏現象，皆從分句句讀角度出發，其見解既
未見高明，所談也僅止於一體一式規律，缺乏全面分析。

〔註1〕 〔清〕萬樹：《詞律》，上海古籍出版社 1984 年影印本，頁 12～13，
標點爲筆者所加。

《詞譜》凡例第九條云：

　　詞中句讀，不可不辨。有四字句而上一下一中兩字相
連者；有五字句而上一下四者；有六字句而上三下三者；
有七字句而上三下四者；有八字句而上一下七，或上五下
三，上三下五者；有九字句而上四下午，或上六下三，上
三下六者。此等句法，不勝枚舉。〔註2〕

列舉各種句式的別例，雖略有條貫，然仍以句讀代言節奏，且語言簡
略，不能令人滿意。

　　根據常識，我們知道，詞以前中國成熟的詩體，除楚辭外，有四
言詩、五言詩、七言詩。四言詩的句式主導節奏為「二二」，五言詩
的句式主導節奏為「二三」，七言詩的句式主導節奏為「二二三」。這
啟示我們，構成詩歌句式的基本節奏單位是「二言節」和「三言節」。
那麼，我們就有兩個疑問：一、詞的句式是否也是由「二言節」和「三
言節」構成？二、無論是或不是，其具體構成方式是怎樣的？本文以
下試圖解決這兩個問題。

　　我們試以詞常用百體的句式為研究對象，從中綜合出詞體所用句
式所有節奏模式。使用的方法是：第一步，假定詞的句式均由「二言
節」、「三言節」構成，並由此假定各言句式的最普遍節奏模式；第二
步，尋求凡不符合普遍節奏模式的句式例外；第三步，對句式例外進
行詳盡分析，根據實際情況修正我們關於詞的句式節奏的假定。下面
我們按這個程序進行。

一、詞的句式最普遍節奏模式假定

　　我們假定詞的句式均是由「二言節」和「三言節」構成，依據經
驗容易得到以下「最普遍」節奏模式：

四言：二言節＋二言節（以後簡寫為 2＋2）

五言：二言節＋三言節（以後簡寫為 2＋3）

〔註2〕〔清〕王奕清：《欽定詞譜》，北京：中國書店，1983 年影印本（據
康熙五十四年內府刻本影印），凡例第九條。

六言：二言節＋二言節＋二言節（以後簡寫爲 2＋2＋2）

七言：二言節＋二言節＋三言節（以後簡寫爲 2＋2＋3）

八言：二言節＋二言節＋二言節＋二言節（以後簡寫爲 2＋2＋2＋2）

九言：二言節＋二言節＋二言節＋三言節（以後簡寫爲 2＋2＋2＋3）

二、尋求「百體」特殊節奏句

我們找出所有不符合上述節奏模式的句式：在 1209 個句子中，共得到 50 例。分類列舉如下：

悄郊園帶郭。（瑞鶴仙──悄郊園帶郭　周邦彥）

任流光過卻。猶喜洞天自樂。（瑞鶴仙──悄郊園帶郭　周邦彥）

──1＋（2＋2），單獨成韻句 2 例

繞嚴陵灘畔，鷺飛魚躍。（滿江紅──暮雨初收　柳永）

漸月華收練，晨霜耿耿，雲山摛錦，朝露漙漙。（沁園春──孤館燈青　蘇軾）

有筆頭千字，胸中萬卷，致君堯舜，此事何難。（沁園春──孤館燈青　蘇軾）

坼桐花爛漫，乍疏雨，洗清明。（木蘭花慢──坼桐花爛漫　柳永）

正豔杏燒林，緗桃繡野，芳景如屏。（木蘭花慢──坼桐花爛漫　柳永）

乍望極平田，徘徊欲下，依前被，風驚起。（水龍吟──霜寒煙冷蒹葭老　蘇軾）

念征衣未搗，佳人拂杵，有盈盈淚。（水龍吟──霜寒煙冷蒹葭老　蘇軾）

任翠幕張天，柔茵藉地，酒盡未能去。（摸魚兒──買陂塘　晁補之）

便做得班超，封侯萬里，歸計恐遲暮。（摸魚兒──買陂塘　晁補之）

漸霜風淒緊，關河冷落，殘照當樓。（八聲甘州──對瀟瀟暮雨灑江天　柳永）

歎年來蹤跡，何事苦淹留。（八聲甘州──對瀟瀟暮雨灑江天　柳永）

歎重拂羅裀，頓疏花簟。（齊天樂——綠蕪凋盡臺城路　周邦彥）

正玉液新蒭，蟹螯初薦。（齊天樂——綠蕪凋盡臺城路　周邦彥）

有流鶯勸我，重解雕鞍，緩引春酌。（瑞鶴仙——悄郊園帶郭　周邦彥）

漸亭皋葉下，隴首雲飛，素秋新霽。（醉蓬萊——漸亭皋葉下　柳永）

歎年華一瞬，人今千里，夢沈書遠。（選冠子——水浴清蟾　周邦彥）

但明河影下，還看疏星幾點。（選冠子——水浴清蟾　周邦彥）

早窗外亂紅，已深半指。（紅窗迴——幾日來　周邦彥）

——1＋（2＋2），句首 18 例

憑空眺遠，**見長空萬里，雲無留跡。**（念奴嬌——憑空眺遠　蘇軾）

微吟罷，**憑征鞍無語，往事千端。**　　（沁園春——孤館燈青　蘇軾）

身長健，**但優游卒歲，且斗尊前。**（沁園春——孤館燈青　蘇軾）

不忍登高臨遠，**望故鄉渺渺，歸思難收。**（八聲甘州——對瀟瀟暮雨
灑江天　柳永）

黯黯離懷，**向東門繫馬，南浦移舟。**（漢宮春——黯黯離懷　晁沖之）

回首舊遊如夢，**記踏青挑飲，拾翠狂遊。**（漢宮春——黯黯離懷　晁
沖之）

有個人人生濟楚，**向耳邊問道，今朝醒未。**（紅窗迴——幾日來　周
邦彥）

重湖疊巘清佳，**有三秋桂子，十里荷花。**（望海潮——東南形勝　柳永）

——1＋（2＋2），句中 8 例

冰肌玉骨，**自清涼無汗。**（洞仙歌——冰肌玉骨　蘇軾）

天氣驟生輕暖，**襯沉香帷箔。**（好事近——睡起玉屏風　宋祁）

昨夜一庭明月，**冷秋韆紅索。**（好事近——睡起玉屏風　宋祁）

華闕中天，**鎖蔥蔥佳氣。**（醉蓬萊——漸亭皋葉下　柳永）

嫩菊黃深，拒霜紅淺，**近寶階香砌。**（醉蓬萊——漸亭皋葉下　柳永）

南極星中，**有老人呈瑞。**（醉蓬萊——漸亭皋葉下　柳永）

此際宸遊，鳳輦何處，**度管絃清脆。**（醉蓬萊——漸亭皋葉下　柳永）

算未肯，**似桃含紅蕊，留待郎歸。**（聲聲慢——朱門深掩　晁補之）

花影被風搖碎。**擁春醒未起**。（紅窗迥——幾日來　周邦彦）

花知否，花一似何郎。（最高樓——花知否　辛棄疾）

——1＋（2＋2），句末 10 例

以上皆爲 1＋2＋2＝1＋4，合計 38 例

但醉同行，月同坐，影同歸。（行香子——前歲栽桃　晁補之）

對林中侶，閒中我，醉中誰。（行香子——前歲栽桃　晁補之）

對佳麗地，信金罍罄竭玉山傾。（木蘭花慢——坼桐花爛漫　柳永）

——1＋3，3 例

前歲栽桃，今歲成蹊。**更黃鸝久住相知**。（行香子——前歲栽桃　晁補之）

何妨到老，常閒常醉，**任功名生事俱非**。（行香子——前歲栽桃　晁補之）

——1＋（2＋2＋2）＝1＋6，2 例

對瀟瀟暮雨灑江天，一番洗清秋。（八聲甘州——對瀟瀟暮雨灑江天　柳永）

盡尋勝賞，**驟雕鞍紺幰出郊坰**。（木蘭花慢——坼桐花爛漫　柳永）

對佳麗地，**信金罍罄竭玉山傾**。（木蘭花慢——坼桐花爛漫　柳永）

——1＋（2＋2＋3）＝1＋7，3 例

著一陣，雲時間底雪。（最高樓——花知否　辛棄疾）

更一個，缺些兒底月。（最高樓——花知否　辛棄疾）

——4＋1，2 例

情性漫騰騰地。惱得人越醉。（紅窗迥——幾日來　周邦彦）

還記章臺往事，別後縱，**青青似舊時垂**。（聲聲慢——朱門深掩　晁補之）

——2＋4，2 例

瘦棱棱地天然白，冷清清地許多香。（最高樓——花知否　辛棄疾）

——4＋3，2 例

儂家鸚鵡洲邊住。是個不識字漁父。（鸚鵡曲──儂家鸚鵡洲邊住　白無咎）

──2＋3＋2，1例

三、百體特殊節奏句節奏分析

為觀察方便，我們處理上述分類結果，製成表格：

表3－1　常用百體各言句式的節奏模式

	（最普遍模式） 一般律節組	（例外） 特殊律節組	（例外） 罕見組合
一言句（0）	無		
二言句（15）	二言節		
三言句（234）	三言節		
四言句（339）	2＋2	1＋3（3例）	
五言句（226）	2＋3	1＋4（38例）；	4＋1（2例）
六言句（152）	2＋2＋2		2＋4（2例）
七言句（240）	2＋2＋3	1＋6（2例）；	4＋3（2例） 2＋3＋2（1例）
八言句（3）	1＋7	1＋7（3例）	無
九言句（0）	2＋2＋2＋3	無	無
總計（1209句）	1159（95.2%）	46（3.8%）	7（0.6%）

我們對此表兩類特殊節奏句進行節奏分析。

（一）歸入「罕見組合」類句式的節奏性質。

這類句式只有7例，極少，從節奏效果來看，都不很好，故可歸入不成熟的節奏模式的範疇。

（1）首先看五言句的4＋1型節奏，有2例，分別是：

著一陣，霎時間底雪。（最高樓──花知否　辛棄疾）

更一個，缺些兒底月。（最高樓──花知否　辛棄疾）

這兩句均爲辛棄疾所作，從兩個角度看它的效果不好。第一、這句中引入了輕聲〔註3〕，使得整個節奏變得比較慵散，與一般詞的較嚴整的節奏似乎不太搭配，而有點近於曲的口語特點。第二、《詞譜》所列又一體的同位置其他詞人皆不用此節奏。《最高樓》，《詞譜》列11體，其他10體在同位置用句分別是：

1. 君莫笑，閒忙慕得勢。也莫笑，浮沉魚得計。（方嶽——秋崖底）
2. 問華屋高貲，誰不戀。美食大官，誰不羨。（元好問——商於路）
3. 也休說讀，玉堂金馬樂。也休說，竹籬茅舍惡。（司馬昂父——登高懶）
4. 分散去，輕如雲與雪。剩下了，許多風與月。（毛滂——微雨過）
5. 花不向，沉香亭上看。樹不著，連昌宮裏玩。（陳亮——春乍透）
6. 漫良夜月圓，空好意。恐落花流水，終寄恨。（毛滂——新睡起）
7. 也誰料，春風吹已斷。又誰料，朝雲飛亦散。（程垓——舊時心事）
8. 元不遜，梅花浮月影；也知妒，梨花帶雨枝。（《全芳備祖》無名氏——司春有序）
9. 後會也難期；未知何日重歡會。（柳富——人間最苦）
10. 嶺上故人千里外。寄去一枝君要會。（《梅苑》無名氏——梅花好）

其中，與辛作相同句式的有1.4.5.7.8.，分別出自方嶽、毛滂、陳亮、無名氏、程垓之手，皆用「2＋3」節奏，無一與辛同。可見辛作所用節奏帶有實驗性質，並不爲大多數人所接受。綜上所論可以推斷，五言的4＋1型節奏，聲律效果比較差。

（2）其次看六言句的「2＋4」節奏2例。分別是：

〔註3〕 關於輕聲現象對古典詩詞雙音節奏的撕裂，參看第二章「律句觀念之研究」之第三節關於「節奏的本質」的討論。該討論引入新加坡石毓智的觀點，下文出現輕聲現象討論皆以此觀點爲基礎，不再出注。

　　　　情性漫騰騰地。惱得人越醉。（紅窗迥——幾日來　周
邦彥）

　　　　還記章臺往事，別後縱，青青似舊時垂。（聲聲慢——
朱門深掩　晁補之）

這兩個句式，前者中四言用「三一」節奏，借助了輕聲，讀起來更近
於曲的感覺，後者中四言用「一三」節奏，感覺上像散文。這說明詞
中四言節，「2＋2」節奏可能是最合適的節奏，其他節奏讀起來總有
彆扭的感覺。

　　（3）再看七言的兩種不同節奏：

　　　　瘦棱棱地天然白，冷清清地許多香。（最高樓——花知
否　辛棄疾）——4＋3，1例

　　　　儂家鸚鵡洲邊住。是個不識字漁父。（鸚鵡曲——儂家
鸚鵡洲邊住　白無咎）——2＋3＋2，1例

應該說，前者「4＋3」節奏讀起來感覺還是不錯的，但如果仔細分析，
「瘦棱棱地」和「冷清清地」皆是由輕聲構成的四言節，帶有明顯的
口語性質，其「一二的」小節奏普遍性不強，與詞的相對典雅風格也
不合，同時我們讀的時候也可能還是勉強把它處理成「二二三」節奏，
可見這種「4＋3」節奏仍然不甚成熟。後者「是個不識字漁父」為「2
＋3＋2」節奏，如果不是因為習慣，我們打破語法慣例，將其讀為「2
＋2＋3」節奏，顯然不好聽，說明這個節奏顯然也不是詩歌好的節奏
——這還可以從它前面一句「儂家鸚鵡洲邊住」的讀法得到證明——
雖然也存在語法的錯位，但它很容易被讀成「儂家——鸚鵡——洲邊
住」節奏，所以讀起來感覺仍不錯。從七言的兩種罕見節奏分析，如
果閱讀時能夠被處理成「2＋2＋3」模式，則效果較好，如果不能，
則不好。

　　以上我們分別分析了表格中幾種「罕見」節奏。從分析可以得知，
這七例罕見節奏，包括五言的「四一」節奏，七言的「四三」節奏、
「二三二」節奏，要麼較拗口，要麼不合詞的風格，均可歸入不成熟
的節奏模式的範疇。

（二）歸入「特殊律節組」類句式的節奏性質。

歸入「特殊律節組」類句式全部可以看作「一字豆」模式，共44 例，占整個句式的 3.8%，爲詞中常見句式。

關於一字豆的句式節奏類型——一字豆句式節奏以「1＋4」占絕大多數（82.6%），餘下有少數的「1＋3」「1＋6」「1＋7」（共計 11.4%），百體中沒出現「1＋5」樣式。尤其值得注意的是，「一字豆」模式中，剩餘的四言段、三言段、六言段、七言段仍遵循各言「最普遍的節奏模式」，均由「二言節」和「三言節」構成。

爲對一字豆又全面瞭解，本文作以下補充討論。

1、關於「一字豆」的產生時間

王力曾判斷：「唐五代的詞裏還沒有『一字豆』，因此，上述兩種情形只能產生於宋代：北宋還是很少，南宋漸漸多起來。」〔註4〕洛地則說：『「一字領」句』，單就句式而言，並非詞體所首創。如唐陳子昂《登幽州臺歌》：『前不見古人，後不見來者；念天地之悠悠，獨愴然而泣下』，四句全用『一字領』，然而並非詩之句式（詩中似僅此一見）。即使在『律詞』之早期，如『單調』中亦無『一字領』句』；在《花間集》、《尊前集》中，在南唐二主詞中，『一字領』極爲罕見，幾乎可以說無有。『「一字領」句』，係詞體（律詞）成熟之後方形成爲一類穩定的特殊的句式。在其當時，即『元（北）曲』未顯現之前，係詞體的特有的句式。」〔註5〕從本文統計看，王力的說法並不確切，洛地的說法若剔除對騷體的考慮則較近於事實〔註6〕。本文統計，常用百體中「一字豆」出自柳、蘇、周、晁、宋、辛五人，其中北宋占五人大部份（見下表）

〔註4〕 王力：《漢語詩律學》，上海：上海教育出版社，1962 年新版，頁 660，條 45-14。

〔註5〕 洛地：《詞體構成》，北京：中華書局 2009，頁 98～99。

〔註6〕 騷體的核心句式乃特殊之一字豆，本文下面有專門研究，參看第七章第三節「論領配原則的泛化與詞體構成」。

表 3-2　南北宋此人一字豆使用對比

	柳永	蘇軾	周邦彥	晁補之	宋祁	辛棄疾
一字豆（總計 46 例）	15 例	8 例	11 例	9 例	2	1 例

　　按，本文統計對象皆爲最早或較早詞體，詞體數盛唐：中唐：晚唐：北宋：南渡：南宋：金元＝7：31：57：1：3：1，則可知唐宋元 39 首代表詞體竟無一體出現此種格式。由此可判斷，詞中「一字豆」產生並成熟於北宋各大詞家之手，南宋多是相承關係。

　　2、關於一字豆的功能

　　一字豆的存在，分別改變了四言、五言、七言的慣常節奏，甚至成爲八言的主導節奏，成爲詞中慣常節奏的一種有力補充，給詞帶來了全新的活力。特別是在長調中運用充分。本文統計，百體中共計 17 首詞用到一字豆，全爲雙調，分別是：瑞鶴仙、滿江紅、沁園春、木蘭花慢、水龍吟、摸魚兒、八聲甘州、齊天樂、醉蓬萊、選冠子、紅窗迥、念奴嬌、漢宮春、望海潮、最高樓、行香子，其中除紅窗迥、行香子外，餘皆爲長調。爲什麼長調中多用一字豆呢？這是因爲一字豆具有提示作用，往往含有一種強烈的「語言期待感」，容易延長時段形成鋪陳敘述，很適合於長調鋪陳蔓衍的表達效果。我們常常將「一字豆」的這種功能稱爲「一字領」，並將具有「一字領」效果的句子稱爲「領字句」。那麼，這種提示作用是怎樣產生的呢？這大概與一字豆的提示詞或曰標誌詞有很大的關係。關於「一字豆」的類型，還有另一種分類方式，就是根據標誌詞的詞性來劃分。王力分爲 2 類：副詞一字豆和動詞一字豆。〔註7〕本文補充兩類：名詞一字豆和介詞一字豆。副詞一字豆、動詞一字豆較常用，各占一半；名詞一字豆、介詞一字豆較少用。現根據標誌詞詞性將百體一字豆句式分類，列舉如下：

─────────────

〔註7〕　參看王力：《漢語詩律學》，上海：上海教育出版社，1962 年新版，頁 659～660。

表 3-3　常用百體一字豆句式的類型

副詞一字豆	動詞一字豆	介詞一字豆	名詞一字豆
任流光過卻 任翠幕張天 任功名生事俱非。 漸月華收練 漸霜風淒緊 漸亭皋葉下 正豔杏燒林 正玉液新篘 但醉同行 但優游卒歲 但明河影下 自清涼無汗 乍望極平田 悄郊園帶郭 便做得班超 早窗外亂紅 更黃鸝久住相知 驟雕鞍紺幰出郊坰	有筆頭千字 有流鶯勸我 有三秋桂子 有老人呈瑞 歎年來蹤跡 歎重拂羅裀 歎年華一瞬 念征衣未搗 見長空萬里 望故鄉渺渺 記踏青殢飲 憑征鞍無語 度管絃清脆 擁春酲未起 繞嚴陵灘畔 信金罍罄竭玉山傾 鎖蔥蔥佳氣 坼桐花爛漫 近寶階香砌 似桃含紅蕊 襯沉香帷箔 冷秋韆紅索	對佳麗地 對林中侶 對瀟瀟暮雨灑江天 向耳邊問道 向東門繫馬	花一似何郎
18 例	22 例	5 例	1 例
標誌詞：任、漸、但、正、乍悄早便更驟	標誌詞：有、歎、見望念記、憑度擁繞信、鎖坼近似襯冷	標誌詞：對、向	

　　從表中可以看出，大多數一字豆的標誌詞是副詞或虛化的動詞，無論這些詞原來作定語、狀語、補語還是作謂語，一旦提到句首，便

具有了一種統攝全句的作用，從而爲全句提供了一種狀態或氣氛，並且很容易將相鄰句子也納入這種氣氛之中，形成豐富多彩的一字領二句，一字領三句、一字領四句，甚至一字領五六句的情況，如洛地在文中所舉的例子：

> 看萬山紅遍，層林盡染，漫江碧透，百舸爭流。鷹擊長空，欲翔淺底，萬類霜天竟自由。
>
> 惜秦皇漢武，略輸文采，唐宗宋祖，稍遜風騷。一代天驕，成吉思汗，只識彎弓射大雕。

這兩處一字領甚至跨越了兩個韻段，一個字領了七個句子，最能看出一字領的結構和功能上的特點。這也就無怪於長調喜歡用它了。

四、結論

以上我們分析了「各言句式節奏模式表」中的「罕見」節奏和一字豆節奏，下面我們將它與「最普遍節奏」結合起來，抽象出關於詞的句式節奏的一般規律。

（一）漢詩有三個基本律節

節奏是由比句式更小的節奏單位構成，爲方便起見，我們今後將這個節奏單位稱爲「律節」。在輕聲出現之前，漢詩只有三個基本律節：「單言節」「雙言節」和「三言節」。「三言節」雖本於「單言節」和「雙言節」或三個「單言節」組合，但基於中國詩歌的事實，「三言節」一旦形成，就成爲一個強有力的節奏整體，往往具有非凡的內向性和穩定性，所以本文傾向於把「三言節」看成一個基本的節奏單位，而只有在非常特殊的情況下才對其進行節奏細分。〔註8〕

〔註8〕 劉大白《白屋說詩》主張「不必有三音步」，本文從林庚、松浦友久，不同意其說。（「中國詩篇的分步，只需有單音步和兩音步兩種，而不必有三音步」，參看《白屋說詩》「中國詩篇到底分幾步」節，頁272；《白屋說詩》，北京市開明書店1983年版，據開明書店1935年版影印）

（二）詞的句式由三個基本律節構成

詞的句式包含所有三個基本律節。其中，「雙言節」和「三言節」構成詞的主導句式，形成詞的句式的 95.8%，「單言節」作為有意味的補充，形成詞的句式的 3.6%。「單言節」和「三言節」作為節奏組合，在位置上有嚴格的限制：「單言節」只能放在句首，形成所謂的「一字豆」；「三言節」只能放在句尾，形成所謂的「三字尾」。本文詳細討論了「一字豆」的諸般性質，「三字尾」的性質則參考林庚關於「三字尾」的討論〔註9〕，本處不重複。

（三）詞的句式有兩種標準節奏：普通節奏和一字豆節奏

律節組合形成諸種句式節奏。詞的句式節奏主要有以下兩類：一般節奏類和一字豆節奏類。這兩類形成詞的句式的 99.4%。其他類則既少又不成熟，故甚至可以說詞的句式的標準節奏就這兩類。其細緻分類可見於下表（說明：（一）增添了「1＋5」類「一字豆」：此類雖不見於常用百體，但見於其他體，如柳永《晝夜樂》中「便只合長相聚」；（二）增添了「九言句」：此類詞譜中皆斷作兩逗，如斷作「誰怕，一蓑煙雨任平生」「恰似一江春水，向東流」，今皆有爭議，本文律句統計中皆按詞譜斷句，但此處則存「九言句」）。

表3－4　詞的標準句式節奏構成

	一般節奏（普遍模式）	特殊節奏（一字豆模式）
一言句（0）	一言節	
二言句（15）	二言節	
三言句（234）	三言節	
四言句（339）	2＋2	1＋3
五言句（226）	2＋3	1＋4
六言句（152）	2＋2＋2	1＋5
七言句（240）	2＋2＋3	1＋6

〔註9〕　參看林庚《五七言和它的三字尾》，《文學評論》1959 年 02 期。

八言句（3）	2＋2＋2＋2 無	1＋7
九言句（0）	2＋2＋2＋3	缺

　　本節我們討論了詞的句式節奏，我們簡單小結一下。

　　詞的最小節奏單位有三個，「單言節」「雙言節」和「三言節」，簡稱三種律節；成熟的詞的句式對三律節的位置有嚴格要求，「單言節」只能出現於句首，「三言節」只能出現於句尾；三種律節組合形成詞的兩種標準句式：普通句式和一字豆句式，除兩種標準句式外，詞中出現的其他句式極少，可以認爲都是不成熟的句式。

第二節　特殊節奏句格律判斷

　　由上文討論可知，詞的句式有三種結構，一是普遍結構，二是一字豆結構，三是罕見結構。顯然，普遍結構句式的合律判斷，可以依據前面「律句」概念一章提供的標準。那麼，另外兩種特殊結構的句式，其合律判斷是否可以依據上述標準進行呢？下面我們來探討這一問題。

　　我們以常用百體爲研究對象，對其所有結構特殊句式的格律狀況和合律與否進行具體分析。製成下表。

表3-5　罕見律節組的合律分析

罕見律節組	「4＋1」型，五言	「2＋4」型，六言	「4＋3」型，七言	「2＋3＋2」型，七言
實例	霎時間底雪 缺些兒底月	情性漫騰騰地 青青似舊時垂	瘦棱棱地天然白 冷清清地許多香	是個不識字 漁父
數量 （總7例）	2例	2例	2例	1例
合律判斷	爲合律五言	爲合律六言	爲合律七言	非律句
分析總結論	罕見律節組只有7句，包括「4＋1」型五言2例、「2＋4」型六言2例、「4＋3」型七言2例和「2＋3＋2」型七言1例。按一般律句來檢驗其格律，只有一句不符合，乃是白無咎的「是個不識字漁父」，這是一句沒有任何格律規律的句子。由此可以得出結論：雖節奏特殊，罕見律節組皆爲律句。

表3-6　一字豆結構合律分析

一字豆句式	「1+3」型	「1+4」型	「1+6」型	「1+7」型
實例	對佳麗地 對林中侶 但醉同行	任流光過卻、任翠幕張天 漸月華收練、漸霜風淒緊 漸亭皋葉下、正豔杏燒林 正玉液新篘、但優游卒歲 但明河影下、自清涼無汗 乍望極平田、悄郊園帶郭 便做得班超、早窗外亂紅 有筆頭千字、有流鶯勸我 有三秋桂子、有老人呈瑞 歎年來蹤跡、歎重拂羅裀 歎年華一瞬、念征衣未搗 見長空萬里、望故鄉渺渺 記踏青殢飲、憑征鞍無語 度管絃清脆、擁春醒未起 繞嚴陵灘畔、鎖蔥蔥佳氣 坼桐花爛漫、近寶階香砌 似桃含紅蕊、襯沉香帷箔 冷秋韆紅索、向耳邊問道 向東門繫馬、花一似何郎	任功名生事 俱非 更黃鸝久住 相知	對瀟瀟暮雨 灑江天 驟雕鞍紺幰 出郊坰 信金罍罄竭 玉山傾
數量 （總46例）	20例	23例	2例	1例
合律判斷	皆爲「一言＋合律三言」模式 （作四言看，亦皆合律）	皆爲「一言＋合律四言」模式 （作五言看，則有7句23%不合律）	皆爲「一言＋合律六言」模式 （作七言看，則有1句50%不合律）	皆爲「一言＋合律七言」模式 （作八言看，則全不合律）
總結論	所有一字豆句式，皆爲「一言＋合律某言句」結構。 按本文「律句」概念約定，將一字豆作爲特殊結構處理，則有結論：一字豆皆爲律句。			

　　根據上述兩表格結論，我們對詞特殊節奏句的格律判斷歸納一下：

　　除一般節奏句式外，詞有兩類特殊節奏句式：一字豆句式和罕見節奏句式。對這兩種特殊節奏句式的合律分析，必須區別對待。對一字豆句式，我們按特殊句式處理，將一字豆後綴結構作爲合律判斷對象；對罕見節奏句式，我們則直接將其處理爲一般句式。經過這樣兩個處理，我們發現，常用百體中兩類特殊節奏句式幾乎全部爲合律句。

第三節　詞的「律句率」分析

　　關於詞，人們一直有一個疑問，詞用律句嗎？或者說，詞體在多大程度上使用律句？

　　之所以這個疑問一直存在，很難解除，有兩個基本的原因。第一、「律句」概念一直模糊不清，五七言律句固然有具體標準（其實也一直不清晰），但三言、四言、六言、八言，人們只是從創作實踐中意識到可能存在順口的格律模式，但很猶豫是否應將它們稱爲律句，同時對其具體狀況也不甚清楚；第二、拗句觀念的干擾，自李清照提出「詞別是一家」的嚴格格律觀念，到清代僵化格律模式，倡導「一字不可移異」「詞有不得不用拗句」等觀念，歷代嚴格律的作家尤其是理論家們，在沒有對律句經驗進行全盤考察的情況下，總是有意無意將個別經驗說成是普遍規律，這種觀念很大程度上遮蔽了人們進一步的思考。正是這兩個原因，使得人們對這一問題的看法多停留在經驗階段，很難給出有說服力的結論。

　　那麼，怎樣才能圓滿解除人們的疑問呢？我想，最好的方法就是訴諸數據，進行統計分析。如果我們能夠通過科學方法統計出所有詞的「律句率」——即詞中律句使用的比例，我想關於這個問題的答案也就自然出來了。

　　怎樣才能統計出詞的「律句率」？本文採取的辦法是，對詞的常

用百體進行句式分析，從中統計出律句句數，非律句句數，根據其數據計算出常用百體的「律句率」。只要常用百體的樣本具有無可質疑的代表性，那麼得出的「律句率」數據就應該具有相當說服力，我們就可以把這個「律句率」數據作爲詞的「律句率」對待。

在統計的過程中，涉及到普通節奏句、一字豆節奏句以及罕見節奏句三種句式的合律判斷，均以上一節和上一章方法爲準。也就是說，對普通節奏句，我們按「竹竿律」進行合律判斷；對兩種特殊節奏句式的格律分析，區別對待：一字豆句式，我們將其後綴結構作爲合律與否的判斷對象；罕見節奏句式，則直接將其處理成一般句式。另，**拗救類情況複雜，本文涉及拗救類句式，均暫按「非律句」統計。**

一、常用百體非律句圖示（見附錄）

二、常用百體律句率統計

表 3-7　常用百體句式使用及律句率統計

常用百體	二言	三言	四言	五言	六言	七言	八言	九言	總計
各言句數	15	234	339	226	152	240	3	0	1209
各言比率	1.2%	19.4%	28.0%	18.7%	12.6%	19.9%	0.2%	0	
非律句數	0	50	7	11	22	18	0	0	108
非律句率	0	21.4%	2.1%	4.9%	14.5%	7.5%	0%	0	8.9%

根據上表，我們得到以下**結論**：

1. 常用百體「律句率」爲 91.1%。

2. 常用百體各言律句率不同。非律句率：三言 21.4%＞＞六言 14.5%略＞平均值 8.9%＞五七言＞＞四言 2.1%（極低）。其中，三言、六言律句率低於平均值。對此，下文將有詳細分析，本文先在此處做出簡單解釋：三言節奏強悍，較少依賴聲調，六言另有特殊律式，效同律句，故二者在律句率數據上稍虧。

3. 另外，我們還統計到，常用百體中，通首完全合律者：56 體，占 56%。

三、結論

詞的常用百體「律句率」：91.1%，通首完全合律率：56%，這兩個數據甚至比律詩的同類數據還要高〔註10〕，說明詞對律句的依賴性非常非常之高。根據這兩個強有力的數據，我們得出本文的第一個核心結論：**詞用律句**。

為徹底瞭解詞中非律句的性質，我們下一節對常用百體非律句的狀況進行一個全面分析。

第四節　詞的非律句狀況簡析

詞的「律句率」達到 91.1%，但仍有 8.9% 為非律句。這些非律句是完全偶然的嗎？其中有哪些是偶然的？有哪些帶有一定的規律性？有多少可稱得上是拗句？又有多少可稱為近律句？為了弄清詞的非律句的這些問題，本節對常用百體非律句的狀況進行一個全面分析。

一、各言非律句分析

總況：見《百體律句率統計表》。

（一）三言非律句分析

1、三言非律句的理論類型

三言句式總類型有 8 種：律句 4 種，非律句 4 種。理論上每種類

〔註10〕**唐詩三百首 80 首五律律句率統計**：本文以同樣方式統計「《唐詩三百首》80 首五律的律句率」，作《唐詩三百首 80 首五律非律句圖示》（見附錄），統計結果顯示：五律 80 首 640 個句式，計非律句 115 個，非律句率 18.0%，律句率為 82.0%；若將非律句中 42 例「平平仄平仄」型近律句歸入律句類考察，則律句率為 88.6%；80 首五律中完全合律者 24 首，占 33.3%，若將近律句作為合律句考慮，則全首合律者 43 首，占 53.8%。

型占 1 / 8。

　　三言律句有四種類型：「平平仄」「平仄仄」「仄仄平」「仄平平」

　　三言非律句有四種類型：「平仄平」「仄平仄」「平平平」「仄仄仄」

2、詞中實際情況

表 3-8　三言非律句類型——句位關係分析

		韻段首 （整句發端）	韻段中	韻段末	另：獨立 成句類
仄仄仄	28 例 （11.8%常 用）	似二陸、漸暖靄、但悵望、夜半子、最好是、但屈指、但目送、且痛飲、算未肯、怕綠刺、可惜許、一葉葉、著一陣、更一個、細雨打、對好景、望不盡、甚處是、又是灑（19 例）	映夾岸、恁恐把、不羨富、又不道、別後縱、且莫掃、又都被、甚也有（8 例）	夜半子	
仄平仄	22 例 （9.3% 常 用）	遣行客、可憐便、別來久、漫留得、滿青鏡、思君切、卻彈作、卷羅幕、盡沉靜、酒醒處（10 例）	乍疏雨、剩圍著、月同坐、異時對、奈依舊、奈愁味、被雙燕（7 例）	鎮如許、唱金縷繞紅藥	怎消遣、淚珠滴、
平仄平	3 例（1.3% 少用）	鶯已遷、歸去來			溪水西
平平平	0				
總計	53 例 / 237 （22.4%）	31 例（「仄仄仄」 占 19 例）	15 例	4 例	3 例

3、結論

　　按每一類型理論上占 1 / 8 算，則在詞中，有下列結論：

　　（1）總體上，三言多非律句——三言非律句率 21.4%，遠高於各言平均非律句率 8.6%。

（2）按句型分析，三言非律句幾乎完全集中於「仄仄仄」「仄平仄」兩種類型，占總非律句 96%，另類型「平仄平」只占 4%，三平調沒有。其中，「仄仄仄」11.8%，「仄平仄」9.3%，按每類型理論比例爲 1／8，則這兩種類型雖爲非律句，使用率實接近於常用律句，故可以將其稱爲近律句〔註11〕。

（4）按句位分析，三言非律句多用於整句發端，其次爲句中，非律句用於句尾情況極少；其中整句發端三言最多用三仄調「仄仄仄」。

（5）位於整句發端的部份三言句被人稱爲「三字領」，其格律多爲「仄仄仄」型，如「但悵望」「但屈指」「但目送」「算未肯」「可惜許」「對好景」「望不盡」「甚處是」「又是灑」等等。

（6）詞中三言非律句用仄較多（「平平平」「平仄平」基本不用），符合作爲多句首發端和句中連接的局促語氣氛圍。

（二）五七言非律句分析

1、分析

表 3－9　五七言非律句分析

非律句中	五言（11 例）	七言（18 例）
犯「竹竿三字腳」	垂衣本神聖、和煙墜金穗斜陽映山落、怒濤卷霜雪 ——「平平仄平仄」型，4例 酒盡未能去、歸計恐遲暮 ——「○仄仄平仄」型，2例 計6例，全爲「仄平仄」	玉帳鴛鴦噴蘭麝、自古君王亦如此、水殿風來暗香滿、 時見疏星渡河漢、小小微風弄襟袖、彩筆空題斷腸句 ——「平平仄平仄」型，6例 露螢清夜照書卷、是個不識字漁父 ——「○仄仄平仄」型，2例 桃李無言花自紅、每夜歸來春夢中、謝娘翠蛾愁不銷 ——「○○平仄平」型，3例

〔註11〕參看本文次章「律句概念約定」節的規定。

		究竟終歸不免死 　　──「○○仄仄仄」型，1 例 計 12 例，8 例「仄平仄」，3 例「平 仄平」，1 例三仄調；
未犯「竹 竿 三 字 腳」	一番洗清秋、西風幾時來 妒郎誇春草、惱得人越醉	先淨河洛出圖書、儀鳳矯首聽笙竽 萬里雲帆何時到、眾生重重縈俗事 何日得悟眞如理、非論我輩是凡塵

2、結論

五七言非律句中各有一類最常用，恰是律詩中最常見的拗句「平平仄平仄」型和「仄仄平平仄平仄」型，前者有 4 例，後者有 6 例。

3、另，附加統計五七言「孤平」句

（1）常用百體的孤平例極少，只有兩例，如下：

表 3－10　常用百體孤平句例

律句中	五言	七言
孤平例	那知本未眠，背面偷垂淚。 早窗外亂紅，已深半指（紅窗迴）	無
數量	2	0
比例	極小	0

（2）按本文約定，孤平不為犯律。

（三）六言非律句分析

1、統計歸類

六言非律句表現為偶位不合「竹竿律」，理論上有四種類型：「○平○仄○仄」型、「○仄○仄○平」型、「○平○平○仄」型、「○仄○平○平」型。對常用百體統計如下：

表 3－11　常用百體六言非律句統計

實例	望中煙樹歷歷 荊江留滯最久 東風何事又惡 一聲吹斷橫笛 依稀淮岸湘浦 斷腸如雪撩亂 有時攜手閒坐 東城南陌花下	我醉拍手狂歌 女伴莫話孤眠 一點明月窺人 人道愁與春歸 人靜夜久憑闌 只恁殘卻黛眉	殊鄉又逢秋晚 臨風見他桃樹 垂楊幾千萬縷 薰風亂飛燕子 無端彩雲易散 朝來半和細雨 而今恨啼露葉	煙浦花橋路遙
類型	「○平平仄○仄」型	「○仄○仄○平」型	「平平仄平○仄」型	「○仄平平仄平」型
數量	8 例	6 例	7 例	1 例
其他特點		均守「竹竿三字腳」	均守「竹竿三字腳」	

2、關於六言非律句的結論

（1）非律句率遠高於平均值。

（2）**皆可歸入同一類型：即延長一個仄節或一個平節，構成變形的平仄節交替。**

（3）可分為兩小類：連仄節類和連平節類，前者比後者常見；末二節連平幾乎沒有。——後者為四平調，其少見與三平調少見同理，但不如在律詩中嚴格。

（4）**六言非律句中，若首二節連平或連仄，則仍守竹竿三字腳；若末二節連平或連仄，則不守**（其三字腳形式即成為「仄仄仄」或「仄平仄」）。

（四）四言非律句格律分析

1、實際 7 例

「○平仄平」型（3 例）：殘陽亂鴉；清商恨多；公無渡河

「○仄平仄」型（4 例）：離*思*何限；何用素約；緩引春酌；清

景無限

2、結論

（1）四言幾無非律句，百體只有 7 例；

（2）只有「○平仄平」「○仄平仄」兩種類型，無三平調、三仄調。

（五）八言非律句考察

1、百體八言句有 3 例

驟雕鞍紺幰出郊坰（木蘭花慢）●－○○●●●○○

信金罍罄竭玉山傾（木蘭花慢）●－⊙○◎●●○○

對瀟瀟暮雨灑江天（八聲甘州）●－⊙○◎●●○○

2、結論

（1）八言句極少，百體只 3 例；

（2）皆爲一七結構一字豆律句（領字句）——可能因爲漢語詩歌重短句，三五、四四、二六構型均被分解；領字皆係去聲。

二、非律句的總體狀況及其意義

從上述對各言非律句的逐一分析，可以得到兩種比較明顯的結論：

（一）各言的非律句狀況是不平衡的，但都有其內在規律，完全無規則的律句很少。

從數量上看，二言、八言無非律句，四言非律句極少，三言、六言非律句則較多。從原因上看，二言皆律句本於簡短，節奏作用超過格律作用；八言皆律句是因爲少用並皆採用合律一字豆式；四言句式最多而非律句極少，最能說明「律句」觀念對詞的影響；三六言非律句率較高原因也各有不同，三言重節奏，「仄平仄」和「仄仄仄」等具有提示作用的非律句也皆較常見，可歸入近律句類；六言多連平連仄節拗句，則與六言節奏的不成熟有關係。

（二）從整體上看，各言非律句的具體狀況加強了「詞用律句」這個結論。

在常用百體全部 1209 個句子中，非律句三言 50 個、四言 7 個、五言 11 個、六言 22 個、七言 18 個，共計 108 個，占 8.9%。其中，三言有「仄平仄」和「仄仄仄」型近律句 50 例，五七言分別有「平平仄平仄」型常用拗句 4 例和 6 例，如果將這些句子也納入廣義「有規則的非格律句」的範疇，則「不規則非格律句」只剩下 48 個，只占 4.0%。這更加說明，詞中不成熟的不規則非格律句是很少的，更加證明了「詞用律句」這個非常樸素的觀念。

【本章小結】

本章研究得到兩個重要結果。第一、詞的標準句式節奏：詞的標準句式節奏包括普通句式節奏和一字豆句式節奏兩類——這一結果可以推廣至中國詩歌所有句式。第二、「詞用律句」觀念——王力《漢語詩律學》將詞定義爲「一種律化的、長短句的、固定字數的詩」（頁509），啓功《漢語現象學論叢——詩文聲律論稿》論詞爲「一般的只論普通平仄的律句，究竟占絕大多數」（頁230），洛地《詞體構成》宣稱「詞是我華夏民族特徵最高層次的韻文體式——格律化的長短句韻文——律詞」（頁5），本章以強有力的統計數據支持諸人律詞觀念。本章研究結果將最終確立詞作爲「長短句格律詩」獨立於音樂的文體地位。

第四章　句系與各言句式研究

　　詞總各代句式之和，並長短句變體之極。本章研究詞中各言句式
的具體表現，探討詞體對中國詩體各種句式的揚棄運用。句式在詞體
中的存在有兩個基本情況，一個是比例狀況，一個是組合狀況。其比
例狀況已由上章《常用百體各言句式及律句率統計表》給出，其組合
狀況則將由下文給出。本章將在此二者基礎上，展開對各言句式的全
面研究。在統計各言句式組合狀況之前，我們需要引進一個新的概
念：「百體句系」，以幫助簡化統計，並作為此後各種研究的中介。句
式是詩歌結構的基本單元，是句式組合，韻段組合乃至詩體構成的基
礎，本章研究具有基礎地位。

第一節　百體句系

　　本文認為，從形式上看，**詞體就是由一系列具有固定格律的句式
構成的一個穩定的聲律體系**。為突出這個體系的特殊性，本文今後將
這一系列具有固定格律的句式組合稱為「句系」。很顯然，「句系」是
詞體最直接的外觀形式。從一個詞體的「句系」，我們可以直接看到
這個詞體的以下幾個特徵：一、這個詞體包含哪些句式；二、這些句
式怎樣構成一個個具體韻段；三、這些韻段按怎樣的規律配置形成一
首詞。

　　下面我們首先給出常用百體的「句系」——爲方便，給它一個簡單名稱：「百體句系」。「百體句系」是本章，同時也是以下幾章的研究基礎。

表4－1　百體句系

	常用百體	存詞總量（唐宋金元）	唐詞數量	宋詞數量	金元詞數量	句系	句系類型一：	句系類型二：
1.	浣溪沙	1091	95	820	176	▲7－7－7|77－7	七言	小
2.	望江南	1031	746	189	96	定35－77－5	357	小
3.	鷓鴣天	1025		712	213	定7－7－77|33－7－77	37	小
4.	水調歌頭	948	1	772	175	定 55－47－665－55|333－47－665－55		長
5.	念奴嬌	794	1	617	176	定 454－76－445－46|645－76－445－46		長
6.	菩薩蠻	769	86	614	69	（7－7）－（5－5）|（5－5）－（5－5）	75	小
7.	西江月	758	47	491	220	定66－7－（6）|重	67	小
8.	滿江紅	721		550	171	定 434－344－77－353|33－33－54－77－353		長
9.	臨江仙	704	34	494	176	定76－7－7|重	67	小
10.	滿庭芳	681	1	350	330	定 446－45－634－345|544－36－634－345		長
11.	沁園春	635	20	438	177	定 444－5444－447－354|6－35－5444－447－354		長
12.	蝶戀花	612	1	501	72+38	定7－45－7－7|重	457	小
13.	減字木蘭花	584	1	439	144	（4－7）－（4－7）|重	47	小
14.	點絳唇	533	1	393	139	定47－4－5|45－3－4－5		小
15.	清平樂	513	18	366	129	定（4－5－7－6）|（6－6－66）		小

16.	賀新郎	482		439	43	定 5－344－76－34－735－33｜ 7－344 重		長
17.	南鄉子	445	39	265	141	（4－7）－（7－2－7）		小
18.	玉樓春	400	13	351	36	定 7－7－77｜重	七言	小
19.	踏莎行	381		229	152	定 44－7－77｜重	<u>47</u>	小
20.	漁家傲	378	5	266	107	定 7－7－7－3－7｜重	<u>37</u>	中
21.	虞美人	366	24	307	35	（7－5）－（7－63）｜重		小
22.	南歌子	358	27	261	70	定 55－5－53	<u>35</u>	小
23.	木蘭花慢	350		153	197	定 533－544－2－48－66｜2－ 4－33－364－2－48－66		長
24.	江城子	330	15	222	103	定 7－3－3－45－733		小
25.	如夢令	326		184	142	★6－6－56－<u>22</u>－6		小
26.	卜算子	323	1	243	79	定 55－75｜重	<u>57</u>	小
27.	好事近	318		302	16	定 56－65｜75－65	<u>567</u>	小
28.	水龍吟	316	1	315		定 76－444－444－5433｜6－34 －444－444－544		長
29.	朝中措	308	272	36		定 7－5－66｜444－66		小
30.	十二時	308		259	49	★<u>33</u>－7－77｜77－77	<u>37</u>	小
31.	謁金門	292	17	236	39	定 3－6－7－5｜6－6－7－5		小
32.	浪淘沙	255	21	186	48	定 5－4－7－74｜重	<u>457</u>	小
33.	鵲橋仙	255		185	70	定 446－734｜重		小
34.	驀山溪	241		191	50	定 45－534－45335｜重		中
35.	摸魚兒	235		198	37	§346－76－3－37－4－545｜ <u>36</u>－6－76－3－37－4－545		長
36.	柳梢青	218		188	30	定 4－44－444｜6－34－444	<u>346</u>	小
37.	生查子	213	19	183	11	定 55－55｜重	五言	小
38.	採桑子	210	17	178	15	定 74－4－7｜重	<u>47</u>	小
39.	訴衷情	205	11	161	33	7－5－65｜33－3－444		小
40.	阮郎歸	203	1	179	23	定 7－5－7－5｜33－5－7－5	<u>357</u>	小
41.	憶秦娥	202	2	138	62	定 3－7－3－44｜7－7－3－44	<u>347</u>	小
42.	洞仙歌	198	4	164	30	定 45－7－3636｜547－5434－ 3536		中

43.	長相思	194	11	120	63	★33－7－5｜重	<u>357</u>	小
44.	感皇恩	176	5	108	63	定 54－7－46－53｜44－7－46－53		中
45.	青玉案	171		142	29	定 7－33－7－44－5｜7－7－7－44－5		中
46.	漁父	170	48	90	32	定 7－7－33－7	<u>37</u>	小
47.	瑞鷓鴣	168		66	102	定 <u>77</u>－77｜77－77	七言	小
48.	楊柳枝	167	135	15	17	定 7－7－77	七言	小
49.	小重山	152	6	120	26	定 7－53－7－35｜5－53－7－35	<u>357</u>	小
50.	八聲甘州	149		126	23	定 85－544－65－54｜654－55－3435－344		長
51.	醉落魄	147		143	4	定 4－7－7－45｜7－7－7－45	<u>457</u>	小
52.	齊天樂	146		119	27	定 76－446－4－54－47｜654－446－4－54－45		長
53.	瑞鶴仙	143		121	22	定 5－36－5－36－4－34－544｜644－4－33－366－5－6		長
54.	喜遷鶯	141	10	101	30	定 33－5－7－5｜重【（33－5）－（7－5）】	<u>357</u>	小
55.	蘇幕遮	136		28	108	定 33－45－7－45｜重		小
56.	太常引	134		20	114	§<u>7</u>－5－5－34｜445－5－34		小
57.	行香子	129		63	66	▲<u>44</u>－7－44－433｜447－44－433	<u>347</u>	中
58.	定風波	127	12	86	29	7－7－（7－2）－7｜（7－2）－7－（7－2）－7	<u>27</u>	中
59.	風入松	119		65	54	定 7－4－734－66｜重		中
60.	醉蓬萊	112		107	5	定 544－45－445－444｜4444－45－445－444	<u>45</u>	長
61.	烏夜啼	112	7	88	17	6－3－63｜（3－3）－3－63	<u>36</u>	小
62.	永遇樂	109	4	78	27	定 444－445－446－346｜446－445－446－344		長
63.	聲聲慢	109		87	22	定 446－64－634－354｜636－64－634－354		長
64.	雨中花	105	1	90	14	定 6－6－75｜7－34－355		小
65.	導引	104		99	5	定 45－5－75｜7－5－75	<u>457</u>	小

66.	眼兒媚	104		94	10	▲7－5－444｜75－444	457	小
67.	霜天曉角	103	1	99	3	定4－5－633｜2－3－5－633		小
68.	一翦梅	98		68	30	定7－44－744｜重	47	小
69.	巫山一段雲	97	8	7	82	55－（7－5）｜（6－6）－（7－5）	567	小
70.	桃源憶故人	94		56	38	定7－6－6－5｜重	567	小
71.	更漏子	92	27	62	3	（33－6）－（33－5）｜（3－3－6）－（33－5）	356	小
72.	漢宮春	89	1	78	10	定454－64－434－346｜654－64－434－346		長
73.	少年遊	87		76	11	▲7－5－445｜75－445	457	小
74.	千秋歲	87		85	2	定4－5－33－55－37｜5－5－33－55－37		中
75.	祝英臺近	87		83	4	定335－45－6434｜3－65－45－6434		中
76.	憶王孫	86		54	32	定7－7－7－3－7	37	小
77.	清心鏡	81			81	定33－54－6－5｜754－6－5		小
78.	五陵春	74		47	27	定75－7－5｜重	57	小
79.	五更轉	69	69			★33－7－77	37	小
80.	酒泉子	68	37	22	9	定4－（6－33）－3｜（7－5－33）－3		小
81.	糖多令	67		50	17	定5－5－34－733｜重		中
82.	燭影搖紅	65		48	17	定47－75｜｜6－34－444		小
83.	風流子	60	3	48	9	★6－6－336－22－6	236	小
84.	最高樓	60		45	15	定35－5－77－333｜（35－35）－33－77－333	357	中
85.	望海潮	57		39	18	定446－446－5－54－443｜654－446－5－54－65		長
86.	搗練子	52	11		52	定33－7－77	37	小
87.	一落索	49		47	2	定6－4－75｜重		小
88.	人月圓	47		12	35	定75－444｜444－444	457	小
89.	蘇武慢	45	11	29	5	定446－446－644－544｜3446－446－464－56		長

90.	天仙子	45			45	定7-7-73-3-7	37	小
91.	杏花天	44		43	1	定7-34-7-6|34-34-7-6		小
92.	花心動	43	19	19	5	§436-446-734-344|6-36-446-734-36		長
93.	河傳	43		34	9	(2-2)-(3-6-7-2-5)|(7-3-5)-(3-3-2-5)		小
94.	鸚鵡曲	43			43	§7-7-346|346-3434		小
95.	昭君怨	42		33	9	(6-6)-(5-3)|重		小
96.	滿路花	41		28	13	定55-7-45-564|65-7-45-546		中
97.	撥棹歌	39	39			§3-3-7-34-37|7-7-34-37	347	小
98.	水鼓子	39	39			定7-7-77	七言	小
99.	應天長	39	13	26		定7-7-33-7|33-6-6-5		小
100.	戀繡衾	38		34	4	▲7-34-333-4|734-333-4	347	小
101.	總計						齊 6（七 5 五 1）雜二 21 雜三 24	中 13 長 19

說明：

（1）表中一般符號說明

　　小破折號——韻段分隔符號

　　直豎號——上下片分隔符號

　　重——此處重複上片格律

（2）表中特殊符號釋義

　　「▲＋下劃線」——上下片句式全同情況下，一片此處使用了小韻：浣溪沙、行香子、少年遊、眼兒媚、戀繡衾

　　「★＋下劃線」——此處有「重言」情況：十二時、如夢令、長相思、五更轉、風流子

　　　（　）──一此處有一片兩換韻：菩薩蠻、減蘭、南鄉子、
　　虞美人、巫山一段雲、更漏子、河傳、昭君怨
　　　（　）──此處有插入韻情況：訴衷情、定風波、烏夜啼
　　「§＋下劃線」──上下片位置相似，此處所用句式不
　　同：摸魚兒、太常引、花心動、鸚鵡曲、撥棹歌
　（3）上述五種符號標示的情況，只有第二種「重言」情況下將
　　　兩句並作一個韻段，其他皆作兩韻段處理。
　（4）本表末三列顯示的是三種較簡單的「句系」：「齊言詞」「兩
　　　句式詞」「三句式詞」的情況。

第二節　句式組合統計

　　「各言句式的組合情況」，討論的是「句系」第二個層面的特徵
──這些句式是怎樣構成一個一個具體韻段的。本章將直接以「百體
句系」為對象，對「百體句系」進行句式組合統計，根據結果分析各
言句式的組合情況，以作為本章各言研究的基礎。

一、統計方法說明

　　關於常用百體的句式組合統計，有以下說明：
　（1）句式組合統計的主要對象是韻段。
　（2）事實上的兩韻段，如果存在明顯的局部組合，將另處討論。
　（3）分析詞的句系時，下列五種情況，實際為多韻段，但外型
頗像一韻段，除第二種「重言情況」視為特殊情況作一韻段處理外，
其他皆依韻作多韻段處理。
　1. 上下片「首句用韻」情況：浣溪沙、行香子、少年遊、眼兒媚、
　　　戀繡衾
　　浣溪沙　雙調四十二字，前段三句三平韻，後段三句兩平韻　韓偓
宿醉離愁慢髻鬟。六銖衣薄惹輕寒。慵紅悶翠掩青鸞。
羅襪況兼金菡萏，雪肌仍是玉琅玕。骨香腰細更沈檀。

行香子　雙調六十六字，前段八句四平韻，後段八句三平韻　晁補之

前歲栽桃，今歲成蹊。更黃鸝久住相知。微行清露，細履斜暉。對林中侶，閒中我，醉中誰。

何妨到老，常閒常醉，任功名生事俱非。衰顏難強，拙語多遲。但醉同行，月同坐，影同歸。

眼兒媚　雙調四十八字，前段五句三平韻，後段五句兩平韻　左譽

樓上黃昏杏花寒。斜月小闌干。一雙燕子，兩行歸雁，畫角聲殘。

綺窗人在東風裏，灑淚對春閒。也應似舊，盈盈秋水，淡淡青山。

少年遊雙調五十字，前段五句三平韻，後段五句兩平韻　晏殊

芙蓉花發去年枝。雙燕欲歸飛。蘭堂風軟，金爐香暖，新曲動簾帷。

家人並上千春壽，深意滿瓊卮。綠鬢朱顏，道家裝束，長似少年時。

戀繡衾　雙調五十四字，前段四句三平韻，後段四句兩平韻　朱敦儒

木落江南感未平。雨瀟瀟，衰鬢到今。甚處是，長安路，水連空。山鎖暮雲。

老人對酒今如此，一番新，殘夢暗驚。又是灑，黃花淚，問明年。此會怎生。

分別斷爲：7－7；44－6；7－5；7－5；7－33

2. 重言情況：十二時、如夢令、長相思、五更轉、風流子

十二時（禪門十二時）

夜半子，夜半子。眾生重重縈俗事。不能禪定自觀心，何日得悟眞如理。豪強富貴暫時間，究竟終歸不免死。非論我輩是凡塵，自古君王亦如此。（《全宋詞》頁 1105）

如夢令　單調三十三字，七句五仄韻、一疊韻　後唐・莊宗

曾宴桃源深洞。一曲舞鸞歌鳳。長記別伊時，和淚出門相送。**如夢。如夢。**殘月落花煙重。

長相思　雙調三十六字，前後段各四句三平韻、一疊韻　白居易

汴水流。泗水流。流到瓜州古渡頭。吳山點點愁。

思悠悠。恨悠悠。恨到歸時方始休。月明人倚樓。

　　五更轉（維摩五更轉）

一更初，一更初。醫王設教有多途。維摩權疾徙方丈，蓮花寶相坐街衢。

　　風流子　單調三十四字，八句六仄韻　孫光憲

樓**依**長衢欲暮。瞥見神仙伴侶。微傳粉，攏梳頭，隱映畫簾開處。**無語**。**無緒**。慢曳羅裙歸去。

3. 一片兩換韻情況：菩薩蠻、減蘭、南鄉子、虞美人、巫山一段雲、更漏子、河傳、昭君怨

　　菩薩蠻　雙調四十四字，前後段各四句，兩仄韻、兩平韻

李白

平林漠漠煙如織。寒山一帶傷心碧。暝色入高樓。有人樓上愁。
玉階空佇立。宿鳥歸飛急。何處是歸程。長亭更短亭。

　　減字木蘭花　雙調四十四字，前後段各四句，兩仄韻、兩平韻

歐陽修

歌檀斂袂。繚繞雕梁塵暗起。柔潤清圓。百琲明珠一線穿。
櫻唇玉齒。天上仙音心下事。留住行雲。滿座迷魂酒半醺

　　昭君怨　雙調四十字，前後段各四句，兩仄韻、兩平韻　万俟詠

春到南樓雪盡。驚動燈期花信。小雨一番寒。倚闌干。
莫把闌干頻倚。一望幾重煙水。何處是京華。暮雲遮。

　　南鄉子　單調二十七字，五句兩平韻、三仄韻　歐陽炯

畫舸停橈。槿花籬外竹橫橋。水上遊人沙上女。回顧。笑指芭蕉林裏住。

　　虞美人　雙調五十六字，前後段各四句，兩仄韻、兩平韻

南唐・李煜

風回小院庭蕪綠。柳眼春相續。憑闌半日獨無言。依舊竹聲新月，似當年。
笙歌未散尊罍在。池面冰初解。燭明香暗畫闌深。滿鬢清霜殘雪，思難禁。

　　河傳　雙調五十五字，前段七句兩仄韻、五平韻，後段七句三仄韻、四平韻　溫庭筠

湖上。閒望。雨蕭蕭。煙浦花橋路遙。謝娘翠蛾愁不銷。終朝。夢魂迷晚潮。

蕩子天涯歸棹遠。春已晚。鶯語空腸斷。若耶溪。溪水西。柳堤。不聞郎馬嘶。

　　巫山一段雲雙調四十六字，前段四句三平韻，後段四句兩仄韻、兩平韻　唐昭宗

蝶舞梨園雪，鶯啼柳帶煙。小池殘日艷陽天。苧蘿山又山。

青鳥不來愁絕。忍看鴛鴦雙結。春風一等少年心。閒情恨不禁。（組合）

　　更漏子　雙調四十六字，前段六句兩仄韻、兩平韻，後段六句三仄韻、兩平韻　溫庭筠

玉爐香，紅燭淚。偏照畫堂秋思。眉翠薄，鬢雲殘。夜長衾枕寒。

梧桐樹，三更雨。不道離情正苦。一葉葉，一聲聲。空階滴到明。（組合）

　　一片兩換韻，有兩種情況：（1）兩句一換韻：菩薩蠻、減蘭、昭君怨；（2）多句一換韻：其他

　4. 插入韻情況：訴衷情、定風波、烏夜啼

　　訴衷情　單調三十三字，十一句五仄韻、六平韻　溫庭筠

鶯語。花舞。春晝午。雨霏微。**金帶枕**。宮錦。鳳凰帷。柳弱鶯交飛。依依。遼陽音信稀。夢中歸。

　　定風波　雙調六十二字，前段五句三平韻、兩仄韻，後段六句四仄韻、兩平韻　歐陽炯

暖日閒窗映碧紗。小池春水浸明霞。**數樹海棠紅欲盡**。爭忍。玉閨深掩過年華。

獨憑繡床方寸亂。腸斷。淚珠穿破臉邊花。鄰舍女郎相借問。音信。教人羞道未還家。

相見歡　雙調三十六字，前段三句三平韻，後段四句兩仄韻、兩平韻　薛昭蘊

羅襪繡袂香紅。畫堂中。細草平沙蕃馬，小屏風。

卷羅幕。憑妝閣。思無窮。暮雨輕煙魂斷，隔簾櫳。

5. 上下片同位置相似句式的情況：摸魚兒、太常引、花心動、鸚鵡曲、撥棹歌

撥棹子　雙調六十一字，前段五句五仄韻，後段四句四仄韻

尹鶚

風切切。深秋月。十朵芙蓉繁豔歌。憑小檻，細腰無力。空贏得，目斷魂飛何處說。

寸心恰似丁香結。看看瘦盡胸前雪。偏掛恨，少年拋擲。羞睹見，繡被堆紅閒不徹。（33 變 7）

摸魚兒　雙調一百十六字，前段十句六仄韻，後段十一句七仄韻

晁補之

買陂塘，旋栽楊柳，依稀淮岸湘浦。　東皋雨足輕痕漲，沙嘴鷺來鷗聚。堪愛處。最好是，一川夜月光流渚。無人自舞。任翠幕張天，柔茵藉地，酒盡未能去。

青綾被，休憶金閨故步。儒冠曾把身誤。弓刀千騎成何事，荒了邵平瓜圃。君試覷。滿青鏡，星星鬢影今如許。功名浪語。便做得班超，封侯萬里，歸計恐遲暮。（346 變 356）

太常引　雙調四十九字，前段四句四平韻，後段五句三平韻

辛棄疾

仙機似欲織纖羅。彷彿度金梭。　無奈玉纖何。卻彈作，清商恨多。

珠簾影裏，如花半面，絕勝隔簾歌。世路苦風波。且痛飲，公無渡河。（75 變 445）

鸚鵡曲　雙調五十四字，前段四句三仄韻，後段四句兩仄韻

白無咎

農家鸚鵡洲邊住。是個不識字漁父。浪花中，一葉扁舟，睡煞江南煙雨。

覺來時，滿眼青山，抖擻綠蓑歸去。算從前，錯怨天公，甚也有，安排我處。

二、句式組合統計結果

整個句式組合類型統計結果可以由以下四個表格顯示。

表4-2　句組類型統計總表一：疊句類組合

句型	22型	33型	44型	55型	66型	77型
數量	2	30	12	15	9	22
補充類型		333（3）、733（3） 633（2）、433（2） 336、335、533	444（18）、445（9） 446（17）、447（3） 443 344（6）、544（7） 644（2）、744（2）	355	665（2） 366	

表4-3　句組類型統計總表二：非疊句類兩句型組合

句型	34型	35型	36型	37型	45型	46型	47型	48型	56型			
數量 71	17	7	6	6	22	4	4	2	3			
句型		53型	63型	73型	54型	64型	74型		65型	75型	85型	76型
數量 55		5	3	1	8	4	4		7	13	1	9

表4-4　句組類型統計總表三：非疊句類三句型組合

346（6）、654（4）、353（2）、634（4）、345（2）、354（4）、735（2）、734（7）、534（2）、545（2）、434（3）、454（2）、564、546、464、436、636、547、645、364、754

表4-5　句組類型統計總表四：四句型組合

5444（2）、5433、5434、3434、3435、3446、3636、3536、4444、6434（2）、3334（2）

三、句組統計結果簡析

對於上述 76 種句式組合，我們以後還要詳細分析其組合規律。本小節對上述統計結果，先作一個簡單概括。

（一）76 種句式組合

從「百體句系」，共統計出二句組合 25 類（其中齊言組合 6 類，雜言組合 19 類）、三句組合 40 類、四句組合 11 類，共計組合 76 類。應該說基本囊括了詞類所有可能句式組合類型。

（二）十大組合

據組合出現的頻率，排名前十的組合分別是：33 型（30）、77 型（22）、45 型（22）、444（18）、446（17）、34 型（17）、55 型（15）75 型（13）、44 型（12）445（9）、76 型（9）66 型（9）【其中 445（9）、76 型（9）66 型（9）並列第十位】。

（三）句組使用頻率分級：一級組合、二級組合、三級組合、四級組合

爲更清楚的看到各種組合的使用率，我們對各種組合出現頻率進行詳細統計和分級，得到四個級別使用率的句式組合。製成下表。

表 4－6　常用百體句組使用頻率

組合等級	出現頻率	組合種目	實例
特級組合（出現 9 次以上）	9 次以上	12 種	33 型（30）、77 型（22）、45 型（22）、444（18）、446（17）、34 型（17）、55 型（15）、75 型（13）、44 型（12）、445（9）、76 型（9）、66 型（9）
一級組合（出現 5 到 8 次）10 種	8 次	1 種	54 型（8）
	7 次	4 種	35（7）、65 型（7）、544（7）、734（7）
	6 次	4 種	36 型（6）、37 型（6）、344（6）、346（6）
	5 次	1 種	53 型（5）

二級組合（出現 2 到 4 次)29 種	4 次	5 種	46 型（4）、47 型（4）、64 型（4）、74 型（4）、654（4）
	3 次	6 種	56 型（3）、63 型（3）、333（3）、733（3）、447（3）、434（3）
	2 次	18 種	22 型（2）、48 型（2）、454（2）、633（2）、433（2）、644（2）、744（2）、665（2）、353（2）、634（4）、－345（2）、354（4）、735（2）、534（2）、545（2）、5444（2）、6434（2）、3334（2）
三級組合（出現 1 次）25 種	1 次	25 種	73 型（1）、85 型（1）、336、335、533、443、366、355、564、546、464、436、636、547、645、364、754、5433、5434、3434、3435、3446、3636、3536、4444

　　表格說明：考慮到「常用百體」使用的普遍性，表中統計的 76 種組合實際上皆是常用的組合類型。但爲突出「常用性」特點及以示區分，本文作出更爲嚴格的規定：本表中，出現 9 次以上的組合稱爲**特級組合**，有 12 類；出現 5 到 9 次的稱爲**一級組合**，有 10 類；出現 2 到 4 次的稱爲**二級組合**，有 29 類，剩下出現一次的爲**三級組合**。特級組合與一級組合是句式組合的研究重點。

第三節　句系四言研究

　　本節以「百體句系」和「句式組合統計總表」爲基礎，研究四言的源流、特點、以及在詞體中的應用情況。

一、四言是詞體中最活躍的句式

　　哪種句式是詞體最常用的句式？此前，並沒有人做過這方面的研究。按照經驗，一般人都會認爲是七言，或者至少是五言；其中七言的機會更大一些。理由很簡單，一方面，七言在唐代極爲發達，又是唐聲詩的主要形式，從發生學的角度看，進入詞體的機會當更大；另一方面，七言作爲長言，其意義更豐富，似乎也更容易成爲句群組合

中心，出現機會也應該多一些。但事實上，從句系統計的結果看，詞體最常用的句式，既不是七言，也不是五言，甚至也不是三言，而是四言。

為什麼說四言是詞體最普遍運用的句式呢？這有兩個方面的表現。

（一）四言是詞體中數量最多的句式

據《常用百體各言句式及律句率統計表》，四言（28.0%）是三言（19.4%）、五言（18.7%）、七言（19.9%）的 1.5 倍。一般認為，唐詞仍以五七言為主，而三言是最早進入詞體的非五七言的主流句式（白朝暉，2010）[註1]，這很容易給人感覺五七言或三言會是詞體的主要句式。但統計結果表明，四言的在詞體中的總體比例遠高於其他各言。四言才是詞體的最主要句式。

（二）四言是詞體中參與句式組合最多的句式

四言的組合能力最強，參與組合最多。據《常用百體句組使用頻率表》，四言組合在詞的前九位組合中獨佔 5 席，前十二位組合中獨佔 6 席，前 13 位組合中獨佔 7 席，前 17 位組合中獨佔 9 席，前 21 位組合中獨佔 11 席；整個 76 種組合中，含四言的句式組合占到 46 種。這個數據統計遠遠大於其他各言。可見四言具有最強大的組合能力。

在排名前十位的句式組合中【據《常用百體句組使用頻率表》，詞中排前十的組合是：33 型（30）、77 型（22）、45 型（22）、444（18）、446（17）、34 型（17）、55 型（15）75 型（13）、44 型（12）445（9）、76 型（9）】，有兩類含四言的組合，一類是 44 型的組合，包括 44 型、444 型、445 型、446 型，一種是非 44 型的組合，包括 45 型、34 型，共計組合 7 種。

[註1]　「唐五代時期，三言句式與五言、七言共同成為詞的主流句式。」白朝暉《三言句式在詞中的出現及其詞體意義》，《文學遺產》2010年第 5 期。

爲了使大家有更直觀的認識，我們據《常用百體句組使用頻率表》，統計出常用百體句式組合中各言的使用份額，製成下表。

表4-7　常用百體76種句組中各言使用份額

組合出現頻率	組合種目	實例	三言使用	四言使用	五言使用	七言使用
9次以上	12種	33型(30)、77型(22)、45型(22)、444(18)、446(17)、34型(17)、55型(15)、75型(13)、44型(12)、445(9)、76型(9)、66型(9)	2種	6種	4種	3種
8次	1種	54型(8)		1種	1種	
7次	4種	35(7)、65型(7)、544(7)、734(7)	2種	2種	2種	1種
6次	4種	36型(6)、37型(6)、344(6)、346(6)	4種	2種		1種
5次	1種	53型(5)	1種		1種	
4次	5種	46型(4)47型(4)64型(4)74型(4)、654(4)		5種	1種	2種
3次	6種	56型(3、)63型(3)、333(3)、733(3)、447(3)、434(3)	4種	2種	1種	2種
2次	18種	22型(2)、48型(2)454(2)、633(2)、433(2)、644(2)、744(2)、665(2)、353(2)、634(4)、345(2)、354(4)、735(2)、534(2)、545(2)、5444(2)、6434(2)、3334(2)	10種	13種	9種	2種
1次	25種	73型(1)、85型(1)、336、335、533、443、366、355、564、546、464、436、636、547、645、364、754、5433、5434、3434、3435、3446、3636、3536、4444	17種	15種	13種	3種
總	76		40	46	32	14

　　從這個表可以更細緻地觀察到各言句式組合能力的巨大差別。四言作爲組合能力最強大的句式，在表中凸顯無疑。

　　四言既是詞體中數量最多的句式，又是詞體中組合能力最強的句式，這充分證明了四言是詞體最普遍運用的句式。當然，關於四言的普遍性，還需要有一些說明。首先，四言的普遍性，是針對詞體而言的，是從詞體運用句式的角度考慮的。如果單純就詞作四言數量看，由於含七言的詞體如浣溪沙等往往詞作數量特別龐大，故七言絕對數量亦當不少，所以四言絕對數量未必是最多的。其次，從句式組合的角度考察句式使用的普遍性，也只是一個參考，還必須綜合整個情況才能得出結論。例如，從句式組合看，含七言的句式組合比含五言、三言要少得多，但這並不表明七言就一定少，因爲七言很可能單獨成韻，這些情況就是組合包括不了的，所以只是一個參考標準。

二、爲什麼四言會成爲詞體最活躍的句式

　　爲什麼四言會成爲詞體最常用的句式？本文認爲，這既有歷史淵源又與四言本身的特點分不開。由於音樂的缺失，我們很難從音樂的角度給出直接的回答。但是，我們仍然能夠從四言的歷史特點中尋找到間接答案。

（一）四言在漢語詩歌乃至漢語言文體系中都具有基礎性地位，這爲詞體運用四言提供了寬闊的基礎

　　關於四言在中國詩文乃至語言中的基礎性地位，可以從下面幾個方面得到證明。

1、四言有著極爲古老的而崇高的傳統

　　如果將詩經視爲中國文學的源頭的話，那麼四言就是中國語言最早最成熟的言文方式。二言三言也許是中國最早出現的句式，但對後世文學語言的影響均不及四言。我們對比一下二言和三言和四言在先秦的情況，就很容易明白這一點。首先看二言——雖然劉文斌推測說「現存二言詩的數量雖然不多，但可以想見的是，在四言

詩之前，二言詩應該經歷了一個輝煌的時代……二言詩之後的文體演變奠定了基礎，三言詩和四言詩就是直接在二言詩的基礎上發展起來的」〔註2〕，但從現存的先秦二言詩數量看，不過也就是上古的《彈歌》、周的《讓田者祝》、《易卦》所載卦爻辭、《詩經》所載片段、《八佾》所載片段等二十幾首〔註3〕，這樣的數量對後代的影響是很有限的。再次看三言——先秦三言詩比二言多不了多少，有上古的《葛天氏之樂》、商的《盤銘》《商頌》、《易卦》若干片段、《召南——江有汜》《魯頌——有駜》《鄭風——溱洧》《吳夫差時童謠》《春秋時長春謠》《魯連子》引謠等〔註4〕；雖然陳偉湛推測「《商頌》原始記錄（與其歌唱形式當然不同），不是四言詩而是三言詩。其四言詩形式是後世添加虛詞、副詞、疊音詞等的結果。如此說成立，則中國詩歌的原始階段固在商代，其文字記錄形式實爲三言句或以三言句爲主」〔註5〕，但顯然，給予後代直接影響的仍然是詩經的四言詩。

2、四言源遠流長，至唐而不衰，影響深遠

四言萌於商，盛於周，散綺於戰國，變體於漢賦，凝體於六朝唐宋駢文，前後兩盛，一詩一文，彪炳文類，影響深遠。具體來講，二三言經古歌謠周易發展到詩經和尙書的四言（如盤庚三篇），奠定了四言的基礎地位；戰國詩文受其影響，皆重四言，如楚辭之天問、橘頌全篇幾用四言，散文如《老》《莊》《墨》《荀》《孫子》《左傳》《國語》《國策》皆重四言；至漢代，四言通過楚辭進入漢賦，又經漢賦發展變化爲駢文，成爲駢文的主體句式之一，統治六朝隋唐文壇近四五百年，其間雖經唐古文運動，並無大的動搖，可以想見其句式勢力

〔註2〕 劉文斌《二言詩的成因及其意義》，《雞西大學學報》2009 年 5 期。
〔註3〕 參看張應斌《二言詩與中國文學的起源》，《嘉應大學學報》1998 年 4 期。
〔註4〕 參見張應斌《論三言詩》，《武陵學刊》98 年 1 期。
〔註5〕 陳偉湛：《商代甲骨文詞彙與〈詩——商頌〉的比較》，《中山大學學報（社科版）》2002 年第 1 期。

〔註6〕。詩經主四言，駢文主四六，則四言的應用，可見一斑。這種龐大的使用，無疑對詞的句式形成有潛在推動。

3、至唐，四言應用範圍已極為廣泛，已成為中國語言應用範圍最廣泛的句式

孫建軍 1996 年發表《漢語四言句式略論》，通論漢語四言的歷史功用：1.早期詩歌的主流；2.早期韻文的主流；3.雅頌影響箴銘頌讚碑誄；4.漢賦四言為主；5.駢文為應用高潮；6.散文中尚老莊荀最多，先秦記言散文論語國語國策中也多用；7.漢語成語最主要形式（增刪合併的方式）；8.當代宣傳口號和固定短語。四言句式的崇高地位是歷史賦予的，這個過程在唐代已經完成，是其他任何一種言文句式都不及的。〔註7〕

（二）四言一直是漢語樂歌詞的最普遍句式形式，這為詞體運用四言提供了直接借鑑

四言作為句式，最大的兩個特點就是二分節奏和簡短，這種節奏性和靈活性可能天然適用於作為歌詞。四言作為樂歌詞的巨大影響，首先來源於《詩經》。《詩經》的存在，奠定了漢語樂歌詞的四言模式，雖然到漢樂府多雜言，南北朝民歌多五言，唐聲詩用七言，但四言作為樂府傳統句式，仍牢牢佔據郊廟祭祀等重要戰場，四言在樂歌辭中顯示的天然親和力，仍然通過雜言歌辭傳承下來。唐詞興起，四言進入唐詞可以說是順理成章的。當然，其間過程和細節仍需要進一步考察。但觀所謂百代詞調之祖《憶秦娥》四言運用之自然，則四言對於樂曲節奏的天適應性，是不必懷疑的。

四言既具有源遠流長的傳統，又具有樂歌詞的天然稟賦，所以成為詞體最普遍的句式模式，是很自然的事情。至於四言是如何進入具

〔註6〕 參看孫建軍《漢語四言句式略論》，《西南民族學院學報（哲社版）》1996 年第 2 期。

〔註7〕 參見孫建軍《漢語四言句式略論》，《西南民族學院學報（哲社版）》1996 年第 2 期。

體詞牌的，則需要具體分析，其中涉及音樂的部份，由於音樂的缺失，至今仍然是一個謎。

三、詞體用四言的特點

由於四言的傳統和功能，它成爲了詞體最倚重的句式模式。那麼，詞體用四言到底有些什麼特點呢？這個問題比較寬泛，我們選用以下一些角度來給出回答。

（一）首先，詞體在四言格律運用上有鮮明的特點──詞之四言幾乎全用律句

四言是詞中律句率最高的句式──從《常用百體律句率統計表》看，四言非律句率低達 2.1%。遠低於五言的 4.9%，七言的 7.5%，更不用說與六言的 14.5%、三言的 21.4%相比。這說明四言雖整體上比三言可能晚進入詞，但詞人對其格律的運用卻更加注意了。

（二）其次，四言運用在小令中調長調中呈現出不平衡性──長調全用四言，中調多用四言，小令半用四言

（四言與小令中調長調的關係）長調全用四言，中調多用四言，小令半用四言──據《百體句系》，常用百體中含四言的有 61 體，其中長調全部含四言，中調只 3 首不含四言，小令則有 36 首不含四言。其結論可以簡化爲下表。

表4−8　四言與小令中調長調的關係

總 100 體	小令 68	中調 13	長調 19
含四言：61 體	32	10 調（除最高樓、定風波、漁家傲）	全部

長調全用四言，這從側面反映了作爲「短言」的四言具有較強調節詞體節奏的功能。由於長調形成較晚，這還可從側面說明四言在詞體中成熟的時間總體上偏晚。

（三）再次，不同時期的詞體四言使用程度上也存在差別——唐以後詞調使用四言更為普遍

為了瞭解不同時期詞調在運用四言上的差別，我們對百體四言進行歸納。據《百體句系表》，稍作變換得到下二表：《唐詞調 43 體用四言情況表》和《唐以後詞調 57 體用四言情況表》〔註 8〕。

表 4-9　唐詞調 43 體用四言情況

	常用百體（唐詞調 43 體）	句系類型	四言使用	存詞總量（唐宋金元）	唐詞存量	宋詞存量	金元詞存量
1.	朝中措	小	√	308	272	36	
2.	南鄉子	小	√	445	39	265	141
3.	撥棹歌	小	√	39	39		
4.	酒泉子	小	√	68	37	22	9
5.	浪淘沙	小	√	255	21	186	48
6.	沁園春	長	√	635	20	438	177
7.	花心動	長	√	43	19	19	5
8.	清平樂	小	√	513	18	366	129
9.	採桑子	小	√	210	17	178	15
10.	江城子	小	√	330	15	222	103

〔註 8〕　常用百體中唐詞體與宋元詞體數量考辨：《常用百體》顯示，唐詞 53
體。其中，41 體存詞 2 首以上，為：望江南、十二時、楊柳枝、浣
溪沙、菩薩蠻、五更轉、漁父、西江月、南鄉子、撥棹歌、水鼓子、
酒泉子、臨江仙、南歌子、更漏子、虞美人、浪淘沙、沁園春、生
查子、河傳（以上存詞 19 首以上）、清平樂、謁金門、採桑子、江
城子、玉樓春、應天長、定風波、訴衷情、長相思、搗練子（以上
存詞 11 首以上）、天仙子、喜遷鶯、巫山一段雲、烏夜啼、小重山、
漁家傲、感皇恩、洞仙歌、永遇樂、風流子（以上存詞 3 首以上）、
憶秦娥；12 體存詞 1 首，為：水調歌頭（頁 1336 金）、滿庭芳（頁
1296 宋）、蝶戀花、點絳唇、卜運算元（頁 1297 宋）、水龍吟（頁
1297 宋）、阮郎歸、霜天曉角（頁 1338 非唐）、雨中花（頁 1300 宋）、
漢宮春（頁 1345 宋）、念奴嬌（即酹江月頁 1297 宋）、減字木蘭花
（頁 1346 明清）；後 12 體存詞 1 首者，除蝶戀花、點絳唇係唐詞外，
據王兆鵬《全唐五代詞》皆定為宋後偽託。則唐詞實為 43 體。

11.	訴衷情	小	√	205	11	161	33
12.	蘇武慢	長	√	45	11	29	5
13.	感皇恩	中	√	176	5	108	63
14.	洞仙歌	中	√	198	4	164	30
15.	永遇樂	長	√	109	4	78	27
16.	憶秦娥	小	√	202	2	138	62
17.	蝶戀花	小	√	612	1	501	72＋38
18.	點絳唇	小	√	533	1	393	139
19.	望江南	小		1031	746	189	96
20.	楊柳枝	小		167	135	15	17
21.	浣溪沙	小		1091	95	820	176
22.	菩薩蠻	小		769	86	614	69
23.	五更轉	小		69	69		
24.	漁父	小		170	48	90	32
25.	西江月	小		758	47	491	220
26.	水鼓子	小		39	39		
27.	臨江仙	小		704	34	494	176
28.	南歌子	小		358	27	261	70
29.	更漏子	小		92	27	62	3
30.	虞美人	小		366	24	307	35
31.	生查子	小		213	19	183	11
32.	謁金門	小		292	17	236	39
33.	玉樓春	小		400	13	351	36
34.	應天長	小		39	13	26	
35.	定風波	中		127	12	86	29
36.	長相思	小		194	11	120	63
37.	搗練子	小		52	11		52
38.	喜遷鶯	小		141	10	101	30
39.	巫山一段雲	小		97	8	7	82
40.	烏夜啼	小		112	7	88	17
41.	小重山	小		152	6	120	26
42.	漁家傲	中		378	5	266	107
43.	風流子	小		60	3	48	9

表 4－10　唐以後詞調 57 體用四言情況

0.	常用百體（宋金元詞調57體）	句系類型	四言使用	存詞總量（唐宋金元	唐詞存量	宋詞存量	金元詞存量
1.	水調歌頭	長	√	948	1	772	175
2.	念奴嬌	長	√	794	1	617	176
3.	滿庭芳	長	√	681	1	350	330
4.	減字木蘭花	小	√	584	1	439	144
5.	水龍吟	長	√	316	1	315	
6.	雨中花	小	√	105	1	90	14
7.	霜天曉角	小	√	103	1	99	3
8.	漢宮春	長	√	89	1	78	10
9.	鷓鴣天	小	√	1025		712	213
10.	滿江紅	長	√	721		550	171
11.	賀新郎	長	√	482		439	43
12.	踏莎行	小	√	381		229	152
13.	木蘭花慢	長	√	350		153	197
14.	鵲橋仙	小	√	255		185	70
15.	驀山溪	中	√	241		191	50
16.	摸魚兒	長	√	235		198	37
17.	柳梢青	小	√	218		188	30
18.	青玉案	中	√	171		142	29
19.	八聲甘州	長	√	149		126	23
20.	醉落魄	小	√	147		143	4
21.	齊天樂	長	√	146		119	27
22.	瑞鶴仙	長	√	143		121	22
23.	蘇幕遮	小	√	136		28	108
24.	太常引	小	√	134		20	114
25.	行香子	中	√	129		63	66
26.	風入松	中	√	119		65	54

27.	醉蓬萊	長	✓	112		107	5
28.	聲聲慢	長	✓	109		87	22
29.	導引	小	✓	104		99	5
30.	眼兒媚	小	✓	104		94	10
31.	一翦梅	小	✓	98		68	30
32.	少年遊	小	✓	87		76	11
33.	千秋歲	中	✓	87		85	2
34.	祝英臺近	中	✓	87		83	4
35.	清心鏡	小	✓	81			81
36.	糖多令	中	✓	67		50	17
37.	燭影搖紅	小	✓	65		48	17
38.	望海潮	長	✓	57		39	18
39.	一落索	小	✓	49		47	2
40.	人月圓	小	✓	47		12	35
41.	杏花天	小	✓	44		43	1
42.	鸚鵡曲	小	✓	43			43
43.	滿路花	中	✓	41		28	13
44.	戀繡衾	小	✓	38		34	4
45.	卜算子	小		323	1	243	79
46.	阮郎歸	小		203	1	179	23
47.	如夢令	小		326		184	142
48.	好事近	小		318		302	16
49.	十二時	小		308		259	49
50.	瑞鷓鴣	小		168		66	102
51.	桃源憶故人	小		94		56	38
52.	憶王孫	小		86		54	32
53.	五陵春	小		74		47	27
54.	最高樓	中		60		45	15
55.	天仙子	小		45			45
56.	河傳	小		43		34	9
57.	昭君怨	小		42		33	9

對此兩表稍作歸納，有：

表4－11　唐詞調43體用四言狀況匯總

總43體	小令35	中調4	長調4
含4言者：18體	12	2	4（全部）
	朝中措、南鄉子、撥棹歌、酒泉子、浪淘沙、清平樂、採桑子、江城子、訴衷情、憶秦娥、點絳唇、蝶戀花	感皇恩、洞仙歌	沁園春、花心動、蘇武慢、永遇樂

表4－12　唐以後詞調57體用四言狀況匯總

總57體	小令33	中調9	長調15
含4言者：44體	21	8	15（全部）
	雨中花、霜天曉角、鷓鴣天、踏莎行、鵲橋仙、柳梢青、醉落魄、蘇幕遮太常引、導引、眼兒媚、一翦梅、少年遊、清心鏡、燭影搖紅、一落索、人月圓、杏花天、鸚鵡曲、戀繡衾	驀山溪、青玉案、行香子、風入松、千秋歲、祝英臺近、糖多令、滿路花（只最高樓不含）	水調歌頭、念奴嬌、滿庭芳、水龍吟、漢宮春、滿江紅、賀新郎、聲聲慢、木蘭花慢、摸魚兒、八聲甘州、齊天樂、瑞鶴仙、醉蓬萊、望海潮

從上述兩表可以看出：詞體用四言雖始於唐，但盛於宋。

（1）43體唐詞中，只18體含四言【為：朝中措、南鄉子、撥棹歌、酒泉子、浪淘沙、沁園春、河傳（以上存詞19首以上）、清平樂、採桑子、江城子、訴衷情（以上存詞11首以上）、天仙子、感皇恩、洞仙歌、永遇樂（以上存詞3首以上）、憶秦娥、蝶戀花、點絳唇】；而宋以後詞57體有44體含四言。

（2）無論從小令、中調還是從長調的情況看，宋調用四言比例均高於唐調。

也就是說，四言雖從唐代即進入詞體，但在唐詞中使用尚不普遍，只有到宋代才得到普遍使用。這也從另外一個方面說明，四言進入詞體的時代與其在詞體中興盛的時代並不一致，詞中普遍使用四言的時代應該是宋代；或者簡單說，詞體四言使用的成熟時期是宋代。

（四）最後，強大的組合能力也是詞體使用四言的顯著特點之一

四言是各言中句式組合能力最強的句式。四言多組合——常用百體 76 種句式組合中，四言句式組合數量高達 46 種；同時，還形成了一批諸如 44 型、444 型、445 型、446 型、 45 型、34 型等非常穩定的固定組合模式，給中國國詩歌的句式組合策略帶來了深遠的影響。

46 種四言句式組合使用程度並不一樣。詞體常用的四言句式組合有：45 型、444 型、446 型、34 型、44 型、445、54 型、544 型、734 型、344 型、346 型。關於這些句式組合，上文已有概說，我們將在下一章進行更爲深入的討論。

總之，四言的使用在詞體中具有鮮明的個性特點。首先，幾乎全用律句；其次，類型不同對四言的使用量也不相同；再次，不同時代四言的使用普遍程度也不一樣；最後，四言的使用多以句式組合的方式出現。

四、小結

四言是詞體中最活躍、組合最發達的句式；四言在詞體中的廣泛應用與其崇高的傳統、源遠流長的歷史、豐富多彩的言文功能，以及其作爲樂歌歌詞的深遠背景等有著密切的關係；四言在詞體中的應用呈現出的自己的特性，首先是四言幾乎全用律句，其次四言在小令中調長調中的應用程度並不一樣，長調幾乎缺少不了四言，中調也多用四言，小令則只有一半用到四言，再次不同時代的對四言的使用程度也不一樣，宋調顯然比唐調更普遍地運用到四言；最後，四言多使用句式組合，四言是各言中組合能力最強的句式。

第四節　句系三言研究

本節在「百體句系」、《常用百體句組使用統計總表》《常用百體句組使用頻率表》《常用百體句組各言使用份額表》的基礎上，研究三言的源流、結構、功能、以及它在詞體中的存在狀態和應用特點。

一、三言研究現狀及本文目標

三言研究以林庚、黃鳳顯、張應斌、葛曉音、周遠斌、周仕慧、白朝暉等人的研究最值得注意。

林庚最早探討了「三字頓」對於中國詩歌的意義。黃鳳顯 2003 年發表《屈辭「三字結構」與古代詩歌句式》〔註9〕一文，探討了屈原將「二字結構」改造爲「三字結構」對後代五言、七言、詞曲句式的深遠影響。張應斌 1998 年發表《論三言詩》〔註10〕一文，整理了先秦的三言詩作，論述了漢代五類三言詩，探討了三言詩的古老性和奇音步特徵。葛曉音 2006 年發表《論漢魏三言詩的發展及其與七言的關係》〔註11〕，論述了漢魏三言詩的兩種類型（源於九歌三兮三句式的主讚頌勸誡的郊廟祭祀歌辭和源於自發的主諷刺的民間謠諺）、兩個缺點（短促少抒情變化，限於艱澀與直白之間）及一種成熟的搭配方式「三三七」式。周遠斌 2007 年發表《論三言詩》〔註12〕，綜合詳細論述了三言詩的起源、發展歷史、體式優劣和詩體學意義。周仕慧發表《論樂府詩中的三言節奏與詞》〔註13〕，作爲對葛曉音先生論文的補充，詳論樂府詩中三言節奏的類型（連續迭用、和送聲、與五七言組合）、體式特徵（多用反覆排比對偶頂眞等修辭手法）及其

〔註9〕　黃鳳顯：《屈辭「三字結構」與古代詩歌句式》，《廣西民族學院學報（哲社版）》2003 年第 3 期。
〔註10〕　張應斌：《論三言詩》，《武陵學刊》1998 年第 1 期。
〔註11〕　葛曉音：《論漢魏三言詩的發展及其與七言的關係》，《上海大學學報》2006 年第 3 期。
〔註12〕　周遠斌：《論三言詩》，《文學評論》2007 年第 4 期。
〔註13〕　周仕慧：《論樂府詩中的三言節奏與詞》，《紀念辛棄疾逝世 800 週年學術研討會論文匯編》，2007 年。

「偶言易適，奇字難安」的內在原因。白朝暉 2010 年發表《三言句式在詞中的出現及其詞體意義》〔註14〕，據「一調多體」的「句式替代」現象和同調上下片的「句式替代」現象，詳細討論了詞中三言單句、33 型組合、333 型組合的特點和形成機制，提出三言具有打破齊言、提供調節詞體節奏新方法、促進對仗協聲應韻等詞體美學形式發生新變等等重要功能。

從五人的論文中可以看到「三言」作爲詩歌句式幽微可辨的演進脈絡：古老的起源——屈原的改造——隱退郊廟與民間——以「三三七」成熟搭配方式進入詩歌——以各種形式進入詞體。同時也能看到早期詞體三言句式的一些特點和生成機制。但是，關於三言句式在詞體中的成熟時間、分佈情況、格律特點、組合特性等諸多問題，仍然沒有得到解答。本文試圖進一步研究這些問題。

二、三言句式在詞體中的成熟時間

三言句式在詞體中的成熟時間，不是指某個詞體使用三言的時間，而是指在某一段時間裏，大量詞體開始普遍使用三言句式的時間。由於詞體的生成過程從唐一直持續到宋金元，經歷了漫長的時間，三言句式在詞體中的成熟也必然經歷一段較長時間。我們限定該時段，將三言使用劃分爲唐宋兩個階段，將問題轉化爲，三言的成熟到底是在唐代，還是在宋代？這個問題的另一個說法是：大量詞體對三言的普遍使用到底發生在唐，還是發生在宋？

這是一個需要統計才能給出答案的問題。下面我們給出一種統計方案——以常用百體爲研究對象，分別統計使用三言的唐宋詞體的比例，以確定唐宋詞體在三言運用上的差別，從而尋求問題的答案。

首先，我們在《百體句系表》中加入「含三言的詞體」一列統計，得到《百體句系含三言表》（略）；然後，我們分解《百體句系含三言

〔註14〕白朝暉：《三言句式在詞中的出現及其詞體意義》，《文學遺產》2010 年第 5 期。

表》，得到《唐詞調用三言情況表》和《唐以後詞調用三言情況表》
兩個表格。

表 4－13　唐詞調 43 體用三言情況

	常用百體	句系	句系類型	三言使用	存詞總量（唐宋金元）	唐詞存量	宋詞存量	金元詞存量
1.	漁家傲	定 7－7－7－3－7｜重	中	√	378	5	266	107
2.	感皇恩	定 54－7－46－53｜44－7－46－53	中	√	176	5	108	63
3.	洞仙歌	定 45－7－3636｜547－5434－3536	中	√	198	4	164	30
4.	望江南	定 35－77－5	小	√	1031	746	189	96
5.	五更轉	★33－7－77	小	√	69	69		
6.	漁父	定 7－7－33－7	小	√	170	48	90	32
7.	撥棹歌	§3－3－7－34－37｜7－7－34－37	小	√	39	39		
8.	酒泉子	定 4－（6－33）－3｜（7－5－33）－3	小	√	68	37	22	9
9.	南歌子	定 55－5－53	小	√	358	27	261	70
10.	更漏子	（33－6）－（33－5）｜（3－3－6）－（33－5）	小	√	92	27	62	3
11.	虞美人	（7－5）－（7－63）｜重	小	√	366	24	307	35
12.	謁金門	定 3－6－7－5｜6－6－7－5	小	√	292	17	236	39
13.	江城子	定 7－3－3－45－733	小	√	330	15	222	103
14.	應天長	定 7－7－33－7｜33－6－6－5	小	√	39	13	26	
15.	訴衷情	7－5－65｜33－3－444	小	√	205	11	161	33
16.	長相思	★33－7－5｜重	小	√	194	11	120	63
17.	搗練子	定 33－7－77	小	√	52	11		52
18.	喜遷鶯	定 33－5－7－5｜重【（33－5）－（7－5）】	小	√	141	10	101	30

19.	烏夜啼	6-3-63｜(3-3)-3-63	小	√	112	7	88	17
20.	小重山	定7-53-7-35｜5-53-7-35	小	√	152	6	120	26
21.	風流子	★6-6-336-22-6	小	√	60	3	48	9
22.	憶秦娥	定3-7-3-44｜7-7-3-44	小	√	202	2	138	62
23.	點絳唇	定47-4-5｜45-3-4-5	小	√	533	1	393	139
24.	沁園春	定444-5444-447-354｜6-35-5444-447-354	長	√	635	20	438	177
25.	花心動	§436-446-734-344｜6-36-446-734-36	長	√	43	19	19	5
26.	蘇武慢	定446-446-644-544｜3446-446-464-56	長	√	45	11	29	5
27.	永遇樂	定444-445-446-346｜446-445-446-344	長	√	109	4	78	27
28.	定風波	7-7-(7-2)-7｜(7-2)-7-(7-2)-7	中		127	12	86	29
29.	朝中措	定7-5-66｜444-66	小		308	272	36	
30.	楊柳枝	定7-7-77	小		167	135	15	17
31.	浣溪沙	▲7-7-7｜77-7	小		1091	95	820	176
32.	菩薩蠻	(7-7)-(5-5)｜(5-5)-(5-5)	小		769	86	614	69
33.	西江月	定66-7-(6)｜重	小		758	47	491	220
34.	南鄉子	(4-7)-(7-2-7)	小		445	39	265	141
35.	水鼓子	定7-7-77	小		39	39		
36.	臨江仙	定76-7-7｜重	小		704	34	494	176
37.	浪淘沙	定5-4-7-74｜重	小		255	21	186	48
38.	生查子	定55-55｜重	小		213	19	183	11
39.	清平樂	定(4-5-7-6)｜(6-6-66)	小		513	18	366	129
40.	採桑子	定74-4-7｜重	小		210	17	178	15
41.	玉樓春	定7-7-77｜重	小		400	13	351	36
42.	巫山一段雲	55-(7-5)｜(6-6)-(7-5)	小		97	8	7	82
43.	蝶戀花	定7-45-7-7｜重	小		612	1	501	72+38

表4－14　唐以後詞調57體用三言情況

	常用百體	句系	句系類型	三言使用	存詞總量(唐宋金元)	唐詞存量	宋詞存量	金元詞存量
1.	驀山溪	定45－534－45335|重	中	√	241		191	50
2.	青玉案	定7－33－7－44－5|7－7－7－44－5	中	√	171		142	29
3.	行香子	▲44－7－44－433|447－44－433	中	√	129		63	66
4.	風入松	定7－4－734－66|重	中	√	119		65	54
5.	千秋歲	定4－5－33－55－37|5－5－33－55－37	中	√	87		85	2
6.	祝英臺近	定335－45－6434|3－65－45－6434	中	√	87		83	4
7.	糖多令	定5－5－34－733|重	中	√	67		50	17
8.	最高樓	定35－5－77－333|（35－35）－33－77－333	中	√	60		45	15
9.	阮郎歸	定7－5－7－5|33－5－7－5	小	√	203	1	179	23
10.	雨中花	定6－6－75|7－34－355	小	√	105	1	90	14
11.	霜天曉角	定4－5－633|2－3－5－633	小	√	103	1	99	3
12.	鷓鴣天	定7－7－77|33－7－77	小	√	1025		712	213
13.	十二時	★33－7－77|77－77	小	√	308		259	49
14.	鵲橋仙	定446－734|重	小	√	255		185	70
15.	柳梢青	定4－44－444|6－34－444	小	√	218		188	30
16.	蘇幕遮	定33－45－7－45|重	小	√	136		28	108
17.	太常引	§7－5－5－34|445－5－34	小	√	134		20	114
18.	憶王孫	定7－7－7－3－7	小	√	86		54	32
19.	清心鏡	定33－54－6－5|754－6－5	小	√	81			81

20.	燭影搖紅	定47－75‖6－34－444	小	√	65		48	17
21.	天仙子	定7－7－73－3－7	小	√	45			45
22.	杏花天	定7－34－7－6｜34－34－7－6	小	√	44		43	1
23.	河傳	（2－2）－（3－6－7－2－5）｜（7－3－5）－（3－3－2－5）	小	√	43		34	9
24.	鸚鵡曲	§7－7－346｜346－3434	小	√	43			43
25.	昭君怨	（6－6）－（5－3）｜重	小	√	42		33	9
26.	戀繡衾	▲7－34－333－4｜734－333－4	小	√	38		34	4
27.	水調歌頭	定55－47－665－55｜333－47－665－55	長	√	948	1	772	175
28.	滿庭芳	定446－45－634－345｜544－36－634－345	長	√	681	1	350	330
29.	水龍吟	定76－444－444－5433｜6－34－444－444－544	長	√	316	1	315	
30.	漢宮春	定454－64－434－346｜654－64－434－346	長	√	89	1	78	10
31.	滿江紅	定434－344－77－353｜33－33－54－77－353	長	√	721		550	171
32.	賀新郎	定5－344－76－34－735－33｜7－344 重	長	√	482		439	43
33.	木蘭花慢	定533－544－2－48－66｜2－4－33－364－2－48－66	長	√	350		153	197
34.	摸魚兒	§346－76－3－37－4－545｜36－6－76－3－37－4－545	長	√	235		198	37
35.	八聲甘州	定85－544－65－54｜654－55－3435－344	長	√	149		126	23
36.	瑞鶴仙	定5－36－5－36－4－34－544｜644－4－33－366－5－6	長	√	143		121	22

37.	聲聲慢	定 446－64－634－354｜636－64－634－354	長	√	109		87	22
38.	望海潮	定 446－446－5－54－443｜654－446－5－54－65	長	√	57		39	18
39.	滿路花	定 55－7－45－564｜65－7－45－546	中		41		28	13
40.	減字木蘭花	（4－7）－（4－7）｜重	小		584	1	439	144
41.	卜算子	定 55－75｜重	小		323	1	243	79
42.	踏莎行	定 44－7－77｜重	小		381		229	152
43.	如夢令	★6－6－56－22－6	小		326		184	142
44.	好事近	定 56－65｜75－65	小		318		302	16
45.	醉落魄	定 4－7－7－45｜7－7－7－45	小		147		143	4
46.	瑞鷓鴣	定 77－77｜77－77	小		168		66	102
47.	導引	定 45－5－75｜7－5－75	小		104		99	5
48.	眼兒媚	▲7－5－444｜75－444	小		104		94	10
49.	一翦梅	定 7－44－744｜重	小		98		68	30
50.	桃源憶故人	定 7－6－6－5｜重	小		94		56	38
51.	少年遊	▲7－5－445｜75－445	小		87		76	11
52.	五陵春	定 75－7－5｜重	小		74		47	27
53.	一落索	定 6－4－75｜重	小		49		47	2
54.	人月圓	定 75－444｜444－444	小		47		12	35
55.	念奴嬌	定 454－76－445－46｜645－76－445－46	長		794	1	617	176
56.	齊天樂	定 76－446－4－54－47｜654－446－4－54－45	長		146		119	27
57.	醉蓬萊	定 544－45－445－444｜4444－45－445－444	長		112		107	5

　　最後，我們簡化這兩個表格，並在統計中加入上一節關於唐宋詞調使用四言的數據，得到兩個新的統計表：

表 4－15　唐調用三言狀況匯總

唐調總 43 體	小令 35	中調 4	長調 4
含三言者：27 體（占 62.9%）	20	3	4（全部）
含 4 言者：18 體（41.9%）	12	2	4（全部）

表 4－16　唐以後詞調用三言狀況匯總

宋調總 57 體	小令 33	中調 9	長調 15
含三言者：38 體（66.7%）	18	8（例外：滿路花）	12（例外：念奴嬌、齊天樂、醉蓬萊）
含 4 言者：44 體（77.2%）	21	8	15（全部）

　　從上述兩表對比可以看出：唐調含三言比例 62.9%略低於唐以後詞調的 66.7%；而唐調含四言的比例（41.9%）則顯著低於唐以後詞調的 77.2%。這說明，相比於四言，三言在詞體中的成熟時間要早些，在唐詞調中三言即已被普遍運用，並達到成熟狀態，而四言的普遍使用則要一直推延到宋。

三、三言在詞體中的基本狀況

（一）三言的使用程度——三言是詞體使用較多的句式，但不是使用最多的句式

　　三言不是詞體中數量最多的句式。——我們將三言和其他言對比起來看，據《常用百體各言句式及律句率統計表》[註15]，四言（28.0%）是三言（19.4%）、五言（18.7%）、七言（19.9%）的 1.5 倍。一般認爲，唐詞仍以五七言爲主（白朝暉，2010），而三言是最早進入詞體的非五七言的主流句式（白朝暉，2010），這很容易給人感覺五七言或三言會是詞體的主要句式。但統計結果表明，四言的在詞體中的總

〔註15〕參看第三章「詞的律句率分析」節。

體比例遠高於其他各言，四言才是詞體的最主要句式。三言的使用，僅僅是與五七言相當而已。

（二）三言的分佈情況──三言在詞體中比四言分佈更廣泛

綜合《唐調用三言狀況彙表》《唐以後詞調用三言狀況彙表》給出的數據，得到：

表 4-17 常用百體三言、四言使用對比

	含三言	含四言
常用百體	65 體	61

對比數據可以看出，常用百體中含三言的詞體數目已經超出了含四言的詞體數，這說明，三言雖然不是詞體中使用最多的句式，但三言卻是詞體中分佈最廣的句式之一。

（三）小令、中調、長調在三言運用上的差別──三言在中調、長調中遠比在小令中運用普遍

綜合《唐調用三言狀況彙表》《唐以後詞調用三言狀況彙表》，得到下表：

表 4-18 三言與小令中調長調的關係

常用百體	小令 68 體	中調 13 體	長調 19 體
含三言者：65 體	38（占小令總數 55.9%）	11（占中調總數 84.6%）	16（占長調總數 84.2%）

從上表可以看出，小令中調長調的三言使用率是不一樣的，超過80%的中調長調都用到三言，而只有約一半的小令用及三言。也就是說，三言在中調、長調中遠比在小令中運用普遍。這從一個側面反映了三言作為「短言」，在形成句式組合方面的天然優勢。

四、三言的格律特性

三言的格律特性可以從三個角度來分析，一個是三言的總體律句率；一個是三言律句的具體情況；一個是三言非律句的具體情況。

三言總律句率的統計，具體參看《常用百體各言句式及律句率統計表》，三言占所有句式的比例是 19.4%，其非律句率則高達 21.4%，是所有句式中非律句率最高的。

三言律句與非律句的情況，則需要重新統計。統計方法是，據《百體非律句圖示》，分析其中所有三言律句與非律句，統計其格律使用情況。根據這一方法，我們統計出三言各種格律類型使用情況，將結果製成下表：

表 4－19　三言的格律類型分析

三言格律類型	數量	百分比	總計	總計
平平仄	40	16.9%	律句：184 占 77.6%	237
平仄仄	56	23.6%		
仄仄平	5	2.1%		
仄平平	83	35.0%		
仄仄仄	28	10.6%常用	非律句數：53 例 占 22.4%	
仄平仄	22	8.9%常用		
平仄平	3	少用		
平平平	0	無		

從這兩個表，我們得到關於詞體三言用格律的三個特點：

（一）三言是詞體中非律句使用率最高的句式

從《常用百體律句率統計表》看，三言非律句率高達 21.4%，遠高於六言的 14.5%，更不用說五言的 4.9%，七言的 7.5%，以及同爲「短言」的四言的 2.1%。三言非律句率雄踞各言榜首，遠高於其他各言。毫無疑問，三言是詞中非律句率最高的句式。

（二）三言非律句多用「仄仄仄」和「仄平仄」格式，
另外兩種格式基本不用

從《三言的格律類型分析表》看，「仄仄仄」和「仄平仄」兩種非律句比例分別達到了 10.6% 和 8.9%，按每種格律類型理論比例 1 ／ 8 看，這個數據已很接近，說明兩種句式達到了常用的狀態。

（三）三言律句的四種類型中，很奇怪的是「仄仄平」
格式用得極少

為什麼會出現上述情況呢？下面我們試圖作出簡單的解釋。

關於三言多拗句的原因，我們在第二章曾經討論過，在這裡再綜合一下。我們認為，三言之所以多拗句，與兩個方面的原因相關：（1）三言具有天然節奏優勢，這可能削弱了格律在三言中所起的作用；（2）三言的合律性受位置影響——當三言被用於韻段首和韻段中時，其格律要求顯著下降，體現在文中就是，三言拗句一般都出現在韻段首和韻段中，韻段尾句三言拗句極少。

關於前者，我們把它當成顯而易見的理論推測。關於後者，我們則可以在此找到較為嚴格的證據。在第二章，我們已經有《三言非律句類型——句位分析表》〔註16〕。下面，我們再總結出百體三言句式的句位情況——

表 4-20　百體三言句位統計

位置	韻段發端（句首）	韻段中（句中）	韻段尾（句尾）	單韻段（獨立成句）	總計
句數	98	50	54	35	237

將二表合併，得到：

〔註16〕參看第三章「詞的非律句狀況簡析」節。

表4-21　三言的非律句率——句位關係

位置	韻段發端（句首）	韻段中（句中）	韻段尾（句尾）	單韻段（獨立成句）	總計
句數	98	50	54	35	237
非律句數	31 例	15 例	4 例	3 例	53 例
各位置非律句率	31.6%	30%	7.4%	8.6%	

　　從這個表格，我們很清晰的看到：當三言處於韻段尾和作爲單韻段的時候——即作爲押韻句的時候，其非律句率與百體各言平均非律句率接近；而當三言處於韻段發端和韻段中央位置的時候，其非律句率迅速增加。這說明，當三言遠離押韻位置的時候，其格律特性受到一定程度的削弱。

　　關於三言格律，還有一個奇怪的現象，那就是「仄仄平」格式的律句數量極少。這一現象背後的原因，尚有待進一步研究。

　　小結一下，三言是詞體中非律句率最高的句式，三言非律句主要包括「仄仄仄」「仄平仄」兩種拗句，三言多非律句現象與三言的在詞體中的位置和三言本身強勁的節奏有密切關係。

五、三言的組合特性

　　我們分三個層面來說明三言的組合特性。

（一）三言具有較強的組合能力

　　三言的組合能力首先體現在，三言是詞體中僅次於四言的組合種類最多的句式。據《常用百體句式組合中各言使用份額表》的統計，76 個組合中有 40 個包含三言，其數量僅次於四言組合。

　　三言的組合能力還體現在，三言構成了詞體使用頻率最高的組合。據《常用百體句式組合中各言使用份額表》的統計，詞體使用頻率最高的組合是 33 型組合，常用百體中有高達 30 處用到該組合。白朝暉曾撰文指出，33 型句式是早期詞的主流形式，對早期詞體形

成有重大影響。〔註17〕實際上 33 型組合作爲樂歌的主要組織形式，
遠比白朝暉所述的古老，一直要上訴到楚辭，這點在後面還要詳細
討論。

（二）三言的常用組合

那麼，三言到底有哪些常用組合呢？我們簡化《常用百體句式組
合頻率表》，得到《三言句式組合表》。從表中，我們可以直觀看到所
有常見三言組合及其使用頻率。

表 4－22　三言句式組合

組合等級	出現頻率	組合種目	實例
特級組合（出現9次以上）	9 次以上	2 種	33 型（30）、34 型
一級組合（出現 5 到 8 次）	7 次	2 種	35（7）、734（7）
	6 次	4 種	36 型（6）、37 型（6）、344（6）、346（6）
	5 次	1 種	53 型（5）
二級組合（出現 2 到 4 次）	3 次	4 種	63 型（3）、333（3）、733（3）、434（3）
	2 次	10 種	633（2）、433（2）、353（2）、634（4）、345（2）、354（4）、735（2）、534（2）、6434（2）、3334（2）
三級組合（出現 1 次）	1 次	17 種	73 型（1）、336、335、533、443、366、355、436、636、364、5433、5434、3434、3435、3446、3636、3536

從表中可以看出，百體中使用頻率超過 9 次的三言特級組合有
33 型、34 型；使用頻率在 5 到 8 次的三言一級組合有 35 型、36 型、
37 型、53 型、734 型、344 型、346 型、53 型等 7 種。

〔註17〕參見白朝暉《三言句式在詞中的出現及其詞體意義》，《文學遺產》
2010 年 5 期，頁 70。

（三）使用率排名前八的三言組合

詞體中，使用頻率最高的八種三言組合分別是：33 型、34 型、35 型、734 型、36 型、37 型、344 型、346 型。這些組合由於使用頻率高，而成爲詞體具有獨特表達功能的固定模式，在形成詞體的審美特徵方面起到了不可估量的作用。但是，關於這些組合的性質特點和審美功能的研究目前還十分欠缺。

六、小結

「三言」經歷了以下演進脈絡：古老的起源──屈原的改造──隱退郊廟與民間──「三三七」式成熟搭配進入詩歌──各種形式進入詞體。相比於四言，三言在詞體中普遍應用的時間要早得多，早在唐詞調中三言即已被廣泛運用，並達到成熟狀態。從各言句式的使用程度看，三言是詞體中使用較多的句式，但不是使用最多的句式。從各言句式的分佈情況看，三言是詞體中分佈最廣的句式。小令、中調、長調在三言運用上也存在差別，中調、長調用三言遠比小令普遍。三言具有自己的格律特點，所有句式中，三言最多非律句，三言非律句主要包括「仄仄仄」「仄平仄」兩種拗句，三言多非律句現象與三言的位置和節奏存在著密切關係。從組合能力看，三言具有較強的組合能力。三言擁有使用頻率最高的組合 33 型組合。常見的三言組合包括：百體中使用頻率超過 9 次的特級組合 33 型、34 型；使用頻率在5 到 8 次的一級組合 35 型、36 型、37 型、53 型、734 型、344 型、346 型。排名前八位的三言組合分別是：33 型、34 型、35 型、734型、36 型、37 型、344 型、346 型。

【本章小結】

本章主要完成了三項工作。

本章首先研究了詞體與句式之間的關係。本文認爲，詞體就是由一系列具有固定格律的句式構成的一個穩定的聲律體系，本文將這一

系列具有固定格律的句式組合稱爲「句系」。「句系」是詞體最直接的外觀形式。

本章的第二個工作是對常用百體句系構成進行了研究，統計出了百體句系的 76 種句式組合，爲詞體的結構規律研究打下了基礎。

本章完成第三個工作是詳細考察了詞體句系的兩種最基本句式，四言與三言句式的使用情況，基本結果如下。

四言是詞體中最活躍、組合最發達的句式；四言在詞體中的廣泛應用與其崇高的傳統、源遠流長的歷史、豐富多彩的言文功能，以及其作爲樂歌歌詞的深遠背景等有著密切的關係；四言在詞體中的應用呈現出的自己的特性，首先是四言幾乎全用律句，其次四言在小令中調長調中的應用程度並不一樣，長調幾乎缺少不了四言，中調也多用四言，小令則只有一半半用到四言，再次不同時代的對四言的使用程度也不一樣，宋調顯然比唐調更普遍地運用到四言；最後，四言多使用句式組合，四言是各言中組合能力最強的句式。

「三言」經歷了以下演進脈絡：古老的起源——屈原的改造——隱退郊廟與民間——「三三七」式成熟搭配進入詩歌——各種形式進入詞體。相比於四言，三言在詞體中普遍應用的時間要早得多，早在唐詞調中三言即已被廣泛運用，並達到成熟狀態。從各言句式的使用程度看，三言是詞體中使用較多的句式，但不是使用最多的句式。從各言句式的分佈情況看，三言是詞體中分佈最廣的句式。小令、中調、長調在三言運用上也存在差別，中調、長調用三言遠比小令普遍。三言具有自己的格律特點，所有句式中，三言最多非律句，三言非律句主要包括「仄仄仄」「仄平仄」兩種拗句，三言多非律句現象與三言的位置和節奏存在著密切關係。從組合能力看，三言具有較強的組合能力。三言擁有使用頻率最高的組合 33 型組合。常見的三言組合包括：百體中使用頻率超過 9 次的特級組合 33 型、34 型；使用頻率在 5 到 8 次的一級組合 35 型、36 型、37 型、53 型、734 型、344 型、346 型。排名前八位的三言組合分別是：33 型、34 型、35 型、734

型、36 型、37 型、344 型、346 型。

　　本章研究表明，詞總各代句式之和，並對各言句式有自己的獨特運用。本章進一步的研究和昇華將指向中國詩體形式演變史——本文拘於時間限制，只能將這項工作留待將來。

第五章　句式組合類型研究

　　詩歌的句式組合層面有兩個規律，一個是「言」的規律，一個是「律」的規律。本章以詞體十二大句式組合爲核心，以常用百體 76 種句式組合爲基礎，全面探討中國詩歌句式的節奏組合規律即「言」的組合規律——也即中國詩歌句式組合一般類型規律。關於詩歌句式組合的類型研究，歷史上並無重視，本文開其先例。

　　據《常用百體句組使用頻率表》，「常用百體」共享到 76 種句式組合，其中，使用頻率排名前十二位的句式組合分別是：3－3 型（30 例）、7－7 型（22 例）、4－5 型（22 例）、4－4－4 型（18 例）、4－4－6 型（17 例）、3－4 型（17 例）、5－5 型（15 例）、7－5 型（13 例）、4－4 型（12 例）、4－4－5（9 例）、7－6 型（9 例）、6－6 型（9 例）。這十二大句式組合可分爲三類。第一類包括 3－3 型、7－7 型、5－5 型、4－4 型、6－6 型、4－4－4 型六種齊言組合；第二類包括 4－5 型、3－4 型、7－6 型、4－4－5 型四種字數相鄰（即相差一字）的句式構成的組合；第三類包括 7－5 型、4－4－6 型兩種組合。這十二種句式組合在詞體使用最頻繁，可以作爲中國詩歌句式組合的代表。

第一節　論齊言組合與「疊配原則」

　　各言句式都有通過疊加搭配形成齊言組合的潛力。我們將這種句

式通過疊加搭配形成組合的原則稱爲「疊配原則」，將遵循「疊配原則」形成的齊言組合稱爲「疊配型組合」。疊配原則是最古老的句式組合原則，在漫長的詩歌發展史中一直佔據中心地位。詞體雖然負長短句之名，但並沒有拋棄這種句式組合原則。相反，詞體將「疊配原則」很好地融入到了其形式創造之中，形成各種各樣的疊配型組合。本節研究詞體對疊配原則的使用狀況。

一、常用百體「疊配型組合」使用狀況分析

從理論上講，詞體通過疊配方式可以形成的組合有以下一些常見類型：

表 5−1　疊配型組合理論類型

疊配型組合分類	理論類型
雙疊型（即兩句組合）	2−2 型、3−3 型、4−4 型、5−5 型、6−6 型、7−7 型、8−8 型、9−9 型
多疊型（即三句及三句以上組合）	3−3−3 型、4−4−4 型

那麼，實際中詞體是否使用了這些組合呢？我們可以據《常用百體句式組合使用頻率表》，給出常用百體實際使用到的「疊配型組合」：

表 5−2　常用百體「疊配型組合」使用

組合等級	出現頻率	組合種類總數	疊配型組合種數	疊配型組合
特級組合（出現 9 次以上）	9 次以上	12 種	6	33 型（30）、77 型（22）、55 型（15）、44 型（12）、66 型（9）、444（18）
一級組合（出現 5 到 8 次）10 種	8 次	1 種	0	
	7 次	4 種	0	
	6 次	4 種	0	
	5 次	1 種	0	

二級組合 （出現 2 到 4 次） 29 種	4 次	5 種	0	
	3 次	6 種	1	333（3）
	2 次	18 種	1	22 型（2）
三級組合（出現 1 次）25 種	1 次	25 種	1	4444 型

　　對比兩表，我們可以看出：常用百體幾乎使用到了所有理論上可能的疊配組合類型；同時，從實際使用量來看，常用百體中使用的全部 9 類「疊配型組合」中，有 7 類爲特級組合，使用次數超過 9 次，還有兩個爲二級組合。這兩個情況說明，「疊配型組合」是詞體使用非常廣泛的一類組合。詞體雖以「長短句」命名，但並沒有放棄對「疊配型組合」的熟練運用。

二、「疊配型組合」分類

　　根據組合中句式重複的次數，我們可以將疊配型組合分爲「雙疊」和「多疊」兩類。據《常用百體「疊配型組合」使用表》，兩類組合分別包括以下組合：

　　　「雙疊型組合」：22 型、33 型、44 型、55 型、66 型、77 型組合

　　　「多疊型組合」：444 型、333 型、4444 型組合。

其中，「雙疊型組合」涵蓋了從二言到七言的所有二句齊言組合情況，組合類型非常完整；「多疊型組合」則只出現了三類，並且都是「短言」組合。

　　從不同類型的「疊配型組合」使用頻率看，「雙疊型組合」全部爲特級組合，使用率非常高（22 型組合實際上都是「重言」，且句式稀少，此處不計算在內）。我們知道，5－5 型組合是五言詩的主要構成單元，7－7 型組合是七言詩的主要構成單元，其他 3－3 型、4－4 型、6－6 型組合也都是各自齊言詩的主體構成形式，也就是說，詞作爲「長短句」並沒有丟棄掉此前齊言詩的句式模式，相反，它吸收了此前所有齊言詩的句式構成精華，將這些句式模式轉化成了自己的

形式構成。「雙疊型組合」的完整呈現再次佐證了詞體作爲中國詩歌句法構成集大成者的身份。

需要指出的是，在大量實踐中，「雙疊型組合」多以「對仗」面貌出現，「多疊型組合」多以「排比」面貌出現。對仗和排比的大量使用，更加重了詞體的形式化傾向。

三、「雙疊型組合」的格律組織特點

我們知道，五七言律詩形成完整的格律模式。從組合角度講，五七律中 5－5 型組合與 7－7 型組合各只有兩種格律組織模式，如下；

完全對：即律詩頷聯、頸聯的對仗模式

對－黏：即首聯入韻律詩的首聯格律模式

那麼，詞體在使用 5－5 型組合與 7－7 型組合時是怎樣組織格律的呢？其格律組織是否也遵循這兩種律詩對模式呢？下面我們來作一考察。

我們對常用百體所有「雙疊型組合」進行格律分析，分析過程參看第六章，本處引用第六章研究結果：

表5－3　奇言雙疊型組合格律關係統計

總		3－3 型 （24 例）	5－5 型 （12 例）	7－7 型 （17 例）	小結
××，| 一 （平韻）	一|，|一（完全對）		3	3	完全對 4 種 31 例； 對一黏 2 種 8 例，缺「平平／平仄」類； 黏一對 3 種 11 例； 重律 2 種 3 例皆平韻
	| ／　　（黏一對）				
	一一　　（對一黏）				
	重律　（黏一黏）	1			
××，一 一 （平韻）	||，一一（完全對）	9	1	5	
	一 ／　　（黏一對）		1	3	
	| 一　　（對一黏）				
	重律　（黏一黏）	2			

××，－／（仄韻）	｜－，－／（完全對）		1	
	－－　　　　（黏－對）		4	2
	｜／　　　　（對－黏）	3	2	2
	重律　　　　（黏－黏）			
××，｜／（仄韻）	－－，｜／（完全對）	7		2
	｜－　　　　（黏－對）	1		
	－／　　　　（對－黏）	1		
	重律　　　　（黏－黏）			

表5－4　偶言雙疊型組合格律關係統計

		2－2型（2例）	4－4型（12例）	6－6型（9例）
○仄，○平（相對關係）	○平平仄，○仄仄平（完全對）			
	○平仄仄，○仄平平（完全對）		2	3
	○平平仄，○仄平平（黏對）		1	6
	○平仄仄，○仄仄平（黏對）			
○平，○仄（相對關係）	○仄仄平，○平平仄（完全對）			
	○仄平平，○平仄仄（完全對）		3	
	○仄仄平，○平仄仄（黏對）			
	○仄平平，○平平仄（黏對）			
○仄，○仄（相黏關係）	○平平仄，○平仄仄（對黏）			
	○平仄仄，○平平仄（對黏）			
	○平平仄，○平平仄（重律）	2	3	
	○平仄仄，○平仄仄（重律）			
○平，○平（相黏關係）	○仄仄平，○仄平平（對黏）			
	○仄平平，○仄仄平（對黏）			
	○仄仄平，○仄仄平（重律）			
	○仄平平，○仄平平（重律）		3	

從上述兩表看：

（一）各言「雙疊型組合」格律組織策略不盡相同。3－3 型以「完全對」關係為主，5－5 型、7－7 型、6－6 型均以「對仗」關係為主，4－4 型為「全對」或「全黏」，2－2 型為全黏。其具體情況如下：

33 型：完全對：對－黏：黏－對：黏－黏＝16：4：1：3

55 型：完全對：對－黏：黏－對：黏－黏＝5：2：5：0

77 型：完全對：對－黏：黏－對：黏－黏＝10：2：5：0

22 型：完全對：對－黏：黏－對：黏－黏＝0：0：0：2

44 型：完全對：對－黏：黏－對：黏－黏＝5：0：1：6

66 型：完全對：對－黏：黏－對：黏－黏＝3：0：6：0

（二）從總體上看，詞的句式組合打破了「平韻」「對仗」兩個限制，在格律上傾向於尋求自由組合：五五型、七七型組合雖受律詩對身份制約，但仍然出現了約 1／3 的「黏－對」型非律詩對；六六型以「黏－對」型非律詩對為主；三三型不受制約更是出現了少數重言類型的非律詩對，四四型則出現大量重律關係，22 型則全部為重言。

四、常見的「多疊型組合」

常見的「多疊型組合」有三個，分別是 4－4－4 型組合、3－3－3 型組合、4－4－4－4 型組合。

1、4－4－4 型組合——詞體最常見的「多疊配型組合」

4－4－4 型組合是詞體最常用的句式組合之一。據《常用百體句式組合頻率表》統計，4－4－4 型組合屬於詞體的特級句式組合，使用頻率位列十二大句式組合的並列末位，常用百體中共有 10 體 17 次用到該組合。這 10 體分別是《沁園春》《水龍吟》《朝中措》《柳梢青》《醉蓬萊》《永遇樂》《眼兒媚》《燭影搖紅》《人月圓》《訴衷情》。其中使用 4－4－4 型組合的小令 6 體，長調 4 體，可見作為複合型組合，4－4－4 型組合不僅僅用於慢詞長調，其應用範圍還是很廣泛的。

四言作爲樂歌句式有漫長的歷史和崇高的地位。444 型組合雖然是奇數句組合，其常見程度不如 4－4 型組合，但仍然在歷代詩歌特別死樂府詩歌中佔有一席之地。當然，到詞體中，這種句式有了長足的發展。

4－4－4 型組合的節奏類型與格律關係均較複雜。對其句末字的格律關係分析如下

444 型（17 例）

平韻 10 例

文章太守，揮毫萬字，一飲千鍾。（朝中措——平山闌檻倚晴空　歐陽修）

一雙燕子，兩行歸雁，畫角聲殘。（眼兒媚——樓上黃昏杏花寒　左譽）

也應似舊，盈盈秋水，淡淡青山。（眼兒媚——樓上黃昏杏花寒　左譽）

年年此夜，華燈競處，人月圓時。（人月圓——小桃枝上春來早　王詵）

禁街簫鼓，寒輕夜永，纖手同攜。（人月圓——小桃枝上春來早　王詵）

夜闌人靜，千門笑語，聲在簾幃。（人月圓——小桃枝上春來早　王詵）

——○平○仄，○平○仄，○仄○平（前重後對）

雨後寒輕，風前香細，春在梨花。（柳梢青——岸草平沙　秦觀）

門外秋韆，牆頭紅粉，深院誰家。（柳梢青——岸草平沙　秦觀）

——○仄○平，○平○仄，○仄○平（前後皆對）

孤館燈青，野店雞號，旅枕夢殘。（沁園春——孤館燈青　蘇軾）

——平平，平平，仄平（前後皆重）

此情拚作，千尺遊絲，惹住朝雲。（訴衷情——青梅煮酒鬥時新　晏殊）

——平仄－平平－平平－（前對後重）

仄韻 7 例

銀河秋晚，長門燈悄，一聲初至。（水龍吟——霜寒煙冷蒹葭老　蘇軾）

萬重雲外，斜行橫陣，才疏又綴。（水龍吟——霜寒煙冷蒹葭老　蘇軾）

——平仄，平仄，仄仄（前後皆重）

應念瀟湘，岸遙人靜，水多菰米。（水龍吟——霜寒煙冷蒹葭老　蘇軾）

仙掌月明，石頭城下，影搖寒水。（水龍吟——霜寒煙冷蒹葭老　蘇軾）

玉宇無塵，金莖有露，碧天如水。（醉蓬萊──漸亭皐葉下　柳永）

太液波翻，披香簾卷，月明風細。（醉蓬萊──漸亭皐葉下　柳永）

明月如霜，好風如水，清景無限。（永遇樂──明月如霜　　蘇軾）

　　──平平，平仄，平仄（前對後重）

橘奴無恙，蝶子相迎，寒窗日短。（燭影搖紅──老景蕭條　毛滂）

　　──平仄，平平，仄仄（前後皆對）

　　從分析看，4－4－4 型組合的格律關係較複雜，仄韻與平韻類格律選擇不同。平韻類 4－4－4 型組合傾向於「前對後重」格律模式，仄韻 4－4－4 型組合則傾向於「前重後對」的格律模式，但兩者也不排除其他格律模式。

2、3－3－3 型組合

　　3－3－3 型組合是詞體的二級句式組合。據《常用百體句式組合頻率表》統計，常用百體中《水調歌頭》和《最高樓》兩體用到該組合。

　　三言作爲樂歌句式也像四言一樣具有有漫長的歷史。3－3－3 型組合雖然是奇數句組合，其常見程度不如 3－3 型組合，但仍然在歷代詩歌特別是樂府詩歌中佔有一席之地。詞體只是自然繼承了這一句式。

　　雖然常用百體對 3－3－3 型組合使用並不多，但某些特殊詞體對這一組合則有大量運用。最典型的是《六州歌頭》。我們選用兩首最著名的《六州歌頭》──張孝祥《六州歌頭·長淮望斷》和賀鑄《六州歌頭·少年俠氣》作爲考察對象。

表 5－5　張孝祥《六州歌頭·長淮望斷》與賀鑄《六州歌頭·少年俠氣》三言運用對照

【宋】張孝祥《六州歌頭·長淮望斷》	【宋】賀鑄《六州歌頭·少年俠氣》
長淮望斷，關塞莽然平。 征塵暗，霜風勁，悄邊聲。 黯銷凝。 <u>追想當年事，殆天數，非人力，洙泗 上，絃歌地，亦膻腥。</u>	少年俠氣，交結五都雄。 肝膽洞，毛髮聳。立談中。 死生同。 一諾千金重，推翹勇，矜豪縱，輕蓋 擁，聯飛鞚，斗城東。

隔水氈鄉，落日牛羊下，區脫縱橫。 看名王宵獵，騎火一川明。 笳鼓悲鳴，遣人驚。 **念腰間箭，匣中劍，空埃蠹，竟何成！** 時易失，心徒壯，歲將零。 渺神京。 干羽*方懷遠，靜烽燧，且休兵。* 冠蓋使，紛馳騖，若爲情。 聞道中原遺老，常南望、翠葆霓旌。 使行人到此，忠憤氣填膺。 有淚如傾。	轟飲酒壚，春色浮寒甕，吸海垂虹。 閒呼鷹嗾犬，白羽摘雕弓。 狡穴俄空，樂匆匆。 **似黃粱夢，辭丹鳳，明月共，漾孤篷。** 官冗從，懷倥傯，落塵籠。 簿書叢。 鵰弁如雲*衆，供粗用，忽奇功。* 笳鼓動，漁陽弄，思悲翁。 不請長纓，係取天驕種，劍吼西風。 恨登山臨水，手寄七絃桐。 目送歸鴻。

這兩首詞各有五處用到 3－3－3 型組合，1 處用到 3－3－3－3 型組合，大量三言「多疊配組合」的存在使得整首詞格調慷慨，風格勁動，非常適宜於表達慷慨悲昂的思想情感，充分顯示了「多疊配型組合」在營造氣勢方面的特殊優勢。3－3－3 型組合的這種勁動氣勢與早期漢大賦的三言鋪排有密切的關係。

　　3－3－3 型組合的格律關係較爲簡單。從以下常用百體 3 例的使用看，其基本格律關係保持「末對」關係。

朝元去，鏘環佩，冷雲衢。（水調歌頭——九金增宋重　毛滂）

——平仄，平仄，平平（前重後對）

笑東君，還又向，北枝忙。（最高樓——花知否　辛棄疾）

且饒他，桃李趁，少年場。（最高樓——花知否　辛棄疾）

——平平，仄仄，平平（前後皆對）

如果將《六州歌頭》中的 3－3－3 型組合格律關係納入考慮範圍——三言齊言組合 10 例，除方框中 1 例「前後皆對」外，餘皆爲「前重末對」關係——則可以看出，「**前重末對**」是 333 型組合最重要的格律組織模式。

3、4－4－4－4 型組合

　　4－4－4－4 型組合是一種特殊的「多疊組合」。常用百體中該組合主要出現在《醉蓬萊》一調中，其例如下：

正值昇平，萬幾多暇，夜色澄鮮，漏聲迢遞。(醉蓬萊
──漸亭皋葉下　柳永)
──「平－平－平－仄」(前重末對)

4－4－4－4 型該組合一般選擇「前重末對」的格律模式，並且多選擇排比句式。該組合如同其他多疊型組合一樣，具有節奏明快、聲音流暢的特點，非常適宜於表達明快流暢的思想情感。

第二節　論3－3型組合──詞體使用最頻繁的句式組合

3－3 型組合在詞體中使用排名居首，是詞體使用最頻繁的句式組合，也是詞體最常見的「疊配型組合」。本節研究 3－3 型組合的來源、詞體使用特點及功能特點。

一、3－3 型組合的來源

談及 3－3 型組合的來源，我們首先要澄清一個誤解，即認爲「詞體三言句法脫胎於唐聲詩，詞長短句乃唐五七言句式的變體」。白朝暉所作《三言句式在詞中的出現及其詞體意義》，可能就含有這一誤解：

詞中的三言句式與古三言詩的聯繫並不明顯，主要因爲：1、古三言詩爲純三言句式，詞中的三言句式多與其他句式搭配，且一般不是主導句式。2、古三言詩主要適用於郊廟歌辭和謠諺銘文中，與詞的旖旎宛轉的抒情功用截然不同。3、年代相隔久遠，二者依託的音樂關聯性弱。因以上原因，二者在句法、意象、情韻等方面的關聯性也弱。倒是含有三言句式的雜言詩與詞的句法有些許相通之處。劉永濟在《詞論》中所說：「溯詞體之緣起者多矣。……探索遠源者，謂詞者六代樂府之流變也……推求近因者，謂詞乃唐人律、絕之所嬗化也。」可見先唐雜言樂府也只是詞的遠源，詞的句法直接脫胎於唐代聲詩。所以本文重點

研究三言句式與唐代五言、七言句式的源流關係。

　　3＋3句式是五、六、七言句式的變體。(白朝暉 2010)

〔註1〕

事實上，詞的三言句法，絕不能只看成是脫胎於唐聲詩。三言作爲樂歌辭的句式，有著非常久遠的歷史，即使是在唐代，三言也仍然被廣泛使用於雜言歌辭。與其說詞體三言脫胎唐聲詩，乃聲詩五七言句式的變體，毋寧說詞體三言脫胎於雜言歌辭及其以前所有成功的三言句法。3－3型句式亦當作如是觀。所以要講三言句式源流，絕不能但看聲詩。

　　關於這一點，任半塘先生有非常精彩的評述：

　　　　再舉長短句詞如何興起一點爲例。此事向以爲已有定論，無復致疑。如夏敬觀之說曾曰「鐵證」，龍沐勳之說曾曰「公認」。實則此等所謂「定論」均有偏無全，甚至舍本逐末，難邀公認。「本」者，應指詞樂，聲之所在也；必循此所謂「本」者求之，斯獨及事實之最要關鍵。敢問：方長短句之興業，其自身究有結合雜言之詞樂獨立存在否？「獨立」云者，於辭於聲，或完全自發而生，或對前代之專體有所繼承，要不至自身一無基礎，而全就同時外在之他體所有，襲爲己有也。此間倘得確解，則其他有關之疑義，均將煥然冰釋。蓋論長短句詞曲之發展與造詣，在我國歷代歌詞中，已蔚爲大國，不同凡藝，揣其音樂性能，理應具有上述之獨立性，即歌詩應先有詩樂，歌雜言亦應先有雜言之樂。因之，絕大部份之長短句格調，應爲倚雜言之聲而辭，不假他辭；應協雜言之樂而聲，不假他聲。果爾，其興也，即亦另有歷史之根源於運行之主流在；惟其有獨立性，與同時他體之優劣與興替等必並無大涉。事理如此，不爲不明，顧何必憑人爲之想像，先挽當時風行之歌詩爲母體，若作糾纏，繼假五、七言絕句爲基調，從

────────────

〔註1〕　白朝暉：《三言句式在詞中的出現及其詞體意義》，《文學遺產》2010年第5期。

> 而增加字數，填實虛聲，以形成雜言，復於一轉手間，直
> 襲其樂，以充詞樂，不煩另製，驗之史實，果一一皆有「鐵
> 證」歟？〔註2〕

當然，任文批評主要針對「和聲說」「虛聲說」。但是，任文批評亦可以看成是針對所有「齊言增減字句形成長短句」類似觀點。以任文的觀點看，詞體長短句法的形成，本源於音樂，實不必借助於聲詩變體。若要談句法淵源，近處可推唐雜曲歌辭，遠處涉及歷代雜言歌辭，必不局限於五七言。

澄清此點，方可以較從容探討詞體 33 型組合的來源。

33 型組合產生極爲古老，作爲是詩歌與樂歌辭最古老的句法形式之一，其興起與發展與三言詩同步。三言詩的出現，其源可以推及先秦。張應斌推測三言詩是歷史和文化轉折期的詩體：

> 從侗族民歌和「葛天氏之樂」等已經可以初步確定，
> 三言詩是一種古老的民間詩體。先秦三言詩，也能印證這
> 一點……三言詩的民歌性和古老性還可以在漢代的三言詩
> 中得到證明……三言詩是歷史和文化轉折期的詩體。它的
> 背景是以舜爲代表的遠古的原始氏族公社行將終結，歷史
> 和文化正在向以大禹爲代表的新興的家天下社會轉
> 化。……它既把原始的一字一頓的奇音步詩發展到一個新
> 的歷史高度，又爲即將誕生的四言詩奠定了基礎。（張應斌
> 1998）〔註3〕

周遠斌從葛天氏之樂推斷三言詩在葛天氏時代即已出現：

> 三言詩的始出時間，在古代眾說不一，觀點雖多，但
> 均有偏失。據葛天氏之樂歌，三言詩應在葛天氏時期就已
> 經出現了。（周遠斌 2007）〔註4〕

如果兩人的觀點正確，那麼，33 型組合至少在葛天氏時代即已伴隨三言出現。

〔註2〕 任半塘：《唐聲詩》，上海：上海古籍出版社，1982，上篇頁6。
〔註3〕 張應斌：《論三言詩》，《武陵學刊》1998 年第 1 期。
〔註4〕 周遠斌：《論三言詩》，《文學評論》2007 年第 4 期。

　　陳煒湛據古文字研究推斷《商頌》的原始記錄是三言詩，並推斷三言詩歌是商代詩歌的主要形式：

　　　　我推測《商頌》的原始記錄（與其歌唱形式當然不同）
　　不是四言詩而是三言詩。其四言詩形式是後世添加虛詞、
　　副詞、疊音詞等的結果。如此說成立，則中國詩歌的原始
　　階段固在商代，其文字記錄形式實爲三言句或以三言句爲
　　主。（陳煒湛 2002）〔註5〕

如果陳文推測屬實，那麼，33 型句式在商代即已有較大發展。

　　入周以後，中國詩歌有一個較大轉變，進入了四言詩統治的詩經時代。此時，三言詩或經改造成爲四言，或流行於民間，在易卦辭和詩經中還保留著其痕跡。關於這段時期三言詩自身狀況以及相對於四言詩發展的弱勢，張應斌描述說：

　　　　三言詩在《周易》中最多，篇幅也最短，這與《周易》
　　的原始性是一致的。在《詩經》中，民歌《國風》中的三
　　言詩要比貴族的雅、頌爲多。《詩經》中的三言詩篇輻遠較
　　《周易》長，藝術水準較高，較爲成熟，反映出三言詩發
　　展的歷史進程。（張應斌 1998）〔註6〕

四言詩興盛後期，三言詩作爲古老民間詩體的體式劣勢已臻極致。對其進行改造的是屈原和荀子。屈原首先在詩歌中將「三字結構」成分化。黃鳳顯仔細研究了屈原辭的「三字結構」，指出：

　　　　「三字結構」在古代詩歌典型的句式中是一個相當穩
　　定的語詞結構，有時候甚至令人感到它是漢語詩歌組詞的
　　一個終極結構。

　　　　把漢語「三字結構」大量納入詩歌語言中，是屈原的
　　偉大創舉，是屈子對中國詩歌樣式的重大革新。它對後世
　　中國古典詩歌樣式的發展、定型和不斷完善，具有關鍵的

〔註5〕　陳煒湛：《商代甲骨文金文詞彙與〈詩·商頌〉的比較》，《中山大學
　　　　學報（社會科學版）》2002 年第 1 期。
〔註6〕　張應斌：《論三言詩》，《武陵學刊》1998 年第 1 期。

作用和意義。(黃鳳顯 2003)〔註7〕

在屈原對「三字結構」的天才運用中,「三兮三」句式是一個重要成果。作為 3－3 型組合的一個特殊變體,「三兮三」句式對漢代三言詩的發展構成了直接的影響。與屈原同時,荀子作《成相篇》,第一次將 33 型組合與七言句式緊密聯繫在一起,創造了影響深遠的「3－3－7 型」句式組合。

　　受楚辭屈辭的鼓勵,漢代三言詩取得了較大發展。特別是漢代前期五言興盛之前,三言及四言成為了詩歌句式的主力軍。獨立的三言詩無論從篇幅、章節體制、韻式特點還是從微觀節奏上看,都有了長足發展。據張應斌歸納:

> 漢代的三言詩可以分為五類 第一,兒歌童謠。⋯⋯第二,民歌、民謠、民諺。⋯⋯第三,漢樂府中也有規範的三言詩⋯⋯第四,神歌。漢代神歌中的三言詩較多⋯⋯第五,文人詩歌。⋯⋯前三類都是民歌(兒歌是最真最幼稚的民歌),部份文人的三言詩實際上採用的是民歌體。祭神詩歌是古老民歌的遺存,所以漢代的三言詩基本上是古老的民間詩歌。(張應斌 1998)〔註8〕

自然,33 型組合在這種民歌體制中發生了巨大作用。

　　值得注意的是,三言句式的使用巔峰不是在在詩歌中,而是在漢大賦中。漢大賦中出現了巨量的三言句式,例如司馬相如《上林賦》中的這段文字:

> 於是乎背秋涉冬,天子校獵。**乘鏤象,六玉虯,拖蜺旌,靡雲旗,前皮軒,後道遊**。孫叔奉轡,衛公參乘,扈從橫行,出乎四校之中。**鼓嚴簿,縱獵者**,河江為阹,泰山為櫓,車騎雷起,殷天動地,先後陸離,離散別追。淫淫裔裔,緣陵流澤,雲布雨施。**生貔豹,搏豺狼,手熊羆**,

---

〔註7〕黃鳳顯:《屈辭「三字結構」與古代詩歌句式》,《廣西民族學院學報(哲社版)》2003 年第 3 期

〔註8〕張應斌:《論三言詩》,《武陵學刊》1998 年第 1 期。

足蹵羊，蒙鶡蘇，絝白虎，被班文，跨壄馬，凌三嵕之危，下磧歷之坻。徑峻赴險，越壑厲水。椎蜚廉，弄獬豸，格蝦蛤，鋋猛氏，羂騕褭，射封豕。箭不苟害，解脰陷腦，弓不虛發，應聲而倒。於是乘輿弭節徘徊，翱翔往來，眡部曲之進退，覽將帥之變態。然後侵淫促節，儵夐遠去，流離輕禽，蹴履狡獸。轔白鹿，捷狡兔，軼赤電，遺光耀。追怪物，出宇宙，彎蕃弱，滿白羽，射遊梟，櫟蜚遽。擇肉而後發，先中而命處，弦矢分，藝殪僕。然後揚節而上浮，凌驚風，歷駭猋，乘虛無，與神俱。蹴玄鶴，亂昆雞，遒孔鸞，促鵔鸃，拂鷖鳥，捎鳳凰，捷鴛鶵，揜焦明。道盡途殫，回車而還。消遙乎襄羊，降集乎北紘，率乎直指，晻乎反鄉。蹷石闕，歷封巒，過鳷鵲，望露寒，下棠梨，息宜春，西馳宣曲，濯鷁牛首，登龍臺，掩細柳。觀士大夫之勤略，均獵者之所得獲，徒車之所轔轢，步騎之所蹂若，人臣之所蹈籍，與其窮極倦𧻒，驚憚讋伏，不被創刃而死者，他他籍籍，填坑滿谷，掩平彌澤。

……

於是酒中樂酣，天子芒然而思，似若有亡，曰：『嗟乎！此大奢侈。朕以覽聽餘閒，無事棄日，順天道以殺伐，時休息於此。恐後葉靡麗，遂往而不返，非所以爲繼嗣創業垂統也。』於是乎乃解酒罷獵，而命有司曰：『地可墾闢，悉爲農郊，以贍萌隸，隤牆填塹，使山澤之人得至焉。實陂池而勿禁，虛宮館而勿仞，發倉廩以救貧窮，補不足，恤鰥寡，存孤獨，出德號，省刑罰，改制度，易服色，革正朔，與天下爲更始。』

於是歷吉日以齋戒，襲朝服，乘法駕，建華旗，鳴玉鸞，遊於六藝之囿，馳騖乎仁義之塗，覽觀《春秋》之林，射《貍首》，兼《騶虞》，弋玄鶴，舞干戚，載雲□，揜群雅，悲《伐檀》，樂樂胥，修容乎禮園，翱翔乎書圃，述《易》道，放怪獸，登明堂，坐清廟，次群臣，奏得失，四海之內，靡不受獲。於斯之時，天下大說，鄉風而聽，隨流而

化，艸然興道而遷義，刑錯而不用，德隆於三王，而功羨
於五帝。若此故獵，乃可喜也。若夫終日馳騁，勞神苦形，
罷車馬之用，抏士卒之精，費府庫之財，而無德厚之恩，
務在獨樂，不顧眾庶，亡國家之政，貪雉兔之獲，則仁者
不繇也。從此觀之，齊楚之事，豈不哀哉！地方不過千里，
而囿居九百，是草木不得墾闢，而人無所食也。夫以諸侯
之細，而樂萬乘之侈，僕恐百姓被其尤也。

這些三言句主要以三言排比的形態出現，與四言排比、五言排比、
六言排比、七言排比一起構成了漢大賦的排比系列，並進一步與羅
列手法一起形成了漢大賦鋪排誇張的文體屬性和鋪排揚厲的風格特
徵〔註9〕。漢大賦的三言運用導源於楚辭楚民歌三言節奏和「三兮
三」節奏，其巨大的存在對三言詩的發展產生了無可估量的影響。
其中，3－3 型組合作爲漢大賦三言排比的基本單位，從中自然起到
了巨大作用。

　　漢魏至唐，雖然五七言逐漸成爲詩歌句式的主體，但三言句式及
33 型組合仍然在樂歌辭中得到廣泛應用。關於漢魏三言詩的發展傾
向，葛曉音總結說：

　　　　從漢魏三言體的內容和功能來看，基本上是分別走著
　　大雅和大俗的兩條相反的道路。雅者，是按著古樂府題目
　　的體裁傳統在樂府的郊廟、 鼓吹、 舞樂中傳承下來， 但
　　漢代尚有極少數反映民間思想感情的三言樂府，到魏晉則
　　變成清一色的歌頌廟堂的雅音。俗者，是在民間按其固有
　　的表現方式刺時評人。題材內容不但沒有隨時代擴展，反
　　而愈趨萎縮。……漢魏文人三言體的產生無論從語言還是
　　篇製看，都有兩個不同的來源，歌謠類語言直白樸拙，應
　　出自民間口語。而郊廟、 鼓吹歌辭的三言篇幅較長，構句
　　保留著楚辭三言詞組的特點，當是來自楚辭體。（葛曉音

────────────

〔註9〕 參看柯繼紅《論漢大賦的崇高風格》，《四川文理學院學報》2010 年
　　　　第 4 期。

2006）〔註10〕

關於漢魏到唐的三言詩的基本狀況，王書才總結說：

> 三言詩作爲古代詩體之一，自漢代至唐代，陸續有作品湧現。依其用途而分，大致有三類：一類是在廟堂之上，作爲雅樂之歌辭，祭天地、娛神祭祖時咏唱，此爲漢唐三言詩創作的主流。第二類是在民間，作爲徒歌形式的謠諺而存在，或總結生活中的經驗教訓、明理祿言，或是表達民眾對執政者政治措施的美刺，或是對於政治事件發展趨勢和結局的預測，也即多以童謠形式出現的謠讖。第三類是文人抒情類的創作。自漢初至唐末，此類篇章僅有十一首，其中又有三首文人聯句和一首僞託的呂岩之作，數量既少，内容亦陋。（王書才 2007）〔註11〕

可見，三言詩從漢魏到唐，主要是作爲祭祀歌辭和民間謠諺出現的。在這些歌辭謠諺中，3－3 型組合作爲最基本的句式體制，無疑承擔了歌辭謠辭的功能。

除了三言詩外，雜言詩歌中的三言節奏是三言應用的另一個重要方面。這些三言節奏也多用到 3－3 型組合。周仕慧對樂府詩集中三言節奏的應用類型有一個全面分析：

> 在《樂府詩集》所分十二類樂府詩中幾乎每一類都有三言節奏的使用。其中主要存在如下幾種類型：1、連續迭用的三言節奏，包括用於郊廟歌辭、鼓吹曲辭等廟堂頌詞和雜歌謠辭等民間歌謠中的純三言體意義樂府詩中插入成組的三句體。2、和聲詞中的三言節奏，主要用於相和曲辭中的「和、送聲」3、與五七言組合的三言節奏，主要用於雜曲歌辭、近代曲辭、新樂府辭中的雜言詩，形成了較爲固定的三三七式。……同時樂府詩中的三言節奏的組合一般採用反覆、對偶、排比、頂眞等修辭手法爲基本體式。（周

〔註10〕葛曉音：《論漢魏三言體的發展及其與七言的關係》，《上海大學學報》2006年第 3 期。
〔註11〕王書才：《簡說漢唐三言詩》，《語文教學研究》2007 年 1 期。

仕慧 2007） 〔註12〕

在周仕慧所提出三言節奏三種使用類型中，第一類包括 3－3 型組合或多個 3－3 型組合，第三類爲 3－3－7 複合型組合，這兩類組合均以 3－3 型組合爲基礎。對這兩類組合的特點、狀況和樂辭功能，周仕慧在同一文章中作了具體分析：

> 在節奏上，大量三字排偶的節奏型夾雜在齊整的韻語中突破了曲辭上下文原有五、七言句式，三字句一頓形成一連串的垛句，具有非常鮮明的節奏動感。同時，運用頂針、排比、重疊、對偶等修辭手法在三句類有分爲齊整的一、二頓如……二一頓如……這些類似於詞曲中的語頓形式……

> 三言與其他詩型句式的組合主要通過一個或兩個三言節奏引領五、七言句……魏晉以來，在與五七言組合的三言節奏中三三七逐漸成爲一種固定的體式，有了正式的名稱「三言七言」……統計，共有 125 題，161 首樂府詩中用到三三七式。其中，古辭以「雜歌謠辭」最多。文人辭以白居易「新樂府」最多。這一現象表明三三七式的興起於民間歌謠有這密切的關係，文人詞的廣泛採用，強化了這種節奏型……三三七式在詩歌中形成了固定的單元結構，成爲曲辭的節奏構件可以自由。……組合具有源於民歌的通俗、流暢時這一類型三言節奏的特點。

綜合從先秦到唐代三言句式的應用況情，可以看出，3－3 型組合是一個極爲古老的句式組合，這一組合具有天然的節奏優勢，在樂歌辭發展歷史中具有舉足輕重的地位，直到唐代仍被雜曲歌辭所廣泛利用。3－3 型組合在漫長的發展歷程中，受荀子成相篇影響，又逐漸形成了一種穩定的 3－3－7 複合型句式組合形式，對歷代雜曲歌辭產成了重要影響。正因爲如此，在倚聲塡詞中，33 型組合自然爲詞家所重，成爲了詞體最常用的句式組合。

〔註12〕周仕慧：《論樂府詩中的三言節奏與詞》，《紀念辛棄疾逝世 800 週年學術研討會論文匯編》，2007 年。

二、3－3 型組合的使用特點

1、複合組合特點

3－3 型組合具有較強的再組合能力，多與其他句式一起構成複合型組合。其中，以「33－7 型」複合型組合最多，其次為「33－5型」「33－6 型」「33－3 型」，還有一例「33－33」複合型組合。

3－3 型韻段共計 30 例，其複合組合情況如下：

33－7 型

從別後，憶相逢。幾回魂夢與君同。（鷓鴣天——彩袖殷勤捧玉鍾　晏幾道）

夜半子，夜半子。眾生重重縈俗事。（十二時——夜半子）

汴水流。泗水流。流到瓜州古渡頭。（長相思——汴水流　白居易）

思悠悠。恨悠悠。恨到歸時方始休。（長相思——汴水流　白居易）

青箬笠，綠蓑衣。斜風細雨不須歸。（漁歌子——西塞山前白鷺飛　張志和）

一更初，一更初。醫王設教有多途。（五更轉——一更初）

深院靜，小庭空。斷續寒砧斷續風。（搗練子——深院靜　馮延巳）

畫簾垂，金鳳舞。寂寞繡屏香一炷。（應天長——綠槐陰裏黃鸝語　韋莊）

33－5 型

春睡覺，晚妝殘。無人整翠鬟。（阮郎歸——東風吹水日銜山　南唐・李煜）

街鼓動，禁城開。天上探人回。（喜遷鶯——街鼓動　韋莊）

眉翠薄，鬢雲殘。夜長衾枕寒。（更漏子——玉爐香　溫庭筠）

一葉葉，一聲聲。空階滴到明。（更漏子——玉爐香　溫庭筠）

33－6 型

鶯已遷，龍已化。一夜滿城車馬。（喜遷鶯・街鼓動　　韋莊）

玉爐香，紅燭淚。偏照畫堂秋思。（更漏子・玉爐香　溫庭筠）

碧天雲，無定處。空有夢魂來去。（應天長・綠槐陰裏黃鸝語　韋莊）

33－3 型

憑闌干，窺細浪。雨瀟瀟。（酒泉子・花映柳條　溫庭筠）

掩銀屏，垂翠箔。度春宵。（酒泉子・花映柳條　溫庭筠）

回繡袂，展香茵。敘情親。（訴衷情・青梅煮酒鬥時新　晏殊）

33－33 型

桐江好，煙漠漠。波似染，山如削。（滿江紅・暮雨初收　柳永）

3－3 型單例

驚舊恨，鎮如許。（賀新郎・睡起流鶯語　葉夢得）片尾

誰爲我，唱金縷。（賀新郎・睡起流鶯語　葉夢得）片尾

人豔冶，遞逢迎。（木蘭花慢・坼桐花爛漫　柳永）

扶殘醉，繞紅藥。（瑞鶴仙・悄郊園帶郭　周邦彥）

碧雲天，黃葉地。（蘇幕遮・碧雲天　范仲淹）

黯鄉魂，追旅思。（蘇幕遮・碧雲天　范仲淹）

花影亂，鶯聲碎。（千秋歲・柳邊沙外　秦觀）

攜手處，今誰在。（千秋歲・柳邊沙外　秦觀）

幾日來，眞個醉。（紅窗迥・幾日來　周邦彥）

山下路，水邊牆。（最高樓・花知否　辛棄疾）

　　據此統計，常用百體有 20 體 30 次用到 3－3 型韻段。其中，「33－7 型」複合型組合使用 8 次，「33－5 型」4 次，「33－6 型」3 次，「33－3 型」3 次。這樣，以複合組合面貌出現的 3－3 型韻段共計 18 個，而以獨立面貌出現的 3－3 型組合只有 12 個。可見，**3－3 型組合多以複合型組合的面貌出現。**

　　值得注意的是，包含兩個三言的組合在常用百體中並不只上文所列這些。據《常用百體句式組合頻率表》，包含兩個三言句式的組合還有 3－3－3 型韻段 3 例、7－3－3 型韻段 3 例，6－3－3 型韻段 2 例、4－3－3 型韻段 2 例，以及 3－3－6 型韻段、3－3－5 型韻段、5－3－3 韻段各一例。但這兩種情況仍有本質區別，前者中 3－3 型是一個韻段，構成一個獨立組合，而後者中兩個三言並非獨立韻段，不構成一個獨立組合。後者的情況，屬於多句組合類型。

2、格律特點

　　3－3 型句式組合，有部份包含非律句；完全為律句組合的，其格律關係以「完全對」為主，夾雜少量「重言」關係和「對黏」關係，比律詩對的格律關係更為複雜。

　　對 30 例 3－3 型組合的格律關係詳細分析詳見第六章，本處直接引用其結論：

表 5－5　3－3 型組合格律類型

句腳關係	類型	33 型	小結
		24 例	完全對關係 2 種 16 例；對－黏關係 2 種 4 例 黏－對關係 1 例 重律關係 2 種 3 例
○仄，○平（相對）9	平仄，仄平（完全對）		
	仄仄，平平（完全對）	9	
	平仄，平平（黏對）		
	仄仄，仄平（黏對）		
○平，○仄（相對）8	仄平，平仄（完全對）		
	平平，仄仄（完全對）	7	
	仄平，仄仄（黏對）	1	
	平平，平仄（黏對）		
○仄，○仄（相黏）	平仄，仄仄（對黏）	1	
	仄仄，平仄（對黏）	3	
	平仄，平仄（全黏－重律）		
	仄仄，仄仄（全黏－重律）		
○平，○平（相黏）去兩韻段	仄平，平平（對黏）		
	平平，仄平（對黏）		
	仄平，仄平（全黏－重律）	1	
	平平，平平（全黏－重律）	2	

　　從考察可以看出，24 例考察組合中，「完全對」關係 2 種 16 例，占到 66.7%；對－黏關係 2 種 4 例，占到六分之一；重律關係 2 種 3 例，占到八分之一，而黏－對關係僅有 1 例。這說明，33 型組合的

格律選擇以「完全對」為主，對黏關係和重言關係為輔。其中，平韻與仄韻的格律選擇有所側重，平韻多選擇「完全對」和「重律」，仄韻多選擇「完全對」和「對黏」。

3、修辭特點

大量用到對偶、反覆的修辭手法。本文統計，3－3 型組合 30 例中，有 19 例為對偶，4 例用到反覆，可見對偶、反覆為 3－3 型組合的常用形式。

三、3－3 型組合的功能分析

3－3 型組合之所以能夠成為詞體句式組合之王，與其良好的誦讀功能和歌辭功能相關。從誦讀角度看，3－3 型句式具有良好的誦讀節奏；從歌辭特點看，3－3 型組合具有良好的音樂適應性。

從誦讀的節奏特點來說，3－3 型組合具有朗朗上口、鏗鏘乾脆的節奏優勢，其動感自足的聲音素質非常適宜於表達連貫跌宕的情感思緒。楚歌國殤和漢大賦運用 3－3 型組合非常之多，正是看中了 3－3 型句式的這一聲音素質。同時 3－3 型組合具有多樣化的誦讀節奏潛力，與三言、四言、五言、六言、七言配合均有較好的節奏配合效果。在論及 3－3－7 組合的良好節奏時，葛曉音曾分析說：

> 七言以四、三節奏為基本節奏音組，這就使它後半句的三言詞組與獨立的三言句自然合拍，所以三三七式可以有許多變體，如常見的四句三言加兩句七言，甚至多句三言加少量七言等，三言可以置於全詩的任何部位都不會亂其節奏。（葛曉音 2006）〔註13〕

如果這個解釋合理，那麼，由於五言為「二三」節奏，七言為「二二三」節奏，兩者都含有三字尾，我們可以同理解釋 3－3－3 型、3－3－5 型、3－3－7 型組合節奏的天然合理性，從而理解為什麼詞體中

〔註13〕葛曉音：《論漢魏三言體的發展及其與七言的生成關係》，《上海大學學報》2006 年第 3 期。

會大量出現這些句式組合。至於爲什麼３－３－４型，３－３－６型也具有較好的節奏特點，則需要進一步探討。其深層原因可能與三言節奏具有可伸縮性，即既可以處理成雙音步，也可以處理成三音步有關。

另一方面，從歌辭特點看，３－３型組合具有強大的音樂適應性。白朝暉分析了大量的唐五代詞同調異體情況，得出結論，「３＋３句式是五、六、七言句式的變體」──這個結論自然是個誤解，但它卻揭示出一個事實，即在詞體中，「３＋３句式可以與五、六、七言句式互換」。也就是說，33型組合在音樂的控制下，可以表現出五言、六言、七言的節奏效果，或者說，五言六言七言可以表現出33型組合的節奏效果，這說明33型組合的確具有較強的音樂適用性。這一強大的音樂適用性，使得33型句式既可以以本來面目出現在歌辭中，也可以作爲五、六、七言的替代句式靈活出現在歌唱中的任何位置。這也無怪於33型句式組合能夠在詞體中得到如此廣泛的使用了。

第三節　論６－６型組合──常見疊式組合之二

６－６型組合是詞體中使用排名並列第十位的句式組合。與其排名並列的另兩個組合是４－４－５型組合和７－６型組合。本節研究詞體６－６型組合的使用特點、格律特點和組合來源。

一、使用特點

1、使用狀況

常用百體中有５體９處用到６－６型句式。五體用到６－６型句式的詞調分別是《西江月》、《清平樂》、《木蘭花慢》、《朝中措》、《風入松》。可見６－６型句式也是詞體常用的組合之一。

66型：（9例）

鳳額繡簾高卷，獸鈺朱戶頻搖。（西江月──鳳額繡簾高卷　柳永）

好夢枉隨飛絮，閒愁濃勝香醪。（西江月──鳳額繡簾高卷　柳永）

一笑皆生百媚，宸遊教在誰邊。(清平樂——禁闈清夜　李白)

風暖繁絃脆管，萬家競奏新聲。(木蘭花慢——坼桐花爛漫　柳永)

拚卻明朝永日，畫堂一枕春醒。(木蘭花慢——坼桐花爛漫　柳永)

手種堂前垂柳，別來幾度春風。(朝中措——平山闌檻倚情空　歐陽修)

行樂直須年少，尊前看取衰翁。(朝中措——平山闌檻倚情空　歐陽修)

臨鏡舞鸞離照，倚箏飛雁辭行。(風入松——柳陰庭院杏梢牆　晏幾道)

兩袖曉風花陌，一簾夜月蘭堂。(風入松——柳陰庭院杏梢牆　晏幾道)

2、修辭特點

　　常用百體所有 9 例 6－6 型組合中，有 4 例採取了對偶的形式。這說明對偶是仍然 6－6 型組合喜歡採用的修辭方式。也可以說，對偶是 6－6 型組合的存在形式之一。

二、格律特點

　　關於六言律詩的探討，啓功先生根據竹竿律給出了 4 個基本律句：

　　　　　仄仄平平仄仄；平平仄仄平平
　　　　　平仄仄平平仄；仄平平仄仄平

林亦 1996 年給出了 6 個基本律句 [註14]：

　　　　　仄仄平平仄仄；平平仄仄平平
　　　　　平平平平仄仄；仄仄仄仄平平
　　　　　平平仄仄仄仄；仄仄平平平平；

林海權 1999 年給出了 4 個基本律句 [註15]：

　　　　　仄仄平平仄仄；平平仄仄平平
　　　　　平平仄仄平仄；仄仄平平仄平；

那麼，除去重複，即使只按照對仗方式進行組合，6－6 型組合理論上也應該有 6 種格律模式，它們分別是以下六種模式：

〔註14〕參看林亦《論六言詩的格律》，《文學遺產》1996 年 1 期。
〔註15〕參看林海權《論六言近體詩的格律》，《廈門廣播電視大學學報》1999 年 2 期。

仄仄平平仄仄：平平仄仄平平
平仄仄平平仄：仄平平仄仄平
平平平平仄仄：仄仄仄仄平平
平平仄仄仄仄：仄平平平平平
平平仄仄平仄：仄仄平平仄平

當然，這還僅僅只是考慮到「完全對仗」組合方式形成的組合。如果加上其他組合方式，如「對－黏」，「黏－黏」「黏－對」等組合方式，則所得到的組合模式要多得多。那麼，在實際應用中，詞體 6－6 型組合真的使用了這麼多種格律組合模式嗎？如果沒有，詞體是怎樣選擇其格律組合模式的？詞體又是基於什麼樣的考慮選擇其格律組合模式的？

下面我們通過分析來回答這些問題。首先我們分析常用百體中出現的 6－6 型組合格律關係。

66 型組合格律關係分析：

鳳額繡簾高卷，獸鈇朱戶頻搖。（西江月——鳳額繡簾高卷　柳永）

好夢枉隨飛絮，閒愁濃勝香醪。（西江月——鳳額繡簾高卷　柳永）

手種堂前垂柳，別來幾度春風。（朝中措——平山闌檻倚情空　歐陽修）

行樂直須年少，尊前看取衰翁。（朝中措——平山闌檻倚情空　歐陽修）

臨鏡舞鸞離照，倚箏飛雁辭行。（風入松——柳陰庭院杏梢牆　晏幾道）

兩袖曉風花陌，一簾夜月蘭堂。（風入松——柳陰庭院杏梢牆　晏幾道）

——「○仄○平平仄，○平○仄平平」（黏對型不完全對）

一笑皆生百媚，宸遊教在誰邊。（清平樂——禁闈清夜　李白）

風暖繁絃脆管，萬家競奏新聲。（木蘭花慢——坼桐花爛漫　柳永）

拚卻明朝永日，畫堂一枕春醒。（木蘭花慢——坼桐花爛漫　柳永）

——「○仄○平仄仄，○平○仄平平」（完全對）

從上述分析看出：常用百體中總共出現了 9 例 6－6 型組合；9 例 6－6 型組合中的六言句式全部合乎啟功所列舉之律句，並未出現林亦和林海權所列舉的其他特殊格律類型；9 例組合的格律關係全部屬於平

韻對仗關係，其類型可以表示為「○仄○平○仄，○平○仄○平」；其中，「黏對」占 6 例，「完全對」占 3 例，格律關係以不完全對居多。

這一結果標明，**66 型組合基本上只用於平韻詞，其格律組織全部選擇了相對簡單的對仗模式。**

因為沒有任何音樂上的資料留存，所以我們無從從音樂上說明為什麼 6－6 型組合會採取較簡單的格律對仗模式。但是，我們仍然能從格律角度對這一現象做出簡單推測。既然整個常用百體中 5－5 型、7－7 型組合在格律上是如此豐富多彩，並沒有什麼迹象顯示音樂對於 6－6 型句式有著特殊的限制，那麼，6－6 型組合格律類型的簡單只能從一個角度得到解釋，那就是，當時作家並不熟悉這一組合模式的諸種格律特性。這種情況是可以理解的，六言詩雖然在唐代達到興盛，但其作品和格律相對於五七言詩的成熟來講大為遜色，許多作品的格律甚至仍然處於試驗階段，可以想像，當時作家對於這一句式的格律運用並不純熟，在倚聲填詞中選擇最普通的格律模式，自然就是最穩妥的策略了。

三、歷史來源

詞體使用 6－6 型組合，較早見於題名李白的《清平樂》：

禁闈清夜，月探金窗蟀。
玉帳鴛鴦噴蘭麝，時落銀燈香炧。
女伴莫話孤眠，六宮羅綺三千。
一笑皆生百媚，宸衷教在誰邊？

從這首詞看，6－6 型組合的使用已經到達了非常成熟的狀態。這種成熟運用，從本質上看固然是由音樂特點決定的，但從句式淵源關係看，它既與先唐 6－6 型組合源遠流長的使用歷史一脈相承，又與唐六言詩的發展相互促進相互影響。

6－6 型組主要存在於六言詩中，是與六言詩相伴生的句式現象。六言詩雖然不是中國詩歌的主流，但其發生也很古老，發展歷程

也相當漫長。關於六言詩的發展歷程，先後有王正威 2003 年作《古代六言詩發生論》〔註16〕，王紹生 2004 年作《六言詩體研究》〔註17〕，張弦生 2006 年作《六言詩的發展軌跡》〔註18〕，谷鳳蓮 2008 年碩士論文《唐宋六言詩研究》，金波 2007 年博士論文《唐宋六言詩研究》，唐愛霞 2009 年博士論文《古代六言詩研究》，給出了較詳細的答案。大致而言，則如唐愛霞論文摘要所歸納：

> 六言詩起源於民歌和《詩經》、《楚辭》，詩、騷兩大詩歌系統的句法對它都有影響。魏晉時期是六言詩體的探索期，南北朝爲發展期，唐代是六言詩的成熟期。初唐是六言詩與音樂緊密結合的時期，王維的六言詩，標誌著六言詩藝術上的成熟，也標誌著六言詩與音樂開始分離。這一時期六言詩完成了格律化過程。句法以普通「二二二」的節拍爲主。宋代是六言詩的極盛時期，也是六言詩句法和技巧的新變期。這一期從作家與作品數量大增，句法突破普通節拍，作品的藝術技巧繁複且追求新變。宋人並且始意識到六言詩「難工」，宜「自在」。元明清六言詩創作上歸於消沉，理論上開始把握到了六言詩體特點。明清作品隔代繼承了唐代六言詩語言明朗平易、句法自然不破句、很少用典等特點，並在少數作品中模擬魏晉時代六言詩的風格。

66 型句式與六言詩發展同步，從六言詩的發展，我們可以看出 6－6 型組合的基本發展情況。從漢到唐，六言詩發展近千年，6－6 型組合自然也日臻成熟。初唐到盛唐，六言詩完成了格律化過程，6－6 型組合自然也完成了其自身的格律化。關於 6－6 型組合的具體演變情況，可以參照唐文對六言詩的敘述，本文不再贅述。

　　值得注意的是，6－6 型組合還有一個更爲重要的來源：四六駢

〔註16〕王正威：《古代六言詩發生論》，《天水師範學院學報》2003 年 3 期。
〔註17〕王紹生：《六言詩體研究》，《中州學刊》2004 年 5 期。
〔註18〕張弦生：《六言詩的發展軌跡》，《漳州師範學院學報》2006 年 1 期。

文。駢文是中國韻文的奇葩，而四、六言的運用是其基本特徵。駢文中出現了大量的4－4型組合、4－6型組合、6－6型組合。雖然駢文中的六言有兩種節奏模式，比普通六言來得複雜，但它對詞體六言的影響是無可置疑的。

6－6型組合自身的成熟，包括格律和修辭方式上的成熟，爲詞體的使用提供了條件。我們雖然不能確切地指出6－6型組合進入詞體的具體時間，但盛唐之後，6－6型組合進入詞體，已經是水到渠成的事情了。

本文在這裡還想特別指出，6－6型組合進入詞體，成爲詞體常用的句式組合之一，充分說明了詞體對前代句式經驗的歸納吸收是極爲廣泛的。詞體作爲中國詩歌句式和句式組合的集大成身份，再一次得到了驗證。當然，從格律的角度看，詞體使用6－6型組合時選用了最穩妥最簡單的對仗模式，這雖然有效避開了失律失對問題，但與六言律詩對6－6型組合格律的豐富嘗試相比（參見上文林亦林海權的研究），還是顯得保守了些。

第四節　論7－5型組合及蘊含的「節配組合原則」

7－5型組合是詞體十大句式組合之一。作爲詞體特有的句式組合之一，7－5型組合蘊含著一種相當普遍的句式組合原則：「節配原則」。本節研究7－5型組合的使用特點及其中隱含的普遍句式組合原則。

一、7－5型組合的使用特點

1、基本使用狀況

7－5型組合是詞體最常用的句式組合之一。據《常用百體句式組合頻率表》統計，7－5型組合屬於詞體的特級句式組合，使用頻率位列十二大句式組合的第八位，常用百體中共有9體13次用到該組合，分別是：

珠簾約住海棠風，愁拖兩眉角。（好事近——睡起玉屏風　宋祁）

瑤編寶列相輝映，歸美意何窮。（導引——皇家盛事　無名氏）

歡聲和氣彌寰宇，皇壽與天同。（導引——皇家盛事　無名氏）

綺窗人在東風裏，灑淚對春閒。（眼兒媚——樓上黃昏杏花寒　左譽）

一對鴛鴦眠未足，葉下長相守。（雨中花令——剪翠妝紅欲就　晏殊）

家人並上千春壽，深意滿瓊卮。（少年遊——芙蓉花發去年枝　晏殊）

風過冰簷環佩響，宿霧在華茵。（武陵春——風過冰簷環佩響　毛滂）

鳳口銜燈金炫轉，人醉覺寒輕。（武陵春——風過冰簷環佩響　毛滂）

贈君明月滿前溪，直到西湖畔。（燭影搖紅——老景蕭條　毛滂）

一枝芳信到江南，來報先春秀。（一絡索——臘後東風微透　梅苑無名氏）

笛聲容易莫相催，留待纖纖手。（一絡索——臘後東風微透　梅苑無名氏）

小桃枝上春來早，初試薄羅衣。（人月圓——小桃枝上春來早　王詵）

詞體所用 76 種句式組合中，只有 3－3 型、5－5 型、7－7 型三種齊言組合，特殊的排比組合 4－4－4 型，以及 3 種特殊組合 3－4 型、4－5 型、4－4－6 型的使用平率高於 7－5 型組合，可見 7－5 型組合的確是詞體最常見的組合模式之一。

2、組合來源

　　7－5 型組合可以說是詞體的特有句式組合。7－5 型組合在先唐詩歌韻文中，是非常罕見的。在號稱組合形式複雜多樣的楚辭中基本沒有（即使不考慮楚辭的句式節奏與一般詩歌的句式節奏有標誌性區別，也很難找到外觀相似的組合，如以離騷為例，全詩 187 個組合，從外觀上看出現了 6 兮 6、6 兮 7、7 兮 6、5 兮 6、5 兮 5、8 兮 6、7 兮 7、6 兮 5、6 兮 8、8 兮 6、9 兮 6、5 兮 7、6 兮 9、8 兮 7、7 兮 8 等句式組合模式，獨沒有出現「7 兮 5」型組合，如果勉強將「6 兮 5」型組合當成是 7－5 型組合，也不過是只出現了以下四例：

　　　　吾令鳳鳥飛騰兮，繼之以日夜。

　　　　閨中既以邃遠兮，哲王又不寤。

皇剡剡其揚靈兮，告余以吉故。

在中國詩歌句式產生重大影響的漢賦和駢文等韻文中，也很少出現7
－5型組合。最令人驚奇的是，歷代雜言詩歌對 7－5 型的應用也是
少之又少。筆者約略檢計了《先秦兩漢魏晉南北朝詩》〔註19〕，只發
現三首包含7－5型句式的詩歌，分別如下：

北魏詩卷三——【雜歌謠辭】——【咸陽宮人爲咸陽王禧歌】
可憐咸陽王。奈何作事誤。

金床玉幾不能眠。夜踏霜與露。

洛水湛湛彌岸長。行人那得渡。

隋書卷三【紀遼東二首】隋煬帝

遼東海北翦長鯨。風雲萬里清。方當銷鋒散馬牛。旋師宴鎬京。
前歌後舞振軍威。飲至解戎衣。判不徒行萬里去。空道五原歸。
秉旄伏節定遼東。俘馘變夷風。清歌凱捷九都水。歸宴雒陽宮。
策功行賞不淹留。全軍藉智謀。詎似南宮複道上。先封雍齒侯。

隋詩卷五《紀遼東二首》隋·王胄

遼東浿水事龔行，俯拾信神兵。欲知振旅旋歸樂，爲聽凱歌聲。
十乘元戎才渡遼，扶濊已冰消。詎似百萬臨江水，按轡空回鑣。
天威電邁舉朝鮮，信次即言旋。還笑魏家司馬懿，迢迢用一年。
鳴鑾詔蹕發浯潼，合爵及疇庸。何必豐沛多相識，比屋降堯封。

後二首在《樂府詩集》中也有記載。雖然這兩首詩運用 7－5 型句式
非常成熟，但很可惜作爲孤例對整個詩歌史似乎沒有產生什麼影響，
唐代歌行及雜言歌辭中，7－5 型句式仍極爲罕見。基本上可以說，7
－5 型句式是到了詞體中才被開發出來的一種句式組合模式。當然，
一經開發，它立即就成爲了詞體的寵幸兒。

3、格律特性

爲瞭解 7－5 型句式組合的格律組合規律，我們對 7－5 型組合的

〔註19〕〔清〕逯欽立編：《先秦兩漢魏晉南北朝詩》，北京：中華書局，1983。

格律關係進行了系統分析。分析如下：

平韻：

瑤編寶列相輝映，歸美意何窮。（導引——皇家盛事　無名氏）

歡聲和氣彌寰宇，皇壽與天同。（導引——皇家盛事　無名氏）

綺窗人在東風裏，灑淚對春閒。（眼兒媚——樓上黃昏杏花寒　左譽）

家人並上千春壽，深意滿瓊卮。（少年遊——芙蓉花發去年枝　晏殊）

小桃枝上春來早，初試薄羅衣。（人月圓——小桃枝上春來早　王詵）

——「黏‧對」型之一種，「平仄，平平」式

風過冰簷環佩響，宿霧在華茵。（武陵春——風過冰簷環佩響　毛滂）

鳳口銜燈金炫轉，人醉覺寒輕。（武陵春——風過冰簷環佩響　毛滂）

——完全對之一種，「仄仄，平平」式

仄韻：

贈君明月滿前溪，直到西湖畔。（燭影搖紅——老景蕭條　毛滂）

一枝芳信到江南，來報先春秀。（一絡索——臘後東風微透　梅苑無名氏）

笛聲容易莫相催，留待纖纖手。（一絡索——臘後東風微透　梅苑無名氏）

——「黏－對」之一種，「平平，平仄」式

珠簾約住海棠風，愁拖兩眉角。（好事近——睡起玉屏風　宋祁）

——完全對之一種，「平平，仄仄」式

一對鴛鴦眠未足，葉下長相守。（雨中花令——剪翠妝紅欲就　晏殊）

——「對黏」之另一種，「仄仄，平仄」式

　　從分析可知，無論是平韻還是仄韻韻段，7－5 型組合的格律關係幾乎全部爲對仗關係，全部 12 例只有一例爲例外的「對－黏」關係；在對仗關係中，「黏－對」方式遠多於「完全對」方式，二者比例爲 9：3。

　　我們知道，在律詩中，各聯的對仗關係都是「完全對」。對比律詩的情況，可以看出，**7－5 型組合與律詩律聯的格律策略大相逕庭，75 型組和傾向於以「黏對」爲主的對仗方式來組織格律。**

二、7－5 型組合蘊含的句式組合原則——節配原則

　　為什麼 7－5 型組合具有如此魅力，一經發現便能夠成為詞體最常使用的句式組合模式之一呢？換句話說，七言與五言能夠穩定地組合在一起，是偶然的還是必然，75 型組合是否蘊含了某種特殊重要的規律？

　　要回答這個問題，我們必須從七言和五言的句式節奏效果入手來進行分析。我們知道，普通七言是由兩個二言節和一個三言節構成的，其句式節奏是「二二三」節奏，普通五言是由一個二言節和一個三言節構成的，其句式節奏是「二三」節奏；從相似性角度考察，五言和七言句式的結尾都有一個「三言節」，或者說，兩個句式具有相同的「三字尾」，這意味著，兩個句式在誦讀上具有相似的尾部節奏。那麼，相似的尾部節奏就有可能造成了誦讀上的和諧效果。

　　本文認為，正是相似的尾部節奏使七言五言能夠組合成一個型誦讀和諧的組合。這可以從理論和實踐兩個方面得說明和驗證。

　　首先，從理論上看，句式尾部具有節奏配合上的優先性，這是可能的。啟功先生在研究律句句式特徵時，於《詩文聲律論稿》一文指出：「五、七言律句是上部寬而下部嚴，最寬於發端而最嚴於結尾」〔註20〕。這一結論雖然是針對句式的格律特徵而言的，但也可以理解為是對整個句式的聲位特徵的判斷，這一結論應該同樣適用於談論句式的節奏。也就是說，從理論上看，句式的尾部節奏對整個句式節奏的影響大於句式首部，或者說，句式的尾部節奏對句式節奏具有支配作用。如果這一結論合理，那麼，從這一角度出發，**我們可以根據句式尾部節奏的不同，將句式劃分為兩類：一類是以「三言節」結尾的句式，包括三言、五言、七言、九言，統稱為「三字尾句式」，一類是以「二言節」結尾的句式，包括二言、四言、六言、八言，統稱為「二字尾句式」**。「三字尾句式」與「二字尾句式」具有不同的誦讀節

〔註20〕啟功：《漢語現象論叢》，北京：中華書局，1997，頁 189。

奏，在組合時具有的不同的組合傾向，其同類句式內部的組合具有天然的合拍性。

其次，相似尾部節奏的句式具有組合上的優越性，還可以從其他類句式組合身上得到應證。

典型的如 3－3－7 型句式組合。3－3－7 型句式在戰國末期就已經成爲成熟的句式組合模式，在魏晉時代更成爲經典的句式組合，在談到 3－3－7 型組合的節奏性質時，葛曉音曾提出：

> 七言以四、三節奏爲基本節奏音組，這就使它後半句的三言詞組與獨立的三言句自然合拍，所以三三七式可以有許多變體，如常見的四句三言加兩句七言，甚至多句三言加少量七言等，三言可以置於全詩的任何部位都不會亂其節奏。（葛曉音 2006）〔註21〕

這是一個非常具有創見性的結論，可惜作者並沒有看到這一結論的廣泛適用性和深遠含義，從而錯過了更深入的研究。依本文研究，3－3－7 型組合的成功，正驗證了三言七言作爲同類節奏的句式，在配合上具有自然的優越性質。

同類的證明還可以找出經典的「3－7 型組合」。3－7 型組合在漢魏樂府詩歌中已爲常見，其句式魅力在唐代歌行中更是得到了淋漓精緻的展現，我們耳目能詳的唐代詩句如「君不見，黃河之水天上來」「賣炭翁，伐薪燒炭南山中」「上陽人，紅顏暗老白髮新」都展現了極佳的句式組合節奏，這一節奏效果正是建立在三七言具有相似尾部節奏基礎之上的。

還有一類現象：樂府詩歌中反覆出現的「三言和聲」現象，也可以作爲「相似尾部節奏的句式具有組合上的優越性」的佐證。周仕慧在《論樂府詩中的三言節奏與詞》一文中研究了三言節奏在十二類樂府中的四大運用類型，其中第二類爲「和聲詞中的三言節奏，主要用

〔註21〕葛曉音：《論漢魏三言體的發展及其與七言詩歌的生成關係》，《上海大學學報》06 年 3 期。

於相和歌辭的『和、送聲』，據周仕慧詳細統計，樂府詩集有和送聲記錄的「清商曲辭」38 首，其中 27 曲 42 首樂府詩用到三言和送聲──本文對這 27 首樂府詩的主體句式作了統計：《江南弄》《白紵歌》爲七言詩，《烏夜啼》爲主七言的雜言詩，《上雲樂》爲主三、五、七言的雜言詩，其他 23 曲皆爲五言詩；由統計可以知道，其和送聲爲三言節奏，正好與詩歌的五七言節奏是相合拍的。「三言和聲」現象有力的側證了「相似尾部節奏的句式具有組合上的優越性」的結論。

當然，上述列舉句式組合例證都是關於奇言句式。其實，偶言的組合例證也是大量存在的，典型的如「4－6 型組合」與「4－4－6 型」組合。「4－6 型組合」與「4－4－6 型」不僅是存在於駢文中的典型句式，而且在詞體中也是常用句式組合，其中「4－4－6 型」更是使用率排名詞體第六位的特級句式組合。這兩種句式都是由具有「二字尾」的句式組合而成的，其良好的組合效果佐證了「相似尾部節奏的句式具有組合上的優越性」的結論對於「二字尾」句式也是成立的。

由以上理論和實踐兩個方面的討論，我們可以看出，75 型句式組合的確隱含了一種極爲重要的句式組合原則，即「相似尾部節奏的句式具有組合上的優越性」原則。爲了討論的方便，今後我們將尾部節奏相同的句式之間的相互組合原則──同尾節句式的相互組合原則，即「二字尾句式」與「二字尾句式」搭配組合，「三字尾句式」與「三字尾句式」搭配組合的原則，稱之爲「節配原則」。也即是說，7－5 型組合蘊含著句式組合的一類非常重要的原則──「節配原則」。

三、「節配原則」的普遍性檢驗

根據「節配原則」，同尾節的句式具有搭配組合優勢，即「二字尾句式」與「二字尾句式」之間較容易搭配組合，「三字尾句式」與「三字尾句式」較容易搭配組合，我們可以列出理論上所有可行的這

類句式組合類型（以下簡稱爲「節配型組合」〔註22〕）：

表5－6 「節配型句式組合」理論類型

	雜言組合（兩句組合）	多句組合
二字尾節配型組合	24型、26型、28型、46型、48型、68型、（42型、62型、82型、64型、84型、86型）	446型等
三字尾節配型組合	35型、37型、39型、57型、59型、79型、（53型、73型、93型、75型、95型、97型）	337型等

那麼，在現實中，是否存在所有這些節配型句式組合類型呢？

實際上，這些組合類型不僅是可能的，而且絕大部份在詞體中都是存在的。爲了大家有一個直觀瞭解，我們根據《常用百體句式組合頻率表》，列舉出詞體76種句式組合中按「節配原則」進行搭配的句式組合：

表5－7 常用百體「節配型句式組合」實際使用表

組合等級	出現頻率	組合種目	實例	「節配」型組合
特級組合（出現9次以上）	9次以上	12種	33型（30）、77（22）、45（22）、444（18）、446（17）、34型（17）、445（9）、76（9）	446（17）、75（13）
一級組合（出現5到8次）10種	8次	1種	54型（8）	
	7次	4種	35（7）、65（7）、544（7）、734（7）	35（7）
	6次	4種	36型（6）、37（6）、344（6）、346（6）	37（6）
	5次	1種	53型（5）	53（5）

〔註22〕注：廣義的節配型組合包括齊言組合和雜言組合兩類。全部的齊言組合都屬於「節配型組合」。因爲齊言組合具有更爲要嚴格的組合特徵，受到更爲嚴格的疊配組合原則控制，所以，爲了研究方便，今後不將齊言組合列入節配型組合範圍。今後凡談論節配型組合，皆指狹義，即雜言類節配組合。

二級組合 （出現 2 到 4 次） 29 種	4 次	5 種	46 型（4）、47（4）、64（4）、 74（4）、654（4）	46（4）、64（4）
	3 次	6 種	56 型（3）、63（3）、333（3）、 733（3）、447（3）、434（3）	733（3）、
	2 次	18 種	22 型（2）、48（2）454（2） 633（2）、433（2）、644（2）、 744（2）、665（2）、353（2）、 634（4）、345（2）、354（4）、 735（2）、534（2）、545（2）、 5444（2）、6434（2）、3334 （2）、	48（2） 644（2）、353（2）、 735（2）、
三級組合 （出現 1 次）25 種	1 次	25 種	73 型（1）、85（1）、336、335、 533、443、366、355、564、 546、464、436、636、547、 645、364、754、5433、5434、 3434、3435、3446、3636、 3536、4444一、	73（1） 85（1） 335、533、355、464、

　　對比上述兩表，我們找出「節配型句式組合」理論類型和實際類型的差別，並分析造成這種差別的原因。爲探討方便，我們只考察兩句型組合。在兩句型組合中，「節配型句式組合」實際類型相比於理論類型，少了以下幾個種類：

　　（一）8−8 型、9−9 型──與八言九言相關的齊言型組合。因爲八言和九言非常之少，這兩種「長言」的組合幾率就更小，這兩類組合不出現是可以理解的。

　　（二）2−6 型、6−2 型、2−8 型、8−2 型、4−8 型、8−4 型、6−8 型、8−6 型──與二言八言相關的雜言型句式組合。因爲二言、八言非常稀少，這些組合也基本消失（注：常用百體出現過兩例 48型組合：

盡尋勝賞，驟雕鞍紺幰出郊坰。（木蘭花慢──坼桐花爛漫　柳永）
對佳麗地，信金罍罄竭玉山傾。（木蘭花慢──坼桐花爛漫　柳永）
但該組合中八言均爲「一七結構」一字豆句，所以本文將其劃歸 47型組合）。

（三）3－9 型、9－3 型、5－9 型、9－5 型、7－9 型、9－7 型
——與九言相關的雜言組合。一方面由於九言本來稀少，一方面由於
一些九言或被看成 6－3 型組合，或被看成 2－7 型組合，這些包含九
言的句式組合在詞體中也很少出現。如果去掉句式節奏上的質疑，則
如「問君能有幾多愁，恰似一江春水向東流」的 7－9 型句式，在詞
體中還是少量出現過的。

（四）2－4 型、4－2 型——由於節奏原因而融合消失的組合。
由於節奏的原因和習慣，2－4 型組合與 4－2 型組合即使存在，也會
被讀成並實際看成六言，所以它們在詞體甚至中國詩歌中基本不會出
現。我們把這種由於句式較短而發生的組合消失現象稱爲「組合融
合」。中國詩歌中同樣發生「**組合融合現象**」的組合還包括我們今後
將要探討到的 2－3 型、3－2 型組合與 2－5 型、4－3 型組合，它們
分別融合形成了普通五言和普通七言，其中 3－2 型還部份融合形成
了一字豆五言（注意，節奏不能看成普通七言的 3－4 型組合則並沒
有消失，反而成爲了詞體最發達的句式組合之一）。

綜合上述四種情況，都是因爲客觀原因而導致組合類型缺失。其
中，前三種情況都是因爲所含句式的稀少，後面一類則是由於句式發
生了節奏上的融合。

除去上述四種情況，則常見句式的各種理論「節配型組合」只有
5－7 型組合在常用百體中沒有出現過。爲什麼詞體獨缺少 5－7 型組
合呢？以本文理解，這純屬偶然，並不能由此肯定 5－7 型組合在節
奏上存在問題。實際上，5－7 型句式組合應該具有較好的節奏性，
我們隨手就可以舉出如下的例子來說明：

> 搖落宋玉悲，風流儒雅是吾師。
> 悵望千秋淚，蕭條異代不同時。
> 江山空文藻，雲雨荒臺豈舊夢。
> 楚宮俱泯滅，舟人指點到今疑。

在這個例子中，句式組合的格律構成固然可以討論，句式組合的節奏

則是沒有任何問題的。

由以上討論可知，除去極爲偶然的例外，以及一些特殊情況，常見的「節配型組合」理論類型，可以說實際上基本存在。由此，我們得出結論，「節配原則」是具有廣泛適用性的句式組合普遍原則。

四、其他常見節配型組合

常見的節配型組合除上述已討論的 7－5 型組合外，還包括 4－4－6 型、3－5 型、3－7 型、5－3 型、4－6 型、6－4 型、7－3－3 型等主要組合形式。

其中，有些組合在歷史上曾有重要應用，如：3－7 型、7－3－3 組合；有些組合在歷史上雖然有重要應用，但詞體已經極大地改變了其運用方式，如 4－6 型、6－4 型、4－4－6 型組合在駢文中有大量應用，但是在詞體中，則對其中的六言使用節奏進行了規範節制，即捨棄了駢文最常用的「一二之二」節奏型六言，而發揚了後期駢文慢慢增多的「二二二」型節奏六言；還有一些有些組合則屬於詞體的獨特組合，如 3－5 型、5－3 型等。

五、小結

7－5 型組合屬於詞體的特級句式組合，是詞體十大句式組合之一，其使用頻率位列十二大句式組合的第八位。75 型組合在先唐詩文中非常罕見，是到了詞體中才被開發出來的一種句式組合模式。與律詩律聯的格律策略大相徑庭，7－5 型組和傾向於選擇以「黏對」爲主的對仗方式來組織格律。

7－5 型組合蘊含著一種相當普遍的句式組合原則：「節配原則」；我們可以根據句式尾節節奏的不同，將句式劃分爲兩類，一類以「三言節」結尾，包括：三言、五言、七言、九言，稱爲「三字尾句式」，一類以「二言節」結尾，包括二言、四言、六言、八言，稱爲「二字尾句式」。「三字尾句式」與「二字尾句式」具有不

同的誦讀節奏，在組合時具有的不同的組合傾向。「節配原則」就是同尾節句式的相互組合原則。「節配」有兩種方式，一種是「二字尾句式」與「二字尾句式」相互搭配，一種是「三字尾句式」與「三字尾句式」相互搭配，前者稱爲「二字尾節配」，後者稱爲「三字尾節配」。

　　詞體中利用「節配原則」形成的常見句式組合包括：446 型（17例）、75 型（13 例）、35（7 例）、37 型（6 例）、53 型（5 例）、46 型（4 例）64 型（4 例）、733（3 例）、644（2 例）、353（2 例）、735（2 例）。

　　詞體利用「節配原則」形成的常見句式組合分爲兩類，一類爲「二字尾型節配組合」，有：4－4－6 型、4－6 型、6－4 型、6－4－4 型；一類爲「二字尾型節配組合」，有 7－5 型、3－5 型、3－7 型、5－3型、7－3－3 型、3－5－3 型、7－3－5 型等組合。

六、結語

　　瞭解「節配原則」的普遍性對我們具有重要意義。「節配原則」可以使我們更理性地看待句式組合，它不僅可以幫助我們解釋已發生的組合現象：如詞體大量使用 4－4－6 型、7－5 型、3－5 型、3－7型、5－3 型、4－6 型、6－4 型、7－3－3 型組合的現象，而且還能夠幫助我們預測未來可能發生的組合現象：某些數量稀少未被人注意的組合如「57 型組合」，其整體節奏性非常強，有可能就是未來的句式組合模式。如果我們破除中國詩歌對於五七言的迷信，如果我們打破中國詩歌句式崇尚短小的潛在戒律，則許多被棄用的「節配型句組合」也許會在詩體創造中發揮更大的作用。

　　最後，我們舉出一首很有趣的詩作爲對「節配原則」討論的結束：

【一三五七九言詩】釋慧英

遊。愁。

赤縣遠。丹思抽。

鷟嶺寒風駛。龍河激水流。

　　　　既喜朝聞日復日。不覺年頹秋更秋。

　　　　已畢耆山本願誠難住。終望持經振錫往神州。

　　　　（《先秦兩漢魏晉南北朝詩》隋詩卷十）

這首詩運用「節配原則」和「對仗原則」組織韻段，作者顯然深諳「節配原則」運用之道，對「節配原則」的聲學意義具有深刻洞察。

第五節　論 4－5 型組合及蘊含的「鄰配組合原則」

　　4－5 型組合是詞體十大句式組合之一，也是詞體一種特有句式組合。4－5 型組合蘊含著一種相當普遍的句式組合原則：「鄰配原則」。本節研究 4－5 型組合的使用特點及其蘊含的普遍句式組合原則。

一、4－5 型組合的使用特點

1、基本使用狀況

　　4－5 型組合是詞體最常用的句式組合之一。據《常用百體句式組合頻率表》統計，4－5 型組合屬於詞體的特級句式組合，使用頻率高居十二大句式組合的第三位，常用百體中共有 13 體 22 次用到該組合。詞體所用 76 種句式組合中，只有 3－3 型組合使用率高於它，7－7 型組合使用率與其平齊，可見 4－5 型組合是詞體當之無愧的最常用類組合。

2、簡單分類

　　4－5 型組合根據其五言節奏的不同可劃分爲兩類，一類含一字豆五言，一類含普通五言，分別如下：

　　含一字豆五言的特殊 45 型組合（4 例）：

冰肌玉骨，自清涼無汗。（洞仙歌——冰肌玉骨　蘇軾）

醉倒山翁，但愁斜照斂。（齊天樂——綠蕪凋盡臺城路　周邦彥）

華闕中天，鎖蔥蔥佳氣。（醉蓬萊——漸亭皋葉下　柳永）

南極星中，有老人呈瑞。（醉蓬萊——漸亭皋葉下　柳永）

含普通五言的一般 45 型組合（18 例）：

憑闌秋思，閒記舊相逢。（滿庭芳——南苑吹花　晏幾道）

楊柳風輕，展盡黃金縷。（蝶戀花——六曲闌干偎碧樹　馮延巳）

紅杏開時，一霎清明雨。（蝶戀花——六曲闌干偎碧樹　馮延巳）

柳徑春深，行到關情處。（點絳唇——蔭綠圍紅　馮延巳）

角聲嗚咽，星斗漸微茫。（江城子——髻鬟狼藉黛眉長　韋莊）

老來風味，是事都無可。（驀山溪——老來風味　程垓）

三杯徑醉，轉覺乾坤大。（驀山溪——老來風味　程垓）

一曲清歌，暫引櫻桃破。（一斛珠——晚妝初過　唐·李煜）

爛嚼紅茸，笑向檀郎唾。（一斛珠——晚妝初過　唐·李煜）

秋色連波，波上含煙翠。（蘇幕遮——碧雲天　范仲淹）

芳草無情，更在斜陽外。（蘇幕遮——碧雲天　范仲淹）

夜夜除非，好夢留人睡。（蘇幕遮——碧雲天　范仲淹）

酒入愁腸，化作相**思**淚。（蘇幕遮——碧雲天　范仲淹）

皇家盛事，三殿慶重重。（導引——皇家盛事　無名氏）

睡起懨懨，無語小妝懶。（祝英臺近——墜紅輕　程核）

閒倚銀屏，羞怕淚痕滿。（祝英臺近——墜紅輕　程核）

鳳幃夜短，偏愛日高眠。（促拍花滿路——香靨融春雪　柳永）

畫堂春過，悄悄落花天。（促拍花滿路——香靨融春雪　柳永）

由於一字豆句式是詞體的特殊句式，關於一字豆句式構成的組合，我們另處討論，此處主要討論普通 4－5 型句式組合。

3、4－5 型組合的歷史來源

4－5 型組合是詞體特有的句式組合——4－5 型組合在先唐詩歌韻文中，是非常罕見的。在號稱組合形式複雜多樣的楚辭中基本沒有〔註23〕。在中國詩歌句式產生重大影響的漢賦和駢文等韻文中，也很

〔註23〕即使不考慮楚辭的句式節奏與一般詩歌的句式節奏有標誌性區別，也很難找到與 4－5 型組合外觀相似的組合，如以離騷爲例，全詩 187 個組合，從外觀上看出現了 6 分 6、6 分 7、7 分 6、5 分 6、5 分 5、

少出現 4－5 型組合。最令人驚奇的是，歷代雜言詩歌對 4－5 型的應用也是少之又少。檢計《先秦兩漢魏晉南北朝詩》及唐代雜言歌辭，基本上見不到 45 型句式。基本上可以說，4－5 型句式是到了詞體中才被開發出來的一種句式組合模式。當然，一經開發，它就成爲了詞體的寵幸兒。

4、4－5 型組合的格律組合特徵

爲了瞭解 4－5 型句式組合的格律組合規律，我們對 4－5 型組合的格律關係進行了系統分析。

冰肌玉骨，自清涼無汗。（洞仙歌——冰肌玉骨　蘇軾）

華闕中天，鎖蔥蔥佳氣。（醉蓬萊——漸亭皐葉下　柳永）

南極星中，有老人呈瑞。（醉蓬萊——漸亭皐葉下　柳永）

醉倒山翁，但愁斜照斂。（齊天樂——綠蕪凋盡臺城路　周邦彥）

——特殊 45 型組合，暫不分析

閒倚銀屏，羞怕淚痕滿。（祝英臺近——墜紅輕　程核）

——含非律句，不入分析

平韻（5 例）：

憑闌秋思，閒記舊相逢。（滿庭芳——南苑吹花　晏幾道）

畫堂春過，悄悄落花天。（促拍花滿路・香靨融春雪　柳永）

角聲鳴咽，星斗漸微茫。（江城子——鬅鬙狼藉黛眉長　韋莊）

——「仄平平仄，仄仄仄平平」（黏－對）

皇家盛事，三殿慶重重。（導引——皇家盛事　無名氏）

鳳幃夜短，偏愛日高眠。（促拍花滿路——香靨融春雪　柳永）

——「仄仄，平平」（完全對）

仄韻（12 例）：

楊柳風輕，展盡黃金縷。（蝶戀花——六曲闌干偎碧樹　馮延巳）

8兮6、7兮7、6兮5、6兮8、8兮6、9兮6、5兮7、6兮9、8兮7、7兮8 等句式組合模式，沒有出現「4兮5」型組合。

紅杏開時，一霎清明雨。（蝶戀花——六曲闌干偎碧樹　馮延巳）

柳徑春深，行到關情處。（點絳唇——蔭綠圍紅　馮延巳）

一曲清歌，暫引櫻桃破。（一斛珠——晚妝初過　唐・李煜）

爛嚼紅茸，笑向檀郎唾。（一斛珠——晚妝初過　唐・李煜）

秋色連波，波上含煙翠。（蘇幕遮——碧雲天　范仲淹）

芳草無情，更在斜陽外。（蘇幕遮——碧雲天　范仲淹）

夜夜除非，好夢留人睡。（蘇幕遮——碧雲天　范仲淹）

酒入愁腸，化作相思淚。（蘇幕遮——碧雲天　范仲淹）

睡起懨懨，無語小妝懶。（祝英臺近——墜紅輕　程核）

——「仄仄平平，仄仄平平仄」（黏對）

三杯徑醉，轉覺乾坤大。（驀山溪——老來風味　程垓）

——「平平仄仄，仄仄平平仄」（對黏）

老來風味，是事都無可。（驀山溪——老來風味　程垓）

——「仄平平仄，仄仄平平仄」（重）

　　通過分析可知，無論是平韻還是仄韻韻段，4－5 型組合的格律關係幾乎全部為對仗關係：全部 17 例只有一例為例外的「對黏」關係、一例為例外的「重律」關係；在對仗關係中，「黏－對」遠多於「完全對」，二者比例為 13：2，兩個「完全對」均發生在平韻詞中。

　　我們知道，在律詩中，一聯的對仗關係都是「完全對」。對比律詩的情況，可以看出，普通 **45 型組合與律詩律聯的格律策略大相逕庭，普通 45 型組和傾向於選擇以「黏－對」為主的對仗方式來組織格律。**

二、45 型組合蘊含的句式組合原則——鄰配原則

　　為什麼 4－5 型組合具有如此魅力，能夠成為詞體最常使用的句式組合模式之一呢？換句話說，四言與五言能夠穩定地組合在一起，是偶然的還是必然，4－5 型組合是否蘊含了某種特殊規律？

　　要回答這個問題，我們當然可以從四言和五言的具體節奏入手來進行分析。我們知道，四言五言是相鄰句式，普通四言是由兩個二言節構成，其句式節奏是「二二」節奏，普通五言是由一個二言節和一個三言節構成，其句式節奏是「二三」節奏；兩者的配合相當於「二二二三」節奏，這相當於一個以「三字尾」結尾的典型九言句節奏，從五言七言的誦讀效果比附來看，4－5 型組合自然也具備不錯的誦讀節奏。

　　但本文並不想只局限於從四言五言角度來探討問題答案，本文想從一個更爲廣闊的句式背景來討論這一問題。本文認爲，四言五言作爲字數相鄰的句式，在組合上具有天然節奏性，這是一個相對孤立的事實，這個事實其實蘊含一類更爲普遍的原則，即不僅僅是四言五言，其他任何相鄰字數的句式，在組合上也都具有這種天然節奏性。以下爲簡便，將這種「相鄰句式形成搭配」的原則稱爲「鄰配原則」，將「相鄰句式形成的組合」稱爲「鄰組合」或「鄰配型組合」，將其組合方式稱爲「鄰配」。

　　「鄰配」代表了一類句式組合的生成方式，所有理論上可能的「鄰配型組合」包括：

表 5－8　「鄰配型組合」理論類型

句型	23 型	34 型	45 型	56 型	67 型	78 型	89 型
句型	32 型	43 型	54 型	65 型	76 型	87 型	98 型

　　那麼，所有這些理論上的鄰配型組合在實際情況中是存在的嗎？

　　我們首先從實際層面來對這一鄰配型組合的普遍性進行檢驗，然後再從理論層面嘗試對這一普遍性予以解釋。

　　據《句式組合統計總表二》，常用百體實際使用到的「鄰配型組合」包括：

表 5−9　常用百體「鄰配型組合」實際使用表

句型	23 型	34 型	45 型	56 型	67 型	78 型	89 型	445 型
數量	無	17	22	3	無	無	無	9
句型	32 型	43 型	54 型	65 型	76 型	87 型	98 型	344 型
數量	無	無	8	7	9	無	無	6

從統計容易看出，「鄰配型組合」的理論類型，有 8 種在常用百體中沒有出現。其具體分佈如下：

（一）2−3 型、3−2 型、7−8 型、8−9 型、8−7 型、9−7 型——因為各自所含句式的稀少而罕見類。這幾類因為包含二言、八言、九言等詞體稀見句式，故在詞體中基本沒有出現。

（二）4−3 型、2−3 型——因為節奏和習慣的原因而罕見類。由於漢語詩歌對五七言的偏愛，這兩類組合在節奏上與普通五言七言句式完全相同，因而自然融合成為了五七言句式，故而在詞體中也沒有出現。

（三）6−7 型組合——唯一找不到缺席原因卻在詞體中缺席了的「鄰配型組合」。

也就是說，**除去八種句式組合因為句式稀少或者節奏融合等客觀原因缺席了詞體構成，其他所有「鄰配型組合」的理論類型只有一種沒有在實際中出現。而這一種沒有出現的 6−7 型組合特例，在節奏上沒有任何不和諧，它的缺席可以解釋為純屬偶然。由此，我們可以得出結論，「鄰配原則」適用於所有相鄰句式的組合搭配情況。**

三、領配原則的形成原因探討

「鄰配原則」具有普遍性——我們首先在更廣闊的句式背景下檢驗了這一原則的普適性。下面，我們嘗試從理論上對這一原則給予解釋。

為什麼相鄰句式能夠形成搭配節奏？本文引入「頓」和「誦讀時長」兩個概念來解釋。本文認為，控制相鄰句式搭配的內在因素是頓

與誦讀時長。時長、頓相近，則誦讀節奏相近，容易形成搭配。「二言節」與「三言節」具有完全不同層面的性質：「二言節」在句式中即一「頓」，誦讀時長與節奏相對較固定；「三言節」在句式中具有靈活性，可以拖長慢讀爲兩「頓」，即讀爲「一二」或「二一」節奏，也可以壓縮快讀爲一「頓」，即「一一一節奏」，具體讀爲哪種情況，視句式環境而定；這樣，「三言節」在與「二言節」搭配時，能根據情況調整時長和頓數，或選擇與一個「二言節」組合，這時它可以讀爲一「頓」，或選擇與兩個「二言節」組合，這時它可以讀爲「兩頓」。體現到具體組合中，就是既可以出現三言與二言自然搭配的 3−2 型組合，也可以出現三言與四言自然搭配的 3−4 型組合；既可以出現四言與五言自然搭配的 4−5 型組合，也可以出現四言與三言自然搭配的 4−3 型組合——在所有這些情況中，三言、五言、七言都可以**選擇兩種節奏來進行句式搭配，他們可以分別與相鄰兩種偶言句搭配而均保持節奏感。出現在三言節身上的這種特殊性質，我們可以將它稱爲「三言節節奏伸縮性」或「三言節誦讀時長伸縮性」。**

三言節的這種「時長伸縮現象」或「節奏伸縮性」，還可以從以下幾個現象得到佐證。

（1）五言詩與七言詩在誦讀時的時長和節奏感受

五言詩一般會讀爲「二三」節奏，如《登鸛雀樓》：

白日／依山盡
黃河／入海流
欲窮／千里目
更上／一層樓

七言詩一般會讀爲「四三」節奏，如《出塞》：

秦時明月／漢時關，
萬里長征／人未還。
但使龍城／飛將在，
不教胡馬／度陰山。

如果你仔細誦讀，你能明顯感覺，同是「三言節」構成的「三字尾」，五言中和七言中誦讀感覺大不相同：五言中的三言節，與其前的二言節用時差不多，明顯讀得較快，較短，節奏上一氣呵成；七言中的三言節，則用時較長，似乎需要一定的拖音，並且節奏上傾向於可以細分。爲什麼會出現這樣的差別呢，這是因爲，五七詩言中的「三言節」在「時長伸縮性」上具有完全相反的性質：五言詩中的三言節需要與二言節保持配合，在誦讀時長上靠近二言節，故傾向於縮短快讀爲一「頓」；而七言詩中的三言節需要與前面的四言節配合，在誦讀上傾向於拉伸時長，讀爲近似兩頓。松浦友久在《中國詩歌原理》中曾以句末「休音」來解釋五七言句末「三字尾」誦讀效果，但顯然，「休音現象」只存在於七言詩三字尾，而與發生在五言詩三字尾中的情況並不相同，「休音理論」適合於解釋七言詩三字尾的時長拖長現象，卻無法解釋五言詩三字尾的時長縮短現象。

　　關於七言「三字尾」的時長拖長，我們這裡附加一個強有力的證明，就是漢代楚歌「三兮三」句式與 3－3 型組合的自由替換現象——蕭滌非《漢魏六朝樂府文學史》指出：

　　　　今傳世三言詩之入樂者，不得不首推《安世房中樂》也——《國殤》全篇句法皆如此。如將句腰之「兮」字省去，即成《房中樂》之三言體。或將《房中樂》於句腰增一「兮」字，亦即成《國殤》體矣。（蕭滌非 1984）〔註24〕

張應斌《論三言詩》1998 年進一步推斷：

　　　　楚歌三兮三句式，去掉兮，即成三言：《房中樂》中《安其所》《豐草葽》《雷震震》三章係楚歌拆分而來。〔註25〕

郭曉音《論漢魏三言體的發展及其與七言詩歌的生成關係》2006 年則認爲：

　　　　七言源於楚辭的論者常常舉出《宋書·樂志》所載漢

〔註24〕蕭滌非：《漢魏六朝樂府文學史》，人民文學出版社 1984 年版，頁 10～11。

〔註25〕張應斌：《論三言詩》，《武陵學刊》1998 年第 1 期。

樂府《相和歌》的「今有人」(《樂府詩集》卷28作「陌上桑」)和《山鬼》對照,作爲説明七言和楚辭體關係的實例。認爲《山鬼》句式中的「兮」字改成一個實字,就可以形成七言。但是,七言與楚辭的關係並非如此簡單,「今之人」取《山鬼》的一半,把三兮三的節奏改成了三三七的節奏。應注意三三七式不等於全篇七言……從《安世房中歌》中的三言和《郊祀歌》中的長篇三言來看,當時的創作者顯然也意識到三言要獨立成體,並不完全等於三兮三的楚辭體去掉「兮」字,因而在一些作品中探索了三言句的搭配和長篇如何結體的問題。《安世房中歌》採用了一些頂針句和排比句,如其六:「民何貴,貴有德。」其七:「安其所,樂終産。樂終産,世繼緒。」其八:「大莫大,成教德,長莫長,被無極。」(《樂府詩集》卷八)問答加頂針,疊字對偶,隔句重複句式等,這些是在兩漢四言和五言中通用的手法。《郊祀歌》中的三言,因爲用於祭神,「神」與「靈」字在詩裏多次出現,但也有分割章節的作用。如《練時日》中前面用四個「靈之×」,每句領起四句,然後以「靈安坐」領起七句,再以「靈安留」領起15句,加上注意到每句三言詞組結構的錯落安排,不需要對偶頂針也可以形成節奏感。《天馬》的後24句則是四句一節,每句以「天馬徠」領起二句;《華火畢火畢》中每節都以「神××」或「神之×」領起。《五神》則是以四句一轉韻來分章。這些結構初步形成了三言體和楚辭三兮三式的區別。〔註26〕

這雖然討論的是從「三兮三」詩體向「三言詩」的轉變,但對於兩種句式作爲替換關係的事實則沒有異議——「三兮三」句式可以與33型組合自由替換,這一事實説明二者在節奏上極爲相近,前者的「三兮」與後者的「三言句」節奏相近,而「三兮」大致相當於一個句中「四言節」,這就説明「三言句」誦讀節奏與句中四言節近同,這恰

〔註26〕郭曉音:《論漢魏三言體的發展及其與七言詩歌的生成關係》,《上海大學學報》06年3期。

好證明「三言句」的確存在時長拖長現象。

關於五言「三字尾」的時長縮短，我們還可以提供一個佐證，即五七言詩表達效果的區別——明陸時雍《詩鏡總論》云：

> 詩四言優而婉，**五言直而倨**，七言縱而暢，三言矯而掉，六言甘而媚。雜言奇範，頓跌起伏。〔註27〕

易聞曉《中國詩的韻律節奏與句式特徵》指出：

> 「一言未足以抒懷、二言殆可以成語、三言尚且短促、四言優婉簡質、**五言堅整簡練**、六言軟媚平衍、**七言縱暢有致**」〔註28〕

與此相應，一般認爲，五言詩簡質含蓄，七言詩流暢放達。爲什麼五七言詩表達效果會出現這種差異呢，一般人認爲，這是因爲字數長短的區別。但是，本文認爲，字數長短並不足以解釋五言簡質的特性。在本文看來，五言的表達效果，主要源於其節奏特性，具體而言，主要源於其三字尾的時長縮短。由於時長縮短，所以五言在誦讀效果上實際是非常緊湊局促的——這直接導致了其美學效果的簡質莊重。五言詩的美學效果，從一個側面反映了五言三字尾的性質。

三言節的節奏伸縮性導致奇言在與偶言組合時能夠自動調整節奏，與偶言節奏趨同、自然合拍。**我們把這種發生在三言節身上的自動調整節奏現象稱爲「節奏補償」。「節奏補償」有三個表現，一是七言的三言節的句尾延時——休音，二是五言的三言節的句尾煞短，三是與相鄰句式發生組合時的節奏補償。「節奏補償」是句式組合的「鄰配原則」的內在原因。**

（2）3－4型組合的特殊節奏選擇

3－4型組合是常用百體又一常用組合，使用率高居第六。觀察3－4型組合的句式選擇，我們會得到非常大的啓示。常用百體中3－4

〔註27〕丁福保：《歷代詩話續編》，北京：中華書局，1983，頁1402。

〔註28〕易聞曉：《中國詩的韻律節奏與句式特徵》，《中國韻文學刊》07年4期。

型組合中的三言，幾乎全部爲帶有明顯「一二節奏」的一字豆句式。
具體如下：

3－4 型（17 例）

漸暖靄，初回輕暑。（賀新郎——睡起流鶯語　葉夢得）

但悵望，蘭舟容與。（賀新郎——睡起流鶯語　葉夢得）

有誰家，錦書遙寄。（水龍吟——霜寒煙冷蒹葭老　蘇軾）

酒醒處，殘陽亂鴉。（柳梢青——岸草平沙　秦觀）

過短亭，何用素約。（瑞鶴仙——悄郊園帶郭　周邦彥）

卻彈作，清商恨多。（太常引——仙機似欲織纖羅　辛棄疾）

且痛飲，公無渡河。（太常引——仙機似欲織纖羅　辛棄疾）

怕綠刺，罥衣傷手。（雨中花令——剪翠妝紅欲就　晏殊）

爲黃花，頻開醉眼。（燭影搖紅——老景蕭條　毛滂）

<u>二十年，重過南樓</u>。（唐多令——蘆葉滿汀洲　劉過）

舊江山，渾是新愁。（唐多令——蘆葉滿汀洲　劉過）

<u>細雨打</u>，鴛鴦寒悄。（杏花天——淺春庭院東風曉　朱敦儒）

人別後，碧雲信杳。（杏花天——淺春庭院東風曉　朱敦儒）

對好景，愁多歡少。（杏花天——淺春庭院東風曉　朱敦儒）

憑小檻，細腰無力。（撥棹子——風切切　尹鶚）

偏掛恨，少年拋擲。（撥棹子——風切切　尹鶚）

雨瀟瀟，衰鬢到今。（戀繡衾——木落江南感未平　朱敦儒）

其中，只有加下劃線 2 例三言不是「一字豆」。如果我們仔細誦讀，
我們就會發現，一字豆句式可以明顯加強三言句式的「一二」誦讀節
奏，從而與其後的四言句式形成均衡的誦讀時長。當然，這並不是說，
3－4 型組合中三言不能選擇「二一」節奏，事實上，「二一節奏」是
完全可以的，並且在形成均衡時長方面也很不錯。只是同一字豆句式
的強有力節奏相比，稍有遜色而已。常用百體 34 型組合多選擇一字
豆句式構成組合，這也反映了三言節的「節奏伸縮性」。

（3）一調多體的「各言替代現象」

「一調多體」現象是詞體特有的現象。據本文統計，《欽定詞譜》54.6%的詞體存在「一調多體」現象，其中一調六體以上的有 69 調，可見「一調多體」現象的普遍性。「一調多體」現象最常見的表現就是「句式替代」，包括各言句式替代、各種組合替代、句式與組合相互替代等幾種形式，其中，相鄰句式之間的相互替代又是句式替代最常見的方式。大量「相鄰句式替代」現象雖然本質上由音樂決定，但必然與句式節奏相關。本文認為，「各言替代現象」主要是建立在三字尾句式的節奏可伸縮性基礎之上的，反映的正是「三言節的節奏伸縮性」特性。

以上三個現象都從側面佐證「三言節節奏可伸縮性」的客觀存在。

三言節的「節奏伸縮性」，是一個值得深入討論的話題。如果「三言節節奏伸縮性」屬實，那麼關於「鄰配原則」的存在就可以得到很好的解釋。當然，本文絕不排除「鄰配原則」存在的其他可能理由，但不管怎樣，「鄰配原則」的存在事實，是無法否認的。

四、常見「鄰配型句式組合」

上文我們已經據「鄰配原則」列舉出「鄰配型組合」所有理論類型，有《「鄰配型組合」理論類型表》，並列舉出實際存在的 14 種「鄰配型組合」，有《常用百體「鄰配型組合」實際使用表》。為觀察各鄰配組合的使用頻度，我們將實存在 14 種「鄰配型句式組合」進行分類，得到下表：

表 5－10　常用百體「鄰配型組合」使用頻率表

組合等級	出現頻率	組合種目	實例	鄰配型組合
特級組合（出現 9 次以上）	9 次以上	12 種	33 型（30）、77（22）、45 型（22）、444（18）、446（17）、34 型（17）、55 型（15）、75 型（13）、44 型（12）、445（9）、76 型（9）、66 型（9）	45 型（22）、34 型（17）、76 型（9）、445（9）

一級組合 （出現 5 到 8 次） 10 種	8 次	1 種	54 型（8）	54 型（8）
	7 次	4 種	35（7）、65 型（7）、544（7）、734（7）	65 型（7）
	6 次	4 種	36 型（6）、37 型（6）、344（6）、346（6）	344（6）
	5 次	1 種	53 型（5）	
二級組合 （出現 2 到 4 次） 29 種	4 次	5 種	46 型（4）、47 型（4）、64 型（4）、74 型（4）、654（4）	
	3 次	6 種	56 型（3）、63 型（3）、333（3）、733（3）、447（3）、434（3）	56 型（3） 434（3）
	2 次	18 種	22 型（2）、48 型（2）、454（2）、633（2）、433（2）、644（2）、744（2）、665（2）、353（2）、634（4）、345（2）、354（4）、735（2）、534（2）、545（2）、5444（2）、6434（2）、3334（2）	454（2）、665（2）、545（2）
三級組合 （出現 1 次）25 種	1 次	25 種	73 型（1）、85 型（1）、336、335、533、443、366、355、564、546、464、436、636、547、645、364、754、－5433、5434、3434、3435、3446、3636、3536、4444－、	443

下面對常用百體主要「鄰配型組合」一一進行考察。

1、7－6 型組合

7－6 型組合是詞體最常用的句式組合之一。據《常用百體句式組合頻率表》統計，**7－6 型組合屬於詞體的特級句式組合**，使用頻率位列十二大句式組合的末位，常用百體中共有 6 體 9 次用到該組合。這 6 體分別是《齊天樂》《念奴嬌》《賀新郎》《水龍吟》《臨江仙》《摸魚兒》。7－6 型組合也是詞體所特有的組合模式，在詞體之前的詩歌中非常罕見。

7－6 型組合也有自己的格律特點。下面對這其格律特點進行簡單分析：

7－6 型（9 例）

綠蕪凋盡臺城路，殊鄉又逢秋晚。（齊天樂——綠蕪凋盡臺城路　周邦彥）
——含非律句，暫不分析

仄韻：

桂魄飛來光射處，冷浸一天秋碧。（念奴嬌——憑空眺遠　蘇軾）
——仄仄平平平仄仄，平仄仄平平仄平（對－黏關係）

東臯雨足輕痕漲，沙嘴鷺來鷗聚。（摸魚兒——買陂塘　晁補之）
弓刀千騎成何事，荒了邵平瓜圃。（摸魚兒——買陂塘　晁補之）
——平平仄仄平平仄，平仄仄平平仄仄（重律）

吹盡殘花無人問，惟有垂楊自舞。（賀新郎——睡起流鶯語　葉夢得）
無限樓前滄波意，誰采蘋花寄取。（賀新郎——睡起流鶯語　葉夢得）
——仄仄平平平仄仄，仄仄平平平仄仄（重律）

霜寒煙冷蒹葭老，天外征鴻嘹唳。（水龍吟——霜寒煙冷蒹葭老　蘇軾）
——平平仄仄平平仄，仄仄平平平仄仄（對－黏）

平韻：

海棠香老春江晚，小樓霧谷空濛。（臨江仙——海棠香老春江晚　和凝）
——平平仄仄平平仄，平平仄仄仄平平（黏－對）

碾玉釵搖鸂鶒戰，雪肌雲鬢將融。（臨江仙——海棠香老春江晚　和凝）
——仄仄平平平仄仄，平仄平平仄平平（完全對）

　　從分析可知，76 型組合格律關係較爲複雜。仄韻類與平韻類似乎區別明顯，仄韻類以「黏對」和「重言」關係爲主，平韻類含「對黏」和「完全對」兩種關係。但總的來講，均以律句入組合。

2、5－4 型組合

　　5－4 型組合是詞體的常用的句式組合。據《常用百體句式組合頻率表》統計，**5－4 型組合屬於詞體的一級句式組合，使用頻率位列所有 76 種句式組合的第十三位，常用百體中共有 6 體 8 次用到該組合**。這 6 體分別是《滿江紅》、《齊天樂》、《紅窗迥》、《感皇恩》、《八

聲甘州》、《望海潮》。

　　5－4 型組合也是詞體所特有的組合模式，在詞體之前的詩歌中非常罕見。

　　值得注意的是，5－4 型組合的節奏有兩類，一類其中五言爲一字豆句式，包括以下 4 例：

　　　　繞嚴陵灘畔，鷺飛魚躍。（滿江紅——暮雨初收　柳永）
　　　　欹重拂羅裀，頓疏花簟。
　　　　　　　　　　（齊天樂——綠蕪凋盡臺城路　周邦彥）
　　　　正玉液新篘，蟹螯初薦。
　　　　　　　　　　（齊天樂——綠蕪凋盡臺城路　周邦彥）
　　　　早窗外亂紅，已深半指。（紅窗迥——幾日來　周邦彥）

一類其中五言爲普通句式，包括以下 4 例：

　　　　綠水小河亭，朱闌碧甃。（感皇恩——綠水小河亭　毛滂）
　　　　惟有長江水，無語東流。
　　　　　　　　　　（八聲甘州——對瀟瀟暮雨灑江天　柳永）
　　　　怒濤卷霜雪，天塹無涯。（望海潮——東南形勝　柳永）
　　　　乘醉聽簫鼓，吟賞煙霞。（望海潮——東南形勝　柳永）

嚴格來講，前面一類型組合屬於帶有領字句的領字型組合，這是一類特殊組合，關於這類組合，後面我們還要詳細分析。後一類組合才是普通 54 型組合。

　　普通 5－4 型組合的格律關係具體如下：

綠水小河亭，朱闌碧甃。（感皇恩——綠水小河亭　毛滂）

早窗外亂紅，已深半指。（紅窗迥——幾日來　周邦彥）

——「仄仄仄平平，平平仄仄」（完全對）

惟有長江水，無語東流。（八聲甘州——對瀟瀟暮雨灑江天　柳永）

乘醉聽簫鼓，吟賞煙霞。（望海潮——東南形勝　柳永）

——「仄仄平平仄，仄仄平平」（黏對）

綜合來講，普通 5－4 型組合的格律關係有「完全對」和「黏對」兩種模式。

3、6－5 型組合

6－5 型組合是詞體的常用的句式組合。據《常用百體句式組合頻率表》統計，**6－5** 型組合屬於詞體的一級句式組合，使用頻率位列所有 **76** 種句式組合的第十五位，常用百體中共有 6 體 7 次用到該組合。這 6 體分別是《訴衷情》《祝英臺近》《好事近》《促拍花滿路》《八聲甘州》《望海潮》。

6－5 型組合也是詞體所特有的組合模式之一，在詞體之前的詩歌中非常罕見。

6－5 型組合的節奏類型與格律關係均較複雜，並且相互之間有制約關係。65 型組合的節奏類型包括兩類，一類其中五言爲一字豆句式，一類其中的五言爲普通五言，後者較前者常用。**6－5** 型組合的格律關係複雜。由於六言多非律句，這部份含非律句的組合的格律關係難於考察；剩餘 **6－5** 型組合中，普通 **6－5** 型組合採取「完全對」的格律模式，而「含一字豆五言的特殊 **6－5** 型型組合」則採取「重言」的格律模式。其具體情況如下：

6－5 型（7 例）格律分析：

東城南陌花下，逢著意中人。（訴衷情令──青梅煮酒鬥時新　晏殊）

人道愁與春歸，春歸愁未斷。（祝英臺近──墜紅輕　程核）

有時攜手閒坐，偎倚綠窗前。（促拍花滿路──香靨融春雪　柳永）

──含非律句，暫不分析

昨夜一庭明月，冷秋韆紅索。（好事近──睡起玉屏風　宋祁）

天氣驟生輕暖，襯沉香帷箔。（好事近──睡起玉屏風　宋祁）

──平仄仄平平仄，仄平平平仄（重律）

是處紅衰翠減，苒苒物華休。（八聲甘州──對瀟瀟暮雨灑江天　柳永）

異日圖將好景，歸去鳳池誇。（望海潮──東南形勝　柳永）

──仄仄平平仄仄，仄仄仄平平（完全對）

4、4－4－5 型組合（9）

4－4－5 型組合是詞體最常用的句式組合之一。據《常用百體句式組合頻率表》統計，**4－4－5** 型組合屬於詞體的特級句式組合，使用頻率位列十二大句式組合的並列末位，常用百體中共有 5 體 9 次用到該組合。這 5 體分別是《念奴嬌》《醉蓬萊》《永遇樂》《少年遊》《太常引》。

4－4－5 型組合是詞體所特有的組合模式，在詞體之前的詩歌中非常罕見。

4－4－5 型組合的節奏類型與格律關係均較複雜。**4－4－5** 型組合的節奏類型包括兩類，一類其中五言為一字豆句式，一類其中的五言為普通五言，後者遠較前者常用。4－4－5 型組合的格律關係較複雜，仄韻與平韻類格律選擇不同普通。仄韻類 **4－4－5** 型組合主要採取「平平－平仄－平仄」的格律模式，而平韻 **4－4－5** 型組合則採取「平－仄－平」或「仄－仄－平」的格律模式。其具體情況如下：

4－4－5 型（9 例：平 3 仄 6）

嫩菊黃深，拒霜紅淺，近寶階香砌。（醉蓬萊──漸亭皋葉下　柳永）

此際宸遊，鳳輦何處，度管絃清脆。（醉蓬萊──漸亭皋葉下　柳永）

便欲乘風，翻然歸去，何用騎鵬翼。（念奴嬌──憑空眺遠　蘇軾）

玉宇瓊樓，乘鸞來去，人在清涼國。（念奴嬌──憑空眺遠　蘇軾）

曲港跳魚，圓荷瀉露，寂寞無人見。（永遇樂──明月如霜　蘇軾）

燕子樓空，佳人何在，空鎖樓中燕。（永遇樂──明月如霜　蘇軾）

──平－仄－仄

綠鬢朱顏，道家裝束，長似少年時。（少年遊──芙蓉花發去年枝　晏殊）

──平－仄－平

珠簾影裏，如花半面，絕勝隔簾歌。（太常引──仙機似欲織纖羅　辛棄疾）

蘭堂風軟，金爐香暖，新曲動簾帷。（少年遊──芙蓉花發去年枝　晏殊）

──仄－仄－平

5、3－4－4組合

3－4－4型組合是詞體常用的句式組合。據《常用百體句式組合頻率表》統計，**3－4－4型組合屬於詞體的一級組合，使用頻率位列所有76種句式組合的第二十位**，常用百體中共有5體6次用到該組合。這5體分別是《滿江紅》《永遇樂》《花心動》《賀新郎》《八聲甘州》。

3－3－4型組合是詞體所特有的組合模式，在詞體之前的詩歌中並不常見。

3－3－4型組合的節奏類型均較特殊，其中三言幾乎全部歸入一字豆三言。仔細考察，無論三言讀爲哪種節奏，整個組合的節奏應該都會不錯；但若三言爲一字豆三言，則組合的節奏感會明顯增強。

3－3－4型組合的格律關係比較複雜，似並無明顯規律。其具體情況如下：

344型（6例：平1仄5）格律分析：

臨島嶼，蓼煙疏淡，葦風蕭索。（滿江紅——暮雨初收　柳永）
異時對，黃樓夜景，爲余浩歎。（永遇樂——明月如霜　蘇軾）
盡沉靜，文園更渴，有人知否。（花心動——風約簾波　史達祖）
——仄—仄—仄

掩蒼苔，房櫳向曉，亂紅無數。（賀新郎——睡起流鶯語　葉夢得）
浪黏天，蒲萄漲綠，半空煙雨。（賀新郎——睡起流鶯語　葉夢得）
——平—仄—仄

爭知我，倚闌干處，正恁凝愁。（八聲甘州——對瀟瀟暮雨灑江天　柳永）
——仄—仄—平

上面，我們逐一考察了主要的「鄰配型組合」。這些組合雖然使用頻率不盡相同，節奏和格律組織都有自己的特徵，但都表現出了明顯的節奏性，它們的存在證明了「鄰配原則」是詞體句式組合的普遍性原則。

五、「鄰配原則」的存在意義

「鄰配原則」的存在，如同上一節討論的「節配原則」一樣，使我們可以更科學地看待句式組合現象。它不僅可以幫助我們理解已存在的組合現象：如詞體大量使用 4-5 型、3-4 型、7-6 型、4-4-5 型、5-4 型、6-5 型、3-4-4 型等句式組合的現象，而且還能夠幫助我們預測未來可能生成的新組合：某些數量稀少暫未贏得重視的組合如「6-7 型組合」等，其實節奏性並不差，在未來很可能會有更大的發展。如果我們破除中國詩歌對於五七言的迷信，如果我們打破中國詩歌崇尚短句的潛在戒律，則許多被棄用的「鄰配型組合」或許會對未來的詩體形式產生更爲重要的影響。

六、小結

4-5 型組合屬於詞體的特級句式組合，是詞體十大句式組合之一，其使用頻率高居十二大句式組合的第三位。4-5 型組合在先唐詩文中比較罕見，是到了詞體中才被開發出來的一種句式組合模式。4-5 型組合根據其五言節奏的不同可劃分爲兩類，一類含一字豆五言，一類含普通五言。與律詩律聯的格律策略大相徑庭，普通 4-5 型組和傾向於選擇以「黏對」爲主的對仗方式來組織格律。

4-5 型組合蘊含著一種相當普遍的句式組合原則：「鄰配原則」。我們將「相鄰句式形成搭配」的原則稱爲「鄰配原則」，將「相鄰句式形成的組合」稱爲「鄰組合」或「鄰配型組合」，將其組合方式稱爲「鄰配」。

三言、五言、七言都可以選擇兩種節奏來進行句式搭配，他們可以分別與相鄰兩種偶言句搭配而均保持節奏感。出現在三言節身上的這種特殊性質，我們可以將它稱爲「三言節節奏伸縮性」或「三言節誦讀時長伸縮性」。「三言節的節奏伸縮性」是「鄰配原則」的基礎。有三個事實可以佐證「三言節節奏伸縮性」現象的存在，它們分別是「五言詩與七言詩在誦讀時的時長和節奏感受」、「3-4 型組合的特

殊節奏選擇」、以及「一調多體」中「各言替代現象」。

　　詞體中利用「鄰配原則」形成的常見句式組合包括：4－5型（22例）、3－4型（17例）、7－6型（9例）、4－4－5型（9例）、5－4型（8例）、6－5型（7例）、3－4－4（6例）、5－6型（3例）、4－3－4型（3例）、4－5－4型（2例）、6－6－5型（2例）、5－4－5型（2例）等（括號中表示組合在常用百體中使用頻率）。不同的「鄰配型組合」在格律組織、使用頻率、節奏類型上又都有各自的特性。

第六節　論一字豆句式與「領配原則」

　　「一字豆句式」是詞體的特殊節奏句式。一字豆句式在進行句式組合時有什麼樣的規律，這是本節探討的內容。

一、一字豆句式的存在狀況

　　詞的句式有三種結構，一是普遍結構，二是一字豆結構，三是罕見結構。一字豆句式是詞體特有的句式。關於一字豆句式，我們在第三章有詳細討論，主要內容包括：

　　①列舉了常用百體使用的46例一字豆句式〔註29〕。

〔註29〕爲大家對詞體一字豆句式有感性認識，我們將常用百體46例一字豆句式羅列於下：
悄郊園帶郭。（瑞鶴仙──悄郊園帶郭　周邦彥）
任流光過卻。猶喜洞天自樂。（瑞鶴仙──悄郊園帶郭　周邦彥）
──1＋（2＋2），單獨成韻句2例
繞嚴陵灘畔，鷺飛魚躍。（滿江紅──暮雨初收　柳永）
漸月華收練，晨霜耿耿，雲山摛錦，朝露漙漙。（沁園春──孤館燈青　蘇軾）
有筆頭千字，胸中萬卷，致君堯舜，此事何難。（沁園春──孤館燈青　蘇軾）
坼桐花爛漫，乍疏雨，洗清明。（木蘭花慢──坼桐花爛漫　柳永）
正豔杏燒林，緗桃繡野，芳景如屏。（木蘭花慢──坼桐花爛漫　柳永）
乍望極平田，徘徊欲下，依前被，風驚起。（水龍吟──霜寒煙冷蒹葭老　蘇軾）
念征衣未搗，佳人拂杵，有盈盈淚。（水龍吟──霜寒煙冷蒹葭老　蘇軾）

任翠幕張天，柔茵藉地，酒盡未能去。（摸魚兒——買陂塘　晁補之）

便做得班超，封侯萬里，歸計恐遲暮。（摸魚兒——買陂塘　晁補之）

漸霜風淒緊，關河冷落，殘照當樓。（八聲甘州——對瀟瀟暮雨灑江天　柳永）

歎年來蹤跡，何事苦淹留。（八聲甘州——對瀟瀟暮雨灑江天　柳永）

歎重拂羅裀，頓疏花簟。（齊天樂——綠蕪凋盡臺城路　周邦彥）

正玉液新篘，蟹螯初薦。（齊天樂——綠蕪凋盡臺城路　周邦彥）

有流鶯勸我，重解雕鞍，緩引春酌。（瑞鶴仙——悄郊園帶郭　周邦彥）

漸亭皋葉下，隴首雲飛，素秋新霽。（醉蓬萊——漸亭皋葉下　柳永）

歎年華一瞬，人今千里，夢沈書遠。（選冠子——水浴清蟾　周邦彥）

但明河影下，還看疏星幾點。（選冠子——水浴清蟾　周邦彥）

早窗外亂紅，已深半指。（紅窗迥——幾日來　周邦彥）

——1＋（2＋2），句首 18 例

憑空眺遠，見長空萬里，雲無留跡。（念奴嬌——憑空眺遠　蘇軾）

微吟罷，憑征鞍無語，往事千端。（沁園春——孤館燈青　蘇軾）

身長健，但優游卒歲，且斗尊前。（沁園春——孤館燈青　蘇軾）

不忍登高臨遠，望故鄉渺渺，歸思難收。（八聲甘州——對瀟瀟暮雨灑江天　柳永）

黯黯離懷，向東門繫馬，南浦移舟。（漢宮春——黯黯離懷　晁沖之）

回首舊遊如夢，記踏青鬥飲，拾翠狂遊。（漢宮春——黯黯離懷　晁沖之）

有個人人生濟楚，向耳邊問道，今朝醒未。（紅窗迥——幾日來　周邦彥）

重湖疊巘清佳，有三秋桂子，十里荷花。（望海潮——東南形勝　柳永）

——1＋（2＋2），句中 8 例

冰肌玉骨，自清涼無汗。（洞仙歌——冰肌玉骨　蘇軾）

天氣驟生輕暖，襯沈香帷箔。（好事近——睡起玉屏風　宋祁）

昨夜一庭明月，冷秋韆紅索。（好事近——睡起玉屏風　宋祁）

華闕中天，鎖蔥蔥佳氣。（醉蓬萊——漸亭皋葉下　柳永）

嫩菊黃深，拒霜紅淺，近寶階香砌。（醉蓬萊——漸亭皋葉下　柳永）

南極星中，有老人呈瑞。（醉蓬萊——漸亭皋葉下　柳永）

此際宸遊，鳳輦何處，度管絃清脆。（醉蓬萊——漸亭皋葉下　柳永）

算未肯，似桃含紅蕊，留待郎歸。（聲聲慢——朱門深掩　晁補之）

花影被風搖碎。擁春醒未起。（紅窗迥——幾日來　周邦彥）

花知否，花一似何郎。（最高樓——花知否　辛棄疾）

——1＋（2＋2），句末 10 例

以上皆爲 1＋2＋2＝1＋4，合計 38 例

但醉同行，月同坐，影同歸。（行香子——前歲栽桃　晁補之）

對林中侶，閒中我，醉中誰。（行香子——前歲栽桃　晁補之）

②歸納出《常用百體各言句式節奏模式表》〔註30〕和《詞的標準句式節奏構成表》〔註31〕，二表清晰地展示了一字豆句式在詞體句

> **對佳麗地**，信金罍罄竭玉山傾。（木蘭花慢──坼桐花爛漫　柳永）
> ──1＋3，3例
> 前歲栽桃，今歲成蹊。**更黃鸝久住相知。**（行香子──前歲栽桃　晁補之）
> 何妨到老，常閒常醉，**任功名生事俱非。**（行香子──前歲栽桃　晁補之）
> ──1＋（2＋2＋2）＝1＋6，2例
> **對瀟瀟暮雨灑江天，**一番洗清秋。（八聲甘州──對瀟瀟暮雨灑江天　柳永）
> 盡尋勝賞，驟雕鞍紺幰出郊坰。（木蘭花慢──坼桐花爛漫　柳永）
> **對佳麗地**，信金罍罄竭玉山傾。（木蘭花慢──坼桐花爛漫　柳永）
> ──1＋（2＋2＋3）＝1＋7，3例

〔註30〕《常用百體各言句式節奏模式表》

	（最普遍模式）一般律節組	（例外）特殊律節組	（例外）罕見組合
一言句（0）	無		
二言句（15）	二言節		
三言句（234）	三言節		
四言句（339）	2＋2	1＋3（3例）	
五言句（226）	2＋3	1＋4（38例）	4＋1（2例）
六言句（152）	2＋2＋2		2＋4（2例）
七言句（240）	2＋2＋3	1＋6（2例）；	4＋3（1例）；2＋3＋2（1例）
八言句（3）	2＋2＋2＋2	1＋7（3例）	無
九言句（0）	2＋2＋2＋3	無	無
總計（1209句）	1159（95.2％）	46（3.8％）	7（0.6％）

〔註31〕《詞的標準句式節奏構成表》

標準句式	一般節奏（普遍模式）	特殊節奏（一字豆模式）
一言句（0）	一言節	
二言句（15）	二言節	
三言句（234）	三言節	
四言句（339）	2＋2	1＋3
五言句（226）	2＋3	1＋4

式構成中的基本狀況和地位。

③歸納出了一字豆句式的格律特性。

具體情況參看第三章。我們再把討論的結果稍作歸納：

（1）一字豆句式在詞體句式中的使用份額占到 3.8%，是詞體中不可或缺的一類句式。

（2）一字豆句式屬於特殊節奏句，與普通句式的節奏明顯不同。

（3）與罕見節奏句的不成熟不同，一字豆句式是一種成熟的句式，屬於詞體標準句式的範疇。

（4）一字豆句式全部爲律句。

（5）一字豆句式包括一字豆三言、一字豆四言、一字豆五言、一字豆六言、一字豆七言、一字豆八言等各種類型，句式類型非常完整。

二、一字豆句式形成的組合分類

（一）一字豆句式形成的組合類型

常用百體使用一字豆句式共 19 體 46 例，其中，獨立形成韻段 2 例，形成穩定組合的 44 例。這 44 例包括四言一字豆組合、五言一字豆組合、六言一字豆組合、七言一字豆組合、八言一字豆組合等各種類型；一字豆句式的在組合中的位置非常靈活，有用於韻段首的，有用於韻段中間的，也有用於韻段末句的；其中，以一字豆句式位於句首的五言一字豆組合最多。其具體情況如下：

五言一字豆類組合（38 例）——

（5－4 型組合）

繞嚴陵灘畔，鷺飛魚躍。（滿江紅——暮雨初收　柳永）

歎重拂羅裀，頓疏花簟。（齊天樂——綠蕪凋盡臺城路　周邦彥）

六言句（152）	2＋2＋2	1＋5
七言句（240）	2＋2＋3	1＋6
八言句（3）	2＋2＋2＋2 無	1＋7
九言句（0）	2＋2＋2＋3	無

正玉液新篘，蟹螯初薦。（齊天樂──綠蕪凋盡臺城路　周邦彥）

早窗外亂紅，已深半指。（紅窗迥──幾日來　周邦彥）

　　（5－4－4型組合）

正豔杏燒林，細桃繡野，芳景如屏。（木蘭花慢──坼桐花爛漫　柳永）

念征衣未搗，佳人拂杵，有盈盈淚。（水龍吟──霜寒煙冷蒹葭老　蘇軾）

漸霜風淒緊，關河冷落，殘照當樓。（八聲甘州──對瀟瀟暮雨灑江天　柳永）

有流鶯勸我，重解雕鞍，緩引春酌。（瑞鶴仙──悄郊園帶郭　周邦彥）

漸亭皋葉下，隴首雲飛，素秋新霽。（醉蓬萊──漸亭皋葉下　柳永）

歎年華一瞬，人今千里，夢沈書遠。（選冠子──水浴清蟾　周邦彥）

　　（5－4－4－4型組合）

漸月華收練，晨霜耿耿，雲山搞錦，朝露漙漙。（沁園春──孤館燈青　蘇軾）

有筆頭千字，胸中萬卷，致君堯舜，此事何難。（沁園春──孤館燈青　蘇軾）

　　（5－4－5型組合）

任翠幕張天，柔茵藉地，酒盡未能去。（摸魚兒──買陂塘　晁補之）

便做得班超，封侯萬里，歸計恐遲暮。（摸魚兒──買陂塘　晁補之）

　　（其他組合）

坼桐花爛漫，乍疏雨，洗清明。（木蘭花慢──坼桐花爛漫　柳永）

乍望極平田，徘徊欲下，依前被，風驚起。（水龍吟──霜寒煙冷蒹葭老　蘇軾）

歎年來蹤跡，何事苦淹留。（八聲甘州──對瀟瀟暮雨灑江天　柳永）

但明河影下，還看疏星幾點。（選冠子──水浴清蟾　周邦彥）

──句首18例

　　（3－5－4型組合）

微吟罷，憑征鞍無語，往事千端。（沁園春──孤館燈青　蘇軾）

身長健，但優游卒歲，且斗尊前。（沁園春──孤館燈青　蘇軾）

算未肯，似桃含紅蕊，留待郎歸。（聲聲慢──朱門深掩　晁補之）

　　（4－5－4型組合）

憑空眺遠，見長空萬里，雲無留跡。（念奴嬌──憑空眺遠　蘇軾）

黯黯離懷，向東門繫馬，南浦移舟。（漢宮春──黯黯離懷　晁沖之）

（6－5－4型組合）

不忍登高臨遠，望故鄉渺渺，歸思難收。（八聲甘州──對瀟瀟暮雨灑江天　柳永）

回首舊遊如夢，記踏青鬥飲，拾翠狂遊。（漢宮春──黯黯離懷　晁沖之）

重湖疊巘清佳，有三秋桂子，十里荷花。（望海潮──東南形勝　柳永）

（7－5－4型組合）

有個人人生濟楚，向耳邊問道，今朝醒未。（紅窗迥──幾日來　周邦彥）

　　──句中9例

（4－5型組合）

冰肌玉骨，自清涼無汗。（洞仙歌──冰肌玉骨　蘇軾）

南極星中，有老人呈瑞。（醉蓬萊──漸亭皐葉下　柳永）

華闕中天，鎖葱葱佳氣。（醉蓬萊──漸亭皐葉下　柳永）

（6－5型組合）

天氣驟生輕暖，襯沉香帷箔。（好事近──睡起玉屏風　宋祁）

昨夜一庭明月，冷秋韆紅索。（好事近──睡起玉屏風　宋祁）

花影被風搖碎。擁春醒未起。（紅窗迥──幾日來　周邦彥）

（4－4－5型組合）

嫩菊黃深，拒霜紅淺，近寶階香砌。（醉蓬萊──漸亭皐葉下　柳永）

此際宸遊，鳳輦何處，度管絃清脆。（醉蓬萊──漸亭皐葉下　柳永）

（3－5型組合）

花知否，花一似何郎。（最高樓──花知否　辛棄疾）

　　──句末10例

四言一字豆類組合（3例）──

（4－3－3型）

但醉同行，月同坐，影同歸。（行香子──前歲栽桃　晁補之）

對林中侶，閒中我，醉中誰。（行香子──前歲栽桃　晁補之）

（其他類）

對佳麗地，信金罍罄竭玉山傾。（木蘭花慢──坼桐花爛漫　柳永）

七言一字豆類組合（2 例）——

前歲栽桃，今歲成蹊。**更**黃鸝久住相知。（行香子——前歲栽桃　晁補之）

何妨到老，常閒常醉，**任**功名生事俱非。（行香子——前歲栽桃　晁補之）

八言一字豆類組合（3 例）——

對瀟瀟暮雨灑江天，一番洗清秋。（八聲甘州——對瀟瀟暮雨灑江天　柳永）

盡尋勝賞，驟雕鞍紺幰出郊坰。（木蘭花慢——坼桐花爛漫　柳永）

對佳麗地，信金罍罄竭玉山傾。（木蘭花慢——坼桐花爛漫　柳永）

（二）一字豆句式組合與同形普通句式組合對照

　　在常用百體句系中，一字豆組合與外觀相似的同形普通組合非常容易混淆。為了使大家對兩種組合的區別有感性認識，本文統計了常用百體中出現的同形一字豆組合和普通組合，將結果列成下表：

表 5-11　常用百體一字豆組合與同形普通組合對照表

一字豆類型	一字豆組合的類型（數量）	同形普通組合數
五言 （句首）	54 型（4）	4
	544 型（6）	1
	5444 型（2）	0
	545 型（2）	0
	533 型（1）	0
	5433 型（1）	0
	55 型（1）	14
	56 型（1）	2
五言 （句中）	354 型（3）	1
	454 型（2）	0
	654 型（3）	1
	754 型（1）	0

五言	45 型（3）	19
（句末）	65 型（3）	4
	445 型（2）	7
	35 型（1）	6
四言類	433 型（2）	0
	48 型（1）	1
七言類	447 型（2）	2
八言類	85 型（1）	0
	48 型（2）	0
總計	21 種（44 例）	12 種 62 例

　　從表中可以看出，常用百體中共有 12 種組合出現了同形一字豆組合和普通組合，它們分別是：5̇4 型、5̇44 型、5̇5 型、5̇6 型、35̇4 型、65̇4 型、45̇ 型、65̇ 型、445̇ 型、35̇ 型、4̇8 型、447̇ 型（加點句爲一字豆句式出現的位置），這類組合遇見後需要特別進行辨識。其中，35̇ 型、45̇ 型、5̇5 型組合仍以普通組合占絕大多數。

三、領配型組合

　　在一字豆組合中，當一字豆句出現在韻段首或韻段中間位置時，常常具有統領其後多個句式的作用，從而變成大家非常熟悉的「領字句」，其一字豆組合相應變成一種功能獨特的由領字句帶領的組合，我們將這種由領字句率領的組合稱爲「領配型組合」，並將這種組合方式稱爲「領字配」或「領配」。

　　典型的領配型組合中，領字常常統領幾個相同句式，這些句式往往構成排比關係，我們將這類領配型組合稱爲「排比型領配組合」。

　　據《常用百體一字豆組合與同形普通組合對照表》，我們很容易列舉出所有的「領配型組合」及「排比型領配組合」。

表 5−12　常用百體「領配組合」及「排比型領配組合」
　　　　　使用表

組合中一字豆句型	領配組合類型（使用次數）	排比型領配組合
五言（句首）	54 型（4）	54 型（2）
	544 型（6）	544 型（4）
	5444 型（2）	5444 型（2）
	545 型（2）、533 型（1）、5433 型（1）、55 型（1）、56 型（1）	非
五言（句中）	354 型（3）	「n54 型」
	454 型（2）	454 型（1）
	654 型（3）	654 型（2）
	754 型（1）	
四言（句首）	433 型（2）	433 型（2）
	48 型（1）	非
八言（句首）	85 型（1）	非
總計	15 種（31）	8 種【實際 6 種（13）】

　　從表可以看出，常用百體使用「一字豆組合」20 種 46 例，其中「領配型組合」15 種 32 例，非「領配型組合」5 種。「領配型組合」又可分為兩類，一類為運用較多的「排比型領配組合」，包括 5−4 型、n−5−4 型、5−4−4 型、5−4−4−4 型、4−3−3 型等幾大種類，計 8 個小種（指其潛在排比能力，實際使用到排比的只有 6 小種 13 例），一類為運用較少的普通領配組合，計 7 種 8 例。整個結果顯示，「排比型領配組合」占到一字豆組合數量的一半，是一字豆組合的主體，其他一字豆組合皆為一些零散類型。

　　「排比型領配組合」從結構上看也可以理解為「一字豆＋疊配型組合」，但是，不能把它與「疊配型組合」相混。一般來講，「排比型

領配組合」比普通「疊配型組合」具有更強的排比特點和節奏性，在表情達意方面具有更爲特殊的效果。這也就是爲什麼詞體喜歡運用「領配型組合」的根本原因。從句式構成看，實際存在的「排比型領配組合」主要爲「一字豆＋四言排比」和「一字豆＋三言排比」兩種形式。

四、幾種常見的「領配型組合」

常見的「領配型組合」基本上都屬於「排比型領配組合」類型。其類型主要包括 5－4 型、n－5－4 型、5－4－4 型、5－4－4－4 型、4－3－3 型等幾大種類。

1、5－4 型、5－4－4 型、5－4－4－4 型

這三種「領配型組合」都屬於「一字豆＋四言排比」結構。

（1）一字豆型 5－4 組合與普通 54 型組合的節奏區別

5－4 型組合有兩種類型，即一字豆類型和普通類型。兩者使用率持平，百體中各使用 4 例。兩者在節奏上不相同，普通 5－4 型組合屬於「鄰配型組合」類，其節奏爲「二三，二二」，而一字豆 5－4 組合節奏爲「一字豆＋四言＋四言」。從節奏的角度看，一字豆 5－4 型組合更傾向於 4－4 型組合。

（2）一字豆 5－4 型組合的格律特點

在「鄰配型組合」一節中，我們已經探討了「普通 54 型組合」的格律組織特點，即「普通 **5－4 型組合的格律關係有「完全對」和「黏對」兩種模式**。在「句式組合格律研究「一章，我們考察了「4－4 型組合」的一般格律關係以」完全對「和」重言「爲主。下面我們看看「一字豆 5－4 型組合」與這二者相比，在格律上有什麼特點。

一字豆 5－4 型組合的格律分析：

繞嚴陵灘畔，鷺飛魚躍。（滿江紅──暮雨初收　柳永）

──平仄，平仄（重言）

歡重拂羅裯，頓疏花簟。（齊天樂——綠蕪凋盡臺城路　周邦彥）

正玉液新篘，蟹螯初薦。（齊天樂——綠蕪凋盡臺城路　周邦彥）

——平平，平仄（黏對）

早窗外亂紅，已深半指。（紅窗迥——幾日來　周邦彥）

——仄平，仄仄（黏對）

從上述 4 例一字豆 54 型組合看，一字豆 **5－4** 型組合格律關係以「**黏對**」為主。

這個結論還可以從對「n－5－4 型組合」的 54 型片段的格律分析中得到驗證。以下為「n－5－4 型組合」重 54 型片段的格律分析：

3－5－4 型（4 例，皆仄）

微吟罷，憑征鞍無語，往事千端。（沁園春——孤館燈青　蘇軾）

算未肯，似桃含紅蕊，留待郎歸。（聲聲慢——朱門深掩　晁補之）

又爭可，妒郎誇春草，步步相隨。（聲聲慢——朱門深掩　晁補之）

——平仄，平平（黏對）

身長健，但優游卒歲，且斗尊前。（沁園春——孤館燈青　蘇軾）

——仄仄，平平（完全對）

4－5－4 型（2 例，平 1 仄 1）

憑空眺遠，見長空萬里，雲無留跡。（念奴嬌——憑空眺遠　蘇軾）

——仄仄，平仄（對黏）

黯黯離懷，向東門繫馬，南浦移舟。（漢宮春——黯黯離懷　晁沖之）

——仄仄，平平（完全對）

6－5－4 型（4 例，平 3 仄 1）

不忍登高臨遠，望故鄉渺渺，歸思難收。（八聲甘州——對瀟瀟暮雨灑江天　柳永）

回首舊遊如夢，記踏青騣飲，拾翠狂遊。（漢宮春——黯黯離懷　晁沖之）

重湖疊巘清佳，有三秋桂子，十里荷花。（望海潮——東南形勝　柳永）

——仄仄，平平（黏對）

荊江留滯最久，故人相望處，離思何限。（齊天樂——綠蕪凋盡臺城路　周邦彥）

——非一字豆組合，不考察

7－5－4型組合（1例）

有個人人生濟楚，向耳邊問道，今朝醒未。（紅窗迥——幾日來　周邦彥）

——仄仄，仄仄（重律）

　　從分析看，完全對：黏對：對黏：重律＝2：6：1：1，可見「黏對」也是「n－5－4型組合」中5－4型片段的主要格律組織模式。

　　所以，從格律組織模式看，「一字豆5－4組合」與「普通5－4型組合」、「44型組合」均有所不同，「一字豆5－4組合」的格律組織模式以「黏對」組合爲主。

（3）5－4－4型組合與5－4－4－4型組合的格律模式

　　544型組合——常用百體使用率最高的「領配型組合」，常用百體共出現7例544型組合，有6例屬於「領配型組合」，其格律關係如下：

正豔杏燒林，緗桃繡野，芳景如屏。（木蘭花慢——坼桐花爛漫　柳永）

——平平，仄仄，平平（前後皆對）

念征衣未搗，佳人拂杵，有盈盈淚。（水龍吟——霜寒煙冷蒹葭老　蘇軾）

——仄仄，仄仄，平平（前重後對）

漸霜風淒緊，關河冷落，殘照當樓。（八聲甘州——對瀟瀟暮雨灑江天　柳永）

——平仄，仄仄，平平（前重後對）

有流鶯勸我，重解雕鞍，緩引春酌。（瑞鶴仙——悄郊園帶郭　周邦彥）

漸亭皋葉下，隴首雲飛，素秋新霽。（醉蓬萊——漸亭皋葉下　柳永）

——仄仄，平平，平仄（前後皆對）

歎年華一瞬，人今千里，夢沈書遠。（選冠子——水浴清蟾　周邦彥）

——仄仄，平仄，平仄（前後皆重）

　　從格律關係看，總體上比較複雜，基本上遵守「後對」的模式。

　　5－444型組合——常用百體出現2例544型組合，全部屬於「領配型組合」。其格律關係如下：

漸月華收練，晨霜耿耿，雲山摛錦，朝露漙漙。（沁園春——孤館燈青　蘇軾）

——平仄，仄仄，仄仄，平平（前重末對）

有筆頭千字，胸中萬卷，致君堯舜，此事何難。（沁園春——孤館燈青　蘇軾）

——平仄，仄仄，平仄，平平（前重末對）

從格律關係看，主要採取「前重末對」的格律模式。

綜合 544 型和 5444 型組合的格律組織看，前者主要採取「後對」格律模式，後者主要採取「前重末對」格律模式，後者較前者要簡單。可以看出當組合所含句式增多時，格律組織反倒傾向於選擇較簡單的模式。

2、n−5−4 型組合

「n−5−4 型組合」是詞體極為特殊的一類組合，是由「一字豆 5−4 型組合」作為核心單元構成的一類複合型組合，其中的 n 可以使三言、四言、六言、七言，靈活性非常強（其中只有 1 例 6−5−4 型組合例外，不屬於「一字豆 5−4 型組合」）。

常用百體含「一字豆 n−5−4 型組合」共 9 例，其中「3−5−4 型組合」3 例，「n−5−4 型組合」2 例，「n−5−4 型組合」3 例，「n−5−4 型組合」1 例。「非一字豆 n−5−4 型組合」只有「6−5−4 型組合」1 例。

關於「n−5−4 型組合」中「5−4 型組合」的格律模式，上文已探討，皆以「黏對」關係為主，與「一字豆 5−4 型組合」類似。

3、4−3−3 型組合

4−3−3 型組合屬於典型的「領配型組合」，並且屬於「排比型領配組合」類型，其節奏為「一字豆＋3−3−3 型」節奏。

4−3−3 型組合主要出現於常用百體中《行香子》一詞，共出現兩例。其格律關係分別是：

但醉同行，月同坐，影同歸。（行香子——前歲栽桃　晁補之）

——平平，平仄，平平（前後皆對）

對林中侶，閒中我，醉中誰。（行香子——前歲栽桃　晁補之）

——平仄，平仄，平平（前重後對）

從兩例看，**4－3－3** 型組合均採用「後對」的格律模式。這與本文「句式組合格律研究」一章中「**3－3－3** 型」組合的格律模式是完全一致的。

五、小結

詞的句式有三種結構，一是普遍結構，二是一字豆結構，三是罕見結構。一字豆句式是詞體特有的句式。一字豆句式的存在狀況和地位：（一）一字豆句式在詞體中的使用份額占到 3.8%，是詞體中不可或缺的一類句式；（二）一字豆句式屬於特殊節奏句，與普通句式的節奏明顯不同；（三）與罕見節奏句的不成熟不同，一字豆句式是一種成熟的句式，屬於詞體標準句式的範疇。

在一字豆組合中，當一字豆句出現在韻段首或韻段中間位置時，常常具有統領其後多個句式的作用，從而變成大家非常熟悉的「領字句」，其一字豆組合相應變成一種功能獨特的由領字句帶領的組合，我們將這種組合稱為「領配型組合」，並將這種組合方式稱為「領字配」或「領配」。典型的領配型組合中，領字常常統領幾個相同句式，這些句式往往構成排比關係，我們將這類帶有排比特點的領配型組合稱為「排比型領配組合」。「領配原則」是詞體句式組合的另一重要原則。

常用百體使用「一字豆組合」20 種 46 例，其中「領配型組合」15 種 32 例，非「領配型組合」5 種。「領配型組合」又可分為兩類，一類為運用較多的「排比型領配組合」，包括 5－4 型、n－5－4 型、5－4－4 型、5－4－4－4 型、4－3－3 型等幾大種類，計 8 個小種 23 例，一類為運用較少的普通領配組合，計 7 種 8 例。「排比型領配組合」占到一字豆組合數量的一半，是一字豆組合的主體。

第七節　論偶奇搭配原則

本節研究一種特殊的句式組合原則，即偶言與奇言搭配形成穩定句式組合的原則。

一、凡偶言與奇言順序搭配，必能形成穩定節奏

假設：凡偶言句式和奇言句式前後組合在一起，均可以形成具有節奏感的組合。

證明：以下以歸納法證明之。

（i）與五言具有相似節奏構成的組合具有天然的節奏感。這類組合理論上只有「2－3型」組合一種，該組合實際上很少存在。

我們知道，五言的節奏構成是「二言節＋三言節」，「二三」節奏的五言具有天然的節奏感，這也是為什麼五言詩發達的根本原因。那麼可以推測，凡與五言節奏構成「二言節＋三言節」相近的句式組合，也應該具有近似的節奏感。這種組合理論上只有一種，即「2－3型組合」。

雖然「2－3型組合」在詞體中很少出現，但我們仍然可以推測其可能的節奏感。如大家熟知的五言詩句：

大漠／孤煙直。長河／落日圓。

我們把它改寫為兩個2－3型組合：

大漠，孤煙直。

長河，落日圓。

如果我們承認五言的節奏性，那麼，就不得不承認，2－3型組合雖然短小，但也是具有內在節奏感的。

（ii）與七言具有相似節奏構成的組合具有天然的節奏感。這類組合理論上有：2－5型組合、4－3型組合，實際上也較少存在。

七言的節奏構成是「二言節＋二言節＋三言節」，中國七言詩發達，說明「二二三」節奏的七言具有良好的節奏感。那麼我們推測，凡與七言節奏構成「二言節＋二言節＋三言節」相近的句式組合，也應該具有良好的節奏感。這類組合理論上有2種。即：

「二言節，二言節＋三言節」──2－5 型組合；

「二言節＋二言節，三言節」──4－3 型組合。

①2－5 型組合（二言節，二言節＋三言節）

常用百體中並沒有出現這一組合，但並不意味著這一組合在節奏上存在問題。我們可以杜撰兩個組合，如：

無奈夜深人不寐，數聲和月到簾籠。

我們把它改寫成 25 型組合的形式：

無奈，夜深人不寐。數聲，和月到簾籠。

這是很富有節奏感的組合。

②4－3 型組合（二言節＋二言節，三言節）

4－3 型組合在常用百體中也沒有單獨出現，但常常作爲片段與其他句式一起組成複合型組合的形式。這些複合型組合包括：4－3－4 型組合（3 例）、6－4－3－4 型組合（2 例）、4－4－3 型組合（1例）、4－3－6 型組合（1 例）、5－4－3－3 型組合（1 例）、5－4－3－4 型組合（1 例）、3－4－3－4 型組合（1 例）、3－4－3－5 型組合（1 例）。分別如下：

4－3－4 型組合（3 例）

無情渭水，問誰教，日日東流。（漢宮春──黯黯離懷　晁沖之）

風流未老，拌千金，重入揚州。（漢宮春──黯黯離懷　晁沖之）

暮雨初收，長川靜，征帆夜落。（滿江紅──暮雨初收　柳永）

4－4－3 型組合（1 例）

市列珠璣，戶盈羅綺，競豪奢。（望海潮──東南形勝　柳永）

4－3－6 型組合（1 例）

風約簾波，錦機寒，難遮海棠煙雨。（花心動──風約簾波　史達祖）

5－4－3－3 型組合（1 例）

乍望極平田，徘徊欲下，依前被，風驚起。（水龍吟──霜寒煙冷蒹葭老　蘇軾）

6－4－3－4 型組合（2 例）

可堪三月風光，五更魂夢，又都被，杜鵑催趲。（祝英臺近──墜紅輕　秦觀）

斷腸沈水重薰，瑤琴閒理，奈依舊，夜寒人遠。(祝英臺近——墜紅輕 秦觀)

    5－4－3－4 型組合（1 例）

試問夜如何，夜已三更，金波淡，玉繩低轉。(洞仙歌——冰肌玉骨 蘇軾)

    3－4－3－4 型組合（1 例）

算從前，錯怨天公，甚也有，安排我處。(鸚鵡曲——儂家鸚鵡洲邊住 白無咎)

    3－4－3－5 型組合（1 例）

想佳人，妝樓長望，誤幾回，天際識歸舟。(八聲甘州——對瀟瀟暮雨灑江天 柳永)

　　從上述各種類型中的 4－3 型片段例來看，有的結合緊密些，有的結合鬆散些。但是，如果我們剔除掉具體語言意義，只從形式考慮，這些片段無疑都具有結合在一起的潛力。

（iii）與九言具有相似節奏構成的組合具有天然的節奏感。這類組合包括三種：2－7 型組合、4－5 型組合 6－3 型組合。三種組合實際都存在。

　　中國詩歌也有九言句和九言詩。

　　嚴羽《滄浪詩話·詩體》說：「九言起於高貴鄉公」〔註32〕——可見九言起源甚早。李杜詩歌即已用到較成熟的九言，如：

        李白：「上有六龍回日之高標，下有衝波逆折之回川。」
（《蜀道難》）

        杜甫：「炯如一段清冰山萬壑，置在迎風寒露之玉壺。」
（《入奏行 贈西山檢察使竇侍御》）

北宋盧贊元《酴醾花》為現知最早的九言詩：

        天將花王國艷殿春色，酴醾洗妝素煩相追陪。
        絕勝穠英綴枝不韻李，堪笑橫斜照水攪先梅。
        瑤池董雙成浴香肌露，竹林嵇叔夜醉玉山頹。
        風流何事不入錦囊句，清和天氣直拘青陽回。

明楊慎《升菴詩話》載元代天目山和尚明本號中峰有九字《梅花》詩：

〔註32〕嚴羽撰、郭紹虞校釋：《滄浪詩話校釋》，人民文學出版社 1983 年版，頁 48。

昨夜西風吹折干林梢，渡口小艇捲入寒塘坳。

野樹古梅獨臥寒星角，疏影橫斜暗上書窗敲。

半枯半活幾個撅蓓蕾，欲開未開數點含香苞。

縱使畫工善畫也縮手，我愛清香故把新詩嘲。

並載自占九言《梅花詩》：

玄冬小春十月微陽回，綠警梅蕊早傍南枝開。

折贈未寄陸凱隴頭去，相思忽到盧仝窗下來。

歌殘水調沈珠明月浦，，舞破山香碎玉凌風臺。

錯認高樓三弄叫雲笛，無奈二十四番花信催。

清代乾隆時廣西文學家劉定道作《無題》九言詩：

昔日何緣今日幸同舟，猶如蘇子赤壁浦中遊。

詩興有時取雲天作紙，酒狂醉後以海水爲匜。

大笑一聲魚龍驚破膽，漫言幾句神鬼盡低頭。

水裏夜深漫撈江底月，船中舉子個個臉含羞。

上述列舉幾首詩都是比較成熟的九言詩。關於九言詩詳情可參看孫尙勇論文《九言詩考》〔註33〕。

從上述列舉來看，九言詩也是中國古代一種成熟的詩歌體式。

九言的基本節奏構成是「二言節＋二言節＋二言節＋三言節」，成熟的九言詩的存在，說明「二二二三」節奏的九言也具有良好的節奏感。那麼我們可以推測，凡與九言節奏構成「二言節＋二言節＋二言節＋三言節」相近的句式組合，也應該具有良好的節奏感。這類句式組合理論上有3種。即：

「二言節，二言節＋二言節＋三言節」──27型組合；

「二言節＋二言節，二言節＋三言節」──45型組合；

「二言節＋二言節＋二言節，三言節」──63型組合；

①2－7型組合（4例）

常用百體中，《南鄉子》與《定風波》兩體用到 2－7 型組合 4

〔註33〕孫尙勇：《九言詩考》，《聊城大學學報》2005 年 6 期。

次。分別如下：

水上遊人沙上女。回顧。笑指芭蕉林裏住。（南鄉子——畫舸停橈　歐陽炯）

數樹海棠紅欲盡。爭忍。玉閨深掩過年華。（定風波——暖日閒窗映碧紗　歐陽炯）

獨憑繡床方寸亂。腸斷。淚珠穿破臉邊花。（定風波——暖日閒窗映碧紗　歐陽炯）

鄰舍女郎相借問。音信。教人羞道未還家。（定風波——暖日閒窗映碧紗　歐陽炯）

　　值得注意的是，這四例中的二言，從格律角度講與前面的七言有押韻關係，但從節奏角度來講，則應該是與後面七言結合得更緊密些，可以看成是構成了近似的 2－7 型組合。觀看下面辛棄疾和蘇軾的用法，大家能更清楚的體會到這一點。

千古興亡多少事，悠悠。不盡長江滾滾流。（南鄉子——何處望神州　辛棄疾）

天下英雄誰敵手。曹劉。生子當如孫仲謀。（南鄉子——何處望神州　辛棄疾）

竹杖芒鞋輕勝馬。誰怕。一蓑煙雨任平生。（定風波——莫聽穿林打葉聲　蘇軾）

料峭春風吹酒醒。微冷。山頭斜照卻相迎。（定風波——莫聽穿林打葉聲　蘇軾）

回首向來蕭灑處。歸去。也無風雨也無晴。（定風波——莫聽穿林打葉聲　蘇軾）

　　另一個能說明此處「7－2－7 複合型組合」中後面二七言在節奏上應該結合得更緊密些的證據是，有些人在填寫此詞時，將此處處理爲「4－5 型組合」，如下面陳允平的《定風波》：

流水悠悠春脈脈，閒倚繡屏，猶自立多時。（定風波——慵拂妝臺懶畫眉　陳允平）

一笑薔薇孤舊約，載酒尋歡，因甚懶支持。（定風波——慵拂妝臺懶畫眉　陳允平）

　　當然，陳允平的填寫也使我們進一步瞭解到，「2－7 型組合」與「4－5 型組合」在總體節奏上具有內在關聯和相似性。

②45 型組合

　　45 型組合是詞體的十二大句式組合之一。常用百體用到 4－5 型組合共計 22 例，剔除其中的一字豆組合 4 例，則尚餘普通 4－5 型組合 18 例。分別如下：

冰肌玉骨，自清涼無汗。（洞仙歌——冰肌玉骨　蘇軾）

醉倒山翁，但愁斜照斂。（齊天樂——綠蕪凋盡臺城路　周邦彥）

華闕中天，鎖蔥蔥佳氣。（醉蓬萊——漸亭臯葉下　柳永）

南極星中，有老人呈瑞。（醉蓬萊——漸亭臯葉下　柳永）

——一字豆組合

憑闌秋思，閒記舊相逢。（滿庭芳——南苑吹花　晏幾道）

楊柳風輕，展盡黃金縷。（蝶戀花——六曲闌干偎碧樹　馮延巳）

紅杏開時，一霎清明雨。（蝶戀花——六曲闌干偎碧樹　馮延巳）

柳徑春深，行到關情處。（點絳唇——蔭綠圍紅　馮延巳）

角聲嗚咽，星斗漸微茫。（江城子——髻鬟狼藉黛眉長　韋莊）

老來風味，是事都無可。（驀山溪——老來風味　程垓）

三杯徑醉，轉覺乾坤大。（驀山溪——老來風味　程垓）

一曲清歌，暫引櫻桃破。（一斛珠——晚妝初過　唐李煜）

爛嚼紅茸，笑向檀郎唾。（一斛珠——晚妝初過　唐李煜）

秋色連波，波上含煙翠。（蘇幕遮——碧雲天　范仲淹）

芳草無情，更在斜陽外。（蘇幕遮——碧雲天　范仲淹）

夜夜除非，好夢留人睡。（蘇幕遮——碧雲天　范仲淹）

酒入愁腸，化作相思淚。（蘇幕遮——碧雲天　范仲淹）

皇家盛事，三殿慶重重。（導引——皇家盛事　無名氏）

睡起懨懨，無語小妝懶。（祝英臺近——墜紅輕　程核）

閒倚銀屏，羞怕淚痕滿。（祝英臺近——墜紅輕　程核）

鳳幃夜短，偏愛日高眠。（促拍花滿路——香靨融春雪　柳永）

畫堂春過，悄悄落花天。（促拍花滿路——香靨融春雪　柳永）

——普通組合

③6-3型組合（3例）

常用百體中共出現6-3型組合4例，分別如下：

依舊竹聲新月，似當年。（虞美人——風回小院庭蕪綠　南唐李煜）

滿鬢清霜殘雪，思難禁。（虞美人——風回小院庭蕪綠　南唐李煜）

細草平沙蕃馬，小屏風。（相見歡——羅襪繡袂香紅　薛昭蘊）

暮雨輕煙魂斷，隔簾櫳。（相見歡——羅襪繡袂香紅　薛昭蘊）

　　按：觀察 63 型組合處的斷句最具有啓發意義。詞譜中，關於句讀用到三個概念，一個是「韻」，一個是「句」，一個是「讀」。所謂「讀」，就是比「句」更小的節奏停頓點，這是一個很微妙的概念。在《詞譜》中，上述四例都於六言和三言間點爲「讀」，即：

> 依舊竹聲新月、似當年。
>
> 滿鬢清霜殘雪、思難禁。
>
> 細草平沙蕃馬、小屏風。
>
> 暮雨輕煙魂斷、隔簾櫳。

這是一種巧妙的處理。實際上，關於此處斷句向來存在爭議。一些人認爲，此處即完整九言句，不可點開，即應該爲：

> 依舊竹聲新月似當年。
>
> 滿鬢清霜殘雪思難禁。
>
> 細草平沙蕃馬小屏風。
>
> 暮雨輕煙魂斷隔簾櫳。

一些人則認爲，點開能更清楚的顯示節奏上的區別。《詞律》關於此兩處的點讀就非常猶豫。在《詞律》中，《虞美人》選蔣捷詞爲範，正文點讀爲：

> 絲絲楊柳絲絲雨。春在溟濛處。樓兒忒小不藏愁。幾
> 度和雲飛去覓歸舟。
>
> 天憐客子鄉關遠。借與花消遣。海棠紅近綠闌干。才
> 卷朱簾卻又晚風寒。

而在詞下則注明「九字語氣或可六字豆或可四字豆」。《相見歡》選李煜詞爲範，正文點讀爲：

> 無言獨上西樓，月如鈎。寂寞梧桐深院，鎖清秋。
>
> 剪不斷，理還亂，是離愁。別是一般滋味，在心頭。

而在正文下則注明「寂寞至清秋別是至心頭皆是九言句語氣亦可於第四字略斷」。可見，《詞律》亦覺此處斷句困難。這說明九言句與 6－3 型組合與 4－5 型組合的確節奏相近，點讀時常常造成困難。

　　本文將《詞譜》凡點「讀」處，皆按今天的停頓理解，斷爲兩句，理解爲句式組合。無論哪種理解，大家都能清楚的看到，「6－3型組合」與「4－5型組合」與九言句，在節奏上的確是非常相近，甚至是難以區分的。後人對九言句讀的爭論，從一個側面說明了六、三言組合可以形成與九言媲美的很穩定的節奏。

（iv）依此類推，從理論上看，與十一言、十三言等奇言句具有相似構成的組合，其節奏必然也與十一言、十三相類，均具有良好的節奏感。在常用百體中，實際存在以下一些類型：

　　相當於「十一言」節奏（即 22223 型節奏）——6－5 型（5 例）、4－7 型（4 例）、4－4－3 型（1 例）

　　相當於「十三言」節奏（即 222223 型節奏）——4－4－5 型（9例）

　　相當於「十五言」節奏（即 2222223 型節奏）——4－4－7 型（3例）

　　相當於「十七言」節奏（即 22222223 型節奏）——6－6－5（2例）

　　分別列舉如下：

　　65 型組合：

昨夜一庭明月，冷秋韆紅索。（好事近——睡起玉屏風　宋祁）

天氣驟生輕暖，襯沉香帷箔。（好事近——睡起玉屏風　宋祁）

——此二者爲一字豆組合，剔除不論

東城南陌花下，逢著意中人。（訴衷情令——青梅煮酒鬥時新　晏殊）

人道愁與春歸，春歸愁未斷。（祝英臺近——墜紅輕　程核）

有時攜手閒坐，偎倚綠窗前。（促拍花滿路——香靨融春雪　柳永）

是處紅衰翠減，苒苒物華休。（八聲甘州——對瀟瀟暮雨灑江天　柳永）

異日圖將好景，歸去鳳池誇。（望海潮——東南形勝　柳永）

47 型組合：

千年清浸，先淨河洛出圖書。（水調歌頭——九金增宋重　毛滂）

芝房雅奏，儀鳳矯首聽笙竽。（水調歌頭——九金增宋重　毛滂）

尚有練囊，露螢清夜照書卷。（齊天樂——綠蕪凋盡臺城路　周邦彥）

老景蕭條，送君歸去添淒斷。（燭影搖紅——老景蕭條　毛滂）

443 型組合

市列珠璣，戶盈羅綺，競豪奢。（望海潮——東南形勝　柳永）

445 型組合

嫩菊黃深，拒霜紅淺，近寶階香砌。（醉蓬萊——漸亭皋葉下　柳永）

此際宸遊，鳳輦何處，度管絃清脆。（醉蓬萊——漸亭皋葉下　柳永）

——此二例爲一字豆型組合，別除不論

便欲乘風，翻然歸去，何用騎鵬翼。（念奴嬌——憑空眺遠　蘇軾）

玉宇瓊樓，乘鸞來去，人在清凉國。（念奴嬌——憑空眺遠　蘇軾）

曲港跳魚，圓荷瀉露，寂寞無人見。（永遇樂——明月如霜　蘇軾）

燕子樓空，佳人何在，空鎖樓中燕。（永遇樂——明月如霜　蘇軾）

綠鬢朱顏，道家裝束，長似少年時。（少年遊——芙蓉花發去年枝　晏殊）

珠簾影裏，如花半面，絕勝隔簾歌。（太常引——仙機似欲織纖羅　辛棄疾）

蘭堂風軟，金爐香暖，新曲動簾帷。（少年遊——芙蓉花發去年枝　晏殊）

447 型組合

用舍由時，行藏在我，袖手何妨閒處看。（沁園春——孤館燈青　蘇軾）

世路無窮，勞生有限，似此區區長鮮歡。（沁園春——孤館燈青　蘇軾）

何妨到老，常閒常醉，任功名生事俱非。（行香子——前歲栽桃　晁補之）

665 型

一段昇平光景，不但五星循軌，萬點共連珠。（水調歌頭——九金增宋重　毛滂）

天近黃麾仗曉，春早紅鸞扇暖，遲日上金鋪。（水調歌頭——九金增宋重　毛滂）

　　結論：綜合（i）（ii）（iii）（iv）討論可知，與五言、七言、九言、十一言……等具有相似節奏構成的組合皆具有天然節奏感，也就是說，凡與奇言句式具有相似節奏構成的組合皆具有天然節奏感。

而與奇言句式具有相似節奏構成的組合，一般都由偶言句與奇言句前後順序組合而成，由此，我們得出規律：**凡偶言與奇言順序組合，必能形成穩定的節奏。**

二、偶奇搭配原則

上文，我們證明，凡偶言與奇言順序組合，必能形成穩定的節奏。爲簡便見，我們將這種偶言句式與奇言句式順序搭配形成穩定組合的原則簡稱爲「偶奇搭配原則」。各言句式遵循「偶奇搭配原則」形成的句式組合簡稱爲「偶奇搭配型組合」或「偶奇組合」。

我們將理論上的所有「偶奇組合」類型作一個簡要歸納，得到：

表 5－13　　「偶奇組合」理論類型

節奏分類	偶奇組合	
	二句式型	多句式型
「二三」節奏（相當於五言）	23 型組合	
「二二三」節奏（相當於七言）	25 型、43 型	
「二二二三」節奏（相當於九言）	27 型、45 型、63 型	
「二二二二三」節奏（相當於十一言）	29 型、47 型、65 型、83 型	
「二二二二二三」節奏（相當於十三言）	49 型、67 型、85 型等	
……	……	445 型、447 型等

這些理論上的組合並沒有完全在實際中出現，我們對常用百體實際使用的「偶奇組合」也作一個簡要概括，得到：

表 5-14　常用百體「偶奇組合」使用

組合等級	出現頻率	組合種目	實例	偶奇組合
特級組合（出現 9 次以上）	9 次以上	12 種	33 型（30）、77 型（22）、45 型（22）、444（18）、446（17）、34 型（17）、55 型（15）、75 型（13）、44 型（12）、445（9）、76 型（9）、66 型（9）	45 型（18）、445（7）
一級組合（出現 5 到 8 次）10 種	8 次	1 種	54 型（8）	
	7 次	4 種	35（7）、65 型（7）、544（7）、734（7）	65 型（5）
	6 次	4 種	36 型（6）、37 型（6）、344（6）、346（6）	
	5 次	1 種	53 型（5）	
二級組合（出現 2 到 4 次）29 種	4 次	5 種	46 型（4）47 型（4）64 型（4）74 型（4）654（4）	47 型（4）
	3 次	6 種	56 型（3）、63 型（3）、333（3）、733（3）、447（3）、434（3）	63 型（3）、447 型（3）
	2 次	18 種	22 型（2）、48 型（2）、454（2）、633（2）、433（2）、644（2）、744（2）、665（2）、353（2）、634（4）、345（2）、354（4）、735（2）、534（2）、545（2）、5444（2）、6434（2）、3334（2）	665 型（2）
三級組合（出現 1 次）25 種	1 次	25 種	73 型（1）、85 型（1）、336、335、533、443、366、355、564、546、464、436、636、547、645、364、754、5433、5434、3434、3435、3446、3636、3536、4444	443 型、645 型、

　　也即是說，在實際中常常使用的「偶奇組合」有 4-5 型、4-4-5 型、6-5 型、4-7 型、6-3 型、4-4-7 型、6-6-5 型、、4-4-3 型、6-4-5 型約近十種。

　　關於「偶奇組合」，我們有以下幾個方面需要注意：

　　（1）由於五言詩和七言詩的強大勢力，2－3 型組合、4－3 型組合雖然符合「偶奇搭配原則」，但在實際中卻往往融合形成了五、七言。這兩類組合之所以少見，只是由於習慣，並非節奏上的問題。

　　（2）九言作爲「長言」，其地位在宋代本身就很受爭議的。所以，2－7 組合、4－5 組合、6－3 組合與九言的區別實在是非常微妙。2－7 組合宋人運用較少，在《南鄉子》、《定風波》中，往往結合了特殊的押韻處理，形成了表面上的兩個韻段，故大家並不爭議。4－5 型組合作爲十大組合之一，使用頻繁，亦少有爭議，大概源於其兩句均衡，節奏穩固，與九言拉開了一定距離。6－3 型組合則爭議頗大，與九言處在分與未分之間，何時當分，何時不分，未必一律，尚需仔細辨析。總之，三種組合的節奏雖總與九言相近，實際情況卻各不相同，這是需要特別注意的。關於這些方面，應該還有仔細研究的餘地。

　　（3）關於奇言與「偶奇組合」的關係。本節將「偶奇組合」的節奏類比於奇言句式的節奏，是從最基本的節奏單元出發考慮的，也即是說，是從二者擁有相似的節奏單元並且擁有相似的節奏單元排列順序角度出發考慮問題的。但是，組合的存在畢竟涉及兩個句式的配合，其節奏性質與單個奇言句的節奏性質應該有所區別。所以，本文關於奇言與偶奇組合關係考察，實際上是作了一個簡化處理。關於奇言與「偶奇組合」在實際使用上的種種區別特別是荣單現上的區別，應該要結合具體詞體作進一步考察才能得到更爲深入的認識。關於這個考察，就只能留待以後了。

三、小結

　　凡偶言與奇言順序組合，必能形成穩定的節奏。偶言與奇言順序搭配形成穩定組合的原則稱爲「偶奇搭配原則」。各言句式遵循「偶

奇搭配原則」形成的組合稱爲「偶奇組合」。 常用百體常用的「偶奇組合」包括 4－5 型、4－4－5 型、6－5 型、4－7 型、6－3 型、4－4－7 型、6－6－5 型、4－4－3 型、6－4－5 型等近十種。偶奇搭配原則是詞體句式組織又一重要的原則。

【本章小結】

　　本章以詞體 76 種句式組合爲基礎，圍繞詞體十二大句式組合，通過對 3－3 型組合、4－4 型組合、7－5 型組合與 4－5 型組合的集中探討，總結出詞體句式組合的五大類型：齊言組合、節配型組合、鄰配組合、領字組合、偶奇組合，抽象出詞體句式組合的五大原則：疊配原則、節配原則、鄰配原則、領配原則、偶奇搭配原則。疊配原則、節配原則是中國詩歌比較古老的句式組合原則，鄰配原則和領配原則主要是詞體的句式組合原則，偶奇搭配原則則體現了中國詩歌奇言詩句的一貫精神。常用百體利用五大組合原則形成的實際句式組合如下：

表 5－15　常用百體五大類句式組合使用

組合等級	出現頻率	組合種目	總例	疊配類	鄰配類	節配類	領配類	偶奇組合
特級組合（出現 9 次以上）	9 次以上	12 種	33 型 (30)、77 型 (22)、45 型 (22)、444 (18)、446 (17)、34 型 (17)、55 型 (15)、75 型 (13)、44 型 (12)、445 (9)、76 型 (9)、66 型 (9)	33 型 (30)、77 型 (22)、55 型 (15)、44 型 (12)、66 型 (9)、444 (18)	45 型(22)、34 型(17)、76 型 (9)、445 (9)	446 (17)、75 型 (13)	45 型 (3)、445 (2)	45 型 (18)、445 (7)

一級組合（出現5到8次）10種	8次	1種	54型（8）		54型（4）		54型（4）	
	7次	4種	35（7） 65型（7） 544（7） 734（7）		65型（7）	35（7）	544（6）、65型（3）35（1）	65型（5）
	6次	4種	36型（6） 37型（6） 344（6）、346（6）		344（6）	37型（6）		
	5次	1種	53型（5）				53型（5）	
二級組合（出現2到4次）29種	4次	5種	46型（4） 47型（4） 64型（4） 74型（4） 654（4）				46型（4）64型（4）	47型（4）
	3次	6種	56型（3） 63型（3）、 333（3）、 733（3）、 447（3）、 434（3）	333（3）、	56型（3）	733（3）、	56型（1）447（1）	63型（3）、447型（3）
	2次	18種	22型（2）、 48型（2） 454（2）、 633（2）、 433（2）、 644（2） 744（2） 665（2）、 353（2）、 634（4）、 345（2）、 354（4） 735（2）、 534（2）、 545（2）、 5444（2）、 6434（2）、 3334（2）	22型（2）、		644（2）、353（2）735（2）	5444（2）433（2）、545（2）48型（1）	665型（2）

三級組合（出現1次）25種	1次	25種	73型（1）85型（1）336、335、533、443、366、355、564、546、464、436、636、547、645、364、754、5433、5434、3434、3435－、3446、3636、3536、4444	4444型、	443型、	73型（1）85型（1）335、533、355、464、	533、5433、85型（1）	443型、645型、

　　基本上，這五大句式組合原則控制了幾乎所有的句式組合情況。除了這五大類句式組合外，詞體還包含一些比較特殊的常見句式組合如 3－6 型、7－4 型組合等，但這類組合種類很少。

　　詞體的句式組合選擇雖然與音樂節奏相關，但與作家的主觀句式認知有更大關係。句式組合有其自身規律，遵循某些特定的節奏原則，從這個角度看，句式組合規律是獨立於外部音樂存在的詩歌形式本身的規律，屬於詩歌形式的內部規律範疇。對這些規律的研究，將有助於我們更深入地理解詞體作為詩歌形式的本質性意義。

第六章　句式組合格律分析

詩歌的句式組合層面有兩個規律，一個是「言」的規律，一個是「律」的規律。本章研究「百體句系」76 種句式組合的格律關係，探討中國詩歌句式組合的一般格律組織規律。本章研究以《百體句系》和《百體句系句式組合統計總表》爲基礎。

第一節　句式組合格律關係分析的基礎、目標、方法、框架

一、分析基礎

我們進行句式組合格律研究有以下四個基礎：

（1）詞用律句；

（2）「百體句系」統計出的 76 種句式組合；

（3）律句觀念研究一章得出的四種基本律句：n 平平、n 仄平、n 平仄、n 仄仄；

（4）律詩句式組合的格律對仗規律（分析省略）。

二、研究目標

我們研究的目標就是，找到詞的句式組合的規律。或者換句話說，我們需要從研究得出結論，詞的句式格律組合規律是格律對仗嗎？除了對仗外，是否還有其他規律？研究的複雜性在於：一、律詩

只有五五、七七兩種句式組合，而詞有 76 種句式組合；二、律詩只有齊言組合，而詞還有長短句組合。

三、分析方法

下面，爲了使大家對句式組合有一個總體瞭解，我們先分析律句格律組合的理想情況。

從律句觀念一章，我們知道，每類「n 言句」的格律均由「踝腳」兩位置平仄決定，各只有四種類型：n 平平、n 仄平、n 平仄、n 仄仄。由此我們很容易推斷出，**每類句式與其他類句式進行組合時，根據踝、腳關係的不同，理論上最多有四種可能**。例如，「n 平平」若爲押韻句，其他句式在與「n 平平」組合時，就有以下四種可能：

n 仄仄──n 平平

n 仄平──n 平平

n 平仄──n 平平

n 平平──n 平平

其中，第一種就是律詩中常見的格律對仗模式，兩句的踝位與踝位、腳位與腳位格律關係都是相對，我們稱爲「律詩對」「對－對」或「完全對」；第二種與律詩中首句入韻的首聯格律情況有相似之處（不過不能押韻，若押韻，則變成了兩韻段），兩句的踝位格律相對、腳位格律相黏，我們稱之爲「類律詩對」「對－黏」或「半黏」。第三種和第四種情況皆律詩中皆沒有出現過，根據其兩句踝、腳位格律關係，我們分別將第三種情況稱爲「黏－對」、「不完全對」或「半對」，將第四種情況稱爲「黏－黏」、「全黏」或「重律」。

我們發現，這一推論大大減少了討論的難度──各言句式組合的格律關係，只要看「踝腳」位置的平仄，與它們屬於哪言無關──討論時，我們可以忽略「各言」不同，而直接考慮「腳踝」位置平仄關係。由此，我們就可以輕易推導出格律組合的所有理想類型。下面，我們分別固定四種「對句」，逐一考察其可能「出句」，得到下表：

表6-1　句式格律組合理想關係表之二——格律生成表

總	類型及命名 （根據「腳」位及「踝」位的平仄關係，相同為「黏」，不同為「對」——注意，此處「黏」與律詩「黏」概念不同，主要區別在於偶言）
××，|－ （平韻）	－|，|－　（對－對　完全對）
	||　　　　黏－對
	－－　　　　對－黏
	重律　　　　黏－黏
××，－－ （平韻）	||，－－　（對－對　完全對）
	－|　　　　黏－對
	|－　　　　對－黏
	重律　　　　黏－黏
××，－/ （仄韻）	|－，－|　（對－對　完全對）
	－－　　　　黏－對
	||　　　　對－黏
	重律　　　　黏－黏
××，|/ （仄韻）	－－，||　（對－對　完全對）
	|－　　　　黏－對
	－|　　　　對－黏
	重律　　　　黏－黏

　　這個表格反映的是平韻韻段與仄韻韻段各自的格律生成規律，因此，我們稱之為「生成表」。

　　從類型的角度，也是從與律詩對比的角度，我們可以變換生成表，將格律關係分為「全對、對－黏、全－黏、黏－對」四大類，得到以下更有意義的表格：

表6-2　句式格律組合理想關係表之二——格律類型表

「腳」「踝」關係	與律詩關係	類型（據「腳」「踝」位的平仄）
對－對 （完全對）	律詩對	｜｜，－－　（對－對　完全對）
		－－，｜／　（對－對　完全對）
		－｜，｜－　（對－對　完全對）
		｜－，－／　（對－對　完全對）
對－黏 （半黏）	類律詩對	｜－，－－　　對－黏
		－－，｜－　　對－黏
		－｜，｜／　　對－黏
		｜｜，－／　　對－黏
黏－對 （半對）	非律詩對	－｜，－－　　黏－對
		－－，－／　　黏－對
		｜－，｜－　　黏－對
		｜｜，｜－　　黏－對
黏－黏 （完全黏）	非律詩對	－－，－－　　黏－黏　重律
		｜－，｜－　　黏－黏　重律
		｜｜，｜／　　黏－黏　重律
		－｜，－／　　黏－黏　重律

在這個表格中，**詞的句式組合共有16個理論類型**。

其中，有四種組合的腳踝位置平仄完全相反，頗似律詩中的對仗情況，我們稱之爲完全對仗，簡稱「完全對」，用文字表示則是：

n 仄仄——n 平平

n 平仄——n 仄平

n 平平——n 仄仄

n 仄平——n 平仄

另外，有四種組合踝位平仄相對，腳位平仄相同，頗似律詩首句入韻的首聯情況，我們稱之爲「踝對腳黏」，簡稱「對－黏」，用文字表示則是：

n 仄平──n 平平

n 平平──n 仄平

n 平仄──n 仄仄

n 仄仄──n 平仄

還有四種組合，踝位平仄相同，腳位平仄相對，稱爲「踝黏腳對」，簡稱「黏－對」，這類組合在律詩中並無對應類型，是全新的類型，用文字表示則是：

n 仄平──n 平平

n 平平──n 仄平

n 平仄──n 仄仄

n 仄仄──n 平仄

最後另有四種組合，踝位腳位的平仄都相同，只是不押韻，即「踝黏腳黏」，實際上是格律完全重的類型，我們稱爲「黏－黏」，或簡稱爲「重律」，這類也是律詩所無的組合類型，用文字表示則有：

n 平平──n 平平

n 仄平──n 仄平

n 平仄──n 平仄

n 仄仄──n 仄仄

最後，我們可以把上述討論簡單概括爲，律句格律組合理論上有**四大類**：「完全對」「踝對腳黏」「踝黏腳對」「重言」，每類均有四小類，其中 2 類平韻 2 類仄韻，2 類「平踝收」2 類「仄踝收」。

有了這兩個格律組合理論類型表，本章研究的問題就簡化爲，詞的各種句式組合，其格律類型是否符合理論預計，在多大程度上符合理論預計。爲此，我們就必須展開對所有句式組合的格律分析。

四、分析框架

爲了分析方便，我們設計了下面的分析框架。

《詞的句式組合格律分析框架》

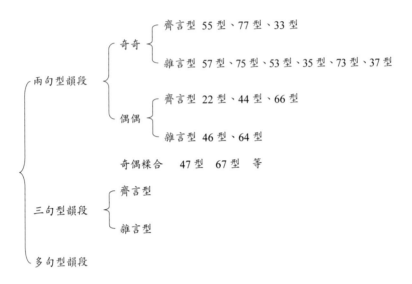

第二節　兩句型韻段格律關係分析

一、兩句型韻段之一──奇──奇型組合

（一）齊言型奇──奇組合：33 型、55 型、77 型

1. 55 型

（1）15 例

歎年來蹤跡，何事苦淹留。（八聲甘州──對瀟瀟暮雨灑江天　柳永）

時復見殘燈，和煙墜金穗。（生查子──侍女動妝奩　韓偓）

九金增宋重，八玉變秦餘。（水調歌頭──九金增宋重　毛滂）

垂衣本神聖，補袞妙工夫。（水調歌頭──九金增宋重　毛滂）

萬歲南山色，不老對唐虞。（水調歌頭──九金增宋重　毛滂）

手裏金鸚鵡，胸前繡鳳凰。（南歌子──手裏金鸚鵡　溫庭筠）

蝶舞梨園雪，鶯啼柳帶煙。（巫山一段雲──蝶舞梨園雪　唐昭宗）

香靨融春雪，翠鬢嚲秋煙。（促拍花滿路──香靨融春雪　柳永）

缺月掛疏桐，漏斷人初靜。（卜算子──缺月掛疏桐　蘇軾）

驚起卻回頭，有恨無人省。（卜算子——缺月掛疏桐　蘇軾）

侍女動妝奩，故故驚人睡。（生查子——侍女動妝奩　韓偓）

懶卸鳳頭釵，羞入鴛鴦被。（生查子——侍女動妝奩　韓偓）

那知本未眠，背面偷垂淚。（生查子——侍女動妝奩　韓偓）

飄零疏酒盞，離別寬衣帶。（千秋歲——柳邊沙外　秦觀）

日邊清夢斷，鏡裏朱顏改。（千秋歲——柳邊沙外　秦觀）

（另3特例，不入分析）

暝色入高樓。有人樓上愁。（菩薩蠻——平林漠漠煙如織　李白）

玉階空佇立。宿鳥歸飛急。（菩薩蠻——平林漠漠煙如織　李白）

何處是歸程。長亭更短亭。（菩薩蠻——平林漠漠煙如織　李白）

（2）格律分析

垂衣本神聖，補袞妙工夫。（水調歌頭——九金增宋重　毛滂）

時復見殘燈，和煙墜金穗。（生查子——侍女動妝奩　韓偓）

——非律句，不入分析

歎年來蹤跡，何事苦淹留。（八聲甘州——對瀟瀟暮雨灑江天　柳永）

——14型的出句，不入分析

平韻5例：

九金增宋重，八玉變秦餘。（水調歌頭——九金增宋重　毛滂）

——「5仄仄，5平平」——平起完全對

萬歲南山色，不老對唐虞。（水調歌頭——九金增宋重　毛滂）

手裏金鸚鵡，胸前繡鳳凰。（南歌子——手裏金鸚鵡　溫庭筠）

蝶舞梨園雪，鶯啼柳帶煙。（巫山一段雲——蝶舞梨園雪　唐昭宗）

——「5平仄，5仄平」——仄起完全對

香靨融春雪，翠鬢嚲秋煙。（促拍花滿路——香靨融春雪　柳永）

——「5平仄，5平平」——踝黏腳對

仄韻7例：

缺月掛疏桐，漏斷人初靜。（卜算子——缺月掛疏桐　蘇軾）

驚起卻回頭，有恨無人省。（卜算子·缺月掛疏桐　蘇軾）

侍女動妝奩，故故驚人睡。（生查子——侍女動妝奩　韓偓）

懶卸鳳頭釵，羞入鴛鴦被。（生查子——侍女動妝奩　韓偓）

——「5平平，5平仄」——踝黏腳對

那知本未眠，背面偷垂淚。（生查子——侍女動妝奩　韓偓）

——「5仄平，5平仄」——平起完全對

飄零疏酒盞，離別寬衣帶。（千秋歲——柳邊沙外　秦觀）

日邊清夢斷，鏡裏朱顏改。（千秋歲——柳邊沙外　秦觀）

——「5仄仄，5平仄」——踝對腳黏

（3）統計及討論

表6-3　55型句式組合格律生成統計

總	格律組合類型		55型 （12例）	小結
××，｜－ （平韻）	－｜，｜－	（對－對　完全對）	3	「完全對」3種5例；
	｜｜	黏－對		「對－黏」1種2例；
	－－	對－黏		「黏－對」2種5例；
	重律	黏－黏		「重言」0
××，－－ （平韻）	｜｜，－－	（對－對　完全對）	1	
	－｜	黏－對	1	
	｜－	對－黏		
	重律	黏－黏		
××，－｜ （仄韻）	｜－，－｜	（對－對　完全對）	1	
	－－	黏－對	4	
	｜｜	對－黏	2	
	重律	黏－黏		
××，｜｜ （仄韻）	－－，｜｜	（對－對　完全對）		
	｜－	黏－對		
	－｜	對－黏		
	重律	黏－黏		

略加變換得：

表6－4　55型句式組合格律類型統計

	平踝收完全對（律詩對）	仄踝收完全對（律詩對）	踝對腳黏（類律詩對）	踝黏腳對	總
平韻	1	3		1	5
仄韻	1		2 皆平起	4	7
總	2	3	2	5 皆仄起式	

討論：

①出現了五言律句所有單句類型：5 仄仄、5 平平、5 平仄、5 仄平。

②在「完全對」、「踝對腳黏」「踝黏腳對」「重律」四種格律組合理論大類中：

A・出現了 3 種律詩對組合——「完全對」組合，其中 2 平韻和 1 仄韻，只有一種理論類型「5 平平，5 仄仄」未出現。

B・出現 1 種類似律詩對組合（類似律詩入韻首聯）——「踝對腳黏」型組合，即「5 仄仄，5 平仄」，爲仄韻型（說明：「踝對腳黏」型組合，理論上應有四種，平韻 2 種，仄韻 2 種；押韻型平韻類大量存在，因構成兩韻段，不在此處討論；仄韻理論上有平踝收式「5 仄仄，5 平仄」和仄踝收式「5 平仄，5 仄仄」2 種，實際上只出現平踝收式）。

C・出現了 2 種非律詩對組合——「踝黏腳對」型組合，即「5 平仄，5 平平」和「5 平平，5 平仄」，皆「平踝收」式，這是律詩沒有的組合。沒有出現「仄踝收式」2 類。

D・沒有出現「重律」組合。

③出現仄韻腳組合，且多於平韻腳。

（4）結論

55 組合出現了「完全對」3 種 5 例、「對－黏」1 種 2 例、「黏－對」2 種 5 例、「重律」0。後二者爲律詩對所無的類型，占 5 ∥12，

打破了律詩句式組合的兩個隱含條件：對仗、平韻，或者說是兩個隱含原則：對仗原則、平韻原則，使得詞中句式組合得到空前自由的發展——甚至可以說，出現了一個句型與其他三個句型自由組合的趨勢。

2. 77 型組合

（1）22 句

羅襪況兼金菡萏，雪肌仍是玉琅玕。（浣溪沙——宿醉離愁慢髻鬟　韓偓）

日出江花紅勝火，春來江水綠如藍。（憶江南——江南好　白居易）

舞低楊柳樓心月，歌盡桃花扇影風。（鷓鴣天——彩袖殷勤捧玉鍾　晏幾道）

今宵剩把銀釭照，猶恐相逢是夢中。（鷓鴣天——彩袖殷勤捧玉鍾　晏幾道）

幾許漁人橫短艇，盡將燈火歸村落。（滿江紅——暮雨初收　柳永）

遊宦區區成底事，平生況有雲泉約。（滿江紅——暮雨初收　柳永）

春愁凝思結眉心，綠綺懶調紅錦薦。（玉樓春——拂水雙飛來去燕　顧夐）

鎮長獨立到黃昏，卻怕良宵頻夢見。（玉樓春——拂水雙飛來去燕　顧夐）

日高深院靜無人，時時海燕雙飛去。（踏莎行——細草愁煙　晏殊）

垂楊只解惹春風，何曾繫得行人住。（踏莎行——細草愁煙　晏殊）

不能禪定自觀心，何日得悟眞如理。（十二時——夜半子）

豪強富貴暫時間，究竟終歸不免死。（十二時——夜半子）

非論我輩是凡塵，自古君王亦如此。（十二時——夜半子）

晚來更帶龍池雨，半拂闌干半入樓。（楊柳枝——金縷毵毵碧瓦溝　溫庭筠）

蕙蘭有恨枝猶綠，桃李無言花自紅。（瑞鷓鴣——才罷嚴妝怨曉風　馮延巳）

燕燕巢時羅幕卷，鶯鶯啼處鳳樓空。（瑞鷓鴣——才罷嚴妝怨曉風　馮延巳）

少年薄倖知何處，每夜歸來春夢中。（瑞鷓鴣——才罷嚴妝怨曉風　馮延巳）

維摩權疾徒方丈，蓮花寶相坐街衢。（五更轉——一更初）

瘦棱棱地天然白，冷清清地許多香。（最高樓——花知否　辛棄疾）

風流怕有人知處，影兒守定竹旁廂。（最高樓——花知否　辛棄疾）

無奈夜長人不寐，數聲和月到簾櫳。（搗練子——深院靜　馮延巳）

當日進黃閘數紙，即憑酬答有功人。（水鼓子——朝廷賞罰不逡巡）

（2）格律分析

5 例中含非律句，不入統計：

不能禪定自觀心，何日得悟真如理。（十二時——夜半子）

豪強富貴暫時間，究竟終歸不免死。（十二時——夜半子）

非論我輩是凡塵，自古君王亦如此。（十二時——夜半子）

蕙蘭有恨枝猶綠，桃李無言花自紅。（瑞鷓鴣——才罷嚴妝怨曉風　馮延巳）

少年薄倖知何處，每夜歸來春夢中。（瑞鷓鴣——才罷嚴妝怨曉風　馮延巳）

平韻 11 例：

羅襪況兼金菡萏，雪肌仍是玉琅玕。（浣溪沙——宿醉離愁慢髻鬟　韓偓）

日出江花紅勝火，春來江水綠如藍。（憶江南——江南好　白居易）

燕燕巢時羅幕卷，鶯鶯啼處鳳樓空。（瑞鷓鴣——才罷嚴妝怨曉風　馮延巳）

無奈夜長人不寐，數聲和月到簾櫳。（搗練子——深院靜　馮延巳）

當日進黃閘數紙，即憑酬答有功人。（水鼓子——朝廷賞罰不逡巡）

——仄起完全對

舞低楊柳樓心月，歌盡桃花扇影風。（鷓鴣天——彩袖殷勤捧玉鍾　晏幾道）

今宵剩把銀釭照，猶恐相逢是夢中。（鷓鴣天——彩袖殷勤捧玉鍾　晏幾道）

晚來更帶龍池雨，半拂闌干半入樓。（楊柳枝——金縷毿毿碧瓦溝　溫庭筠）

——平起完全對

風流怕有人知處，影兒守定竹旁廂。（最高樓——花知否　辛棄疾）

維摩權疾徒方丈，蓮花寶相坐街衢。（五更轉——一更初）

瘦棱棱地天然白，冷清清地許多香。（最高樓——花知否　辛棄疾）

——首黏腳對「平平仄仄平平仄，平平仄仄仄平平」

仄韻 6 例：

幾許漁人橫短艇，盡將燈火歸村落。（滿江紅——暮雨初收　柳永）

遊宦區區成底事，平生況有雲泉約。（滿江紅——暮雨初收　柳永）

——首對腳黏「仄仄平平平仄仄，平平仄仄仄平仄」

春愁凝思結眉心，綠綺懶調紅錦薦。（玉樓春——拂水雙飛來去燕　顧敻）

鎮長獨立到黃昏，卻怕良宵頻夢見。（玉樓春——拂水雙飛來去燕　顧敻）

——平起完全對

日高深院靜無人，時時海燕雙飛去。（踏莎行——細草愁煙　晏殊）

垂楊只解惹春風，何曾繫得行人住。（踏莎行——細草愁煙　晏殊）

——首黏腳對「平平仄仄仄平平，平平仄仄平平仄」

（3）統計及討論

表6-5　五七言齊言型奇－奇組合格律生成統計

總			55型 （12例）	77型 （17例）	小結
××，｜－ （平韻）	－｜，｜－　（對－對 完全對）		3	3	「完全對」3種10例； 「對－黏」1種2例； 「黏－對」2種5例； 「重言」0
	｜｜	黏－對			
	－－	對－黏			
	重律	黏－黏			
××，－－ （平韻）	｜｜，－－　（對－對 完全對）		1	5	
	－｜	黏－對	1	3	
	｜－	對－黏			
	重律	黏－黏			
××，－｜ （仄韻）	｜－，－｜　（對－對 完全對）		1		
	－－	黏－對	4	2	
	｜｜	對－黏	2	2	
	重律	黏－黏			
××，｜｜ （仄韻）	－－，｜｜　（對－對 完全對）			2	
	｜－	黏－對			
	－｜	對－黏			
	重律	黏－黏			

變換得：

表6-6　五七言齊言型奇——奇組合格律類型統

	平起完全對（律詩對）	仄起完全對（律詩對）	踝對腳黏（類律詩對）	踝黏腳對（非律詩對）	總
平韻	3	5		3	11
仄韻	2		2　從末五言看，為平起式	2	6
總	7	5	2	3 從末五言看，亦皆仄起式	

討論：

①結果全同於五言類，甚至「踝對腳黏」型組合出現的類型，「踝黏腳對」型出現的類型，亦完全相同。

②五七言綜合對比，可以得出以下結論：

A・如將五七言看成一個整體，則理論四種完全對都已出現——五言4種完全對組合中獨缺「仄起仄韻完全對」，七言4種完全對組合中獨缺「仄起仄韻完全對」（從末五言看，則相當於五言「平起仄韻完全對」），兩者統一考慮，則不缺。

B・「首對腳黏」型組合缺平韻式，大約因此類組合歸入了兩韻段研究。

C・「首黏腳對」型組合，五七言皆缺同一類型，五言平起類的2種。

D・均未出現「黏・黏」型組合。

③將五七言看成一個總體，若詞中存在以下原則：任何一種基本律句都可以同其他三種基本律句做自由組合，則尚未見到的組合是「仄平——平仄」構成的組合，包括下列兩種：

仄仄，仄平。（擴展成七言）

仄平，仄仄。（擴展成七言）

（4）結論

七言與五言情況基本類似（略）。

3.33 型組合

（1）30例

從別後，憶相逢。（鷓鴣天——彩袖殷勤捧玉鍾　晏幾道）

桐江好，煙漠漠。（滿江紅——暮雨初收　柳永）

波似染，山如削。（滿江紅——暮雨初收　柳永）

驚舊恨，鎮如許。（賀新郎——睡起流鶯語　葉夢得）

誰為我，唱金縷。（賀新郎——睡起流鶯語　葉夢得）

人豔冶，遞逢迎。（木蘭花慢——坼桐花爛漫　柳永）

夜半子，夜半子。（十二時——夜半子）

春睡覺，晚妝殘。（阮郎歸——東風吹水日銜山　南唐・李煜）

汴水流。泗水流。（長相思——汴水流　白居易）

思悠悠。恨悠悠。（長相思——汴水流　白居易）

青箬笠，綠蓑衣。（漁歌子——西塞山前白鷺飛　張志和）

扶殘醉，繞紅藥。（瑞鶴仙——悄郊園帶郭　周邦彦）

街鼓動，禁城開。（喜遷鶯——街鼓動　韋莊）

鶯已遷，龍已化。（喜遷鶯——街鼓動　韋莊）

碧雲天，黃葉地。（蘇幕遮——碧雲天　范仲淹）

黯鄉魂，追旅思。（蘇幕遮——碧雲天　范仲淹）

玉爐香，紅燭淚。（更漏子——玉爐香　溫庭筠）

眉翠薄，鬢雲殘。（更漏子——玉爐香　溫庭筠）

一葉葉，一聲聲。（更漏子——玉爐香　溫庭筠）

花影亂，鶯聲碎。（千秋歲——柳邊沙外　秦觀）

攜手處，今誰在。（千秋歲——柳邊沙外　秦觀）

幾日來，真個醉。（紅窗迥——幾日來　周邦彦）

一更初，一更初。（五更轉——一更初）

憑闌干，窺細浪。（酒泉子——花映柳條　溫庭筠）

掩銀屏，垂翠箔。（酒泉子——花映柳條　溫庭筠）

山下路，水邊牆。（最高樓——花知否　辛棄疾）

深院靜，小庭空。（搗練子——深院靜　馮延巳）

畫簾垂，金鳳舞。（應天長——綠槐陰裏黃鸝語　韋莊）

碧天雲，無定處。（應天長——綠槐陰裏黃鸝語　韋莊）

回繡袂，展香茵。（訴衷情——青梅煮酒鬥時新　晏殊）

（2）格律分析

6例含非律句，不入統計：

驚舊恨，鎮如許。（賀新郎——睡起流鶯語　葉夢得）

誰爲我，唱金縷。（賀新郎——睡起流鶯語　葉夢得）

夜半子，夜半子。（十二時——夜半子）

鶯巳遷，龍巳化。（喜遷鶯——街鼓動　韋莊）

一葉葉，一聲聲。（更漏子——玉爐香　溫庭筠）

扶殘醉，繞紅藥。（瑞鶴仙——悄郊園帶郭　周邦彥）

12例平韻：

從別後，憶相逢。（鷓鴣天——彩袖殷勤捧玉鍾　晏幾道）

人豔冶，遞逢迎。（木蘭花慢——坼桐花爛漫　柳永）

春睡覺，晚妝殘。（阮郎歸——東風吹水日銜山　南唐·李煜）

青箬笠，綠蓑衣。（漁歌子——西塞山前白鷺飛　張志和）

街鼓動，禁城開。（喜遷鶯——街鼓動　韋莊）

眉翠薄，鬢雲殘。（更漏子——玉爐香　溫庭筠）

山下路，水邊牆。（最高樓——花知否　辛棄疾）

深院靜，小庭空。（搗練子——深院靜　馮延巳）

回繡袂，展香茵。（訴衷情——青梅煮酒鬥時新　晏殊）

——完全對「平仄仄，仄平平」

汴水流。泗水流。（長相思——汴水流　白居易）

思悠悠。恨悠悠。（長相思——汴水流　白居易）

一更初，一更初。（五更轉——一更初）

——重律

13 例仄韻：

碧雲天，黃葉地。（蘇幕遮——碧雲天　范仲淹）

黯鄉魂，追旅思。（蘇幕遮——碧雲天　范仲淹）

玉爐香，紅燭淚。（更漏子——玉爐香　溫庭筠）

憑闌干，窺細浪。（酒泉子——花映柳條　溫庭筠）

畫簾垂，金鳳舞。（應天長——綠槐陰裏黃鸝語　韋莊）

碧天雲，無定處。（應天長——綠槐陰裏黃鸝語　韋莊）

掩銀屏，垂翠箔。（酒泉子——花映柳條　溫庭筠）

——完全對「仄平平，平仄仄」

幾日來，眞個醉。（紅窗迥——幾日來　周邦彥）

——「仄仄平，平仄仄」

花影亂，鶯聲碎。（千秋歲——柳邊沙外　秦觀）

攜手處，今誰在。（千秋歲——柳邊沙外　秦觀）

波似染，山如削。（滿江紅——暮雨初收　柳永）

——「平仄仄，平平仄」

桐江好，煙漠漠。（滿江紅——暮雨初收　柳永）

——平平仄，平仄仄

（3）統計及討論

格律類型統計：

表 6-7　33 型句式組合格律生成統計

			33 型 （24 例）	小結
×××，||－ （仄起平韻）	——|，||－　（對－對 完全對）			完全對 2 種 16 例； 對－黏 2 種 4 例 黏－對 1 種 1 例 重律 2 種 3 例
	－||	黏－對		
	|－－	對－黏		
	重律	黏－黏	1	

×××，｜－－ （平起平韻）	－｜｜，｜－－　（完全對）	9
	－－｜	
	｜｜－	
	重律　　　　　黏－黏	2
×××，－－｜ （平起仄韻）	｜｜－，－－｜　（完全對）	
	｜－－	
	－｜｜　　　　對－黏	3
	重律　　　　　黏－黏	
×××，－｜｜ （仄起仄韻）	｜－－，－｜｜　（完全對）	7
	｜｜－　　　　黏－對	1
	－－｜　　　　對－黏	1
	重律　　　　　黏－黏	

討論：

①三言組合出現 2 類平韻重律情況，這是五七言少有的現象。

②三言出現 2 類完全對，皆由「－｜｜」「｜－－」組合成。

③完全對數量大，共 15 例，占 16／24，說明詞中 33 型組合特點是對仗較多

（4）結論

總的來看，33 型組合以「－｜｜」和「｜－－」組成的完全對為主，亦有少量的重律情況發生。

4. 小結

依三言統計方式可以重新統計 55 型、77 型組合，總結果如下：

表6－8　齊言型奇－奇組合格律生成統計

總		33型 （24例）	55型 （12例）	77型 （17例）	小結
××，｜－ （平韻）	－｜，｜－　（對－對 完全對）		3	3	完全對　4 種31例；

	｜｜	黏－對				對－黏 2種 8 例，缺「平平｜平仄」類；黏－對 3種 11 例；重律 2種 3 例皆平韻
	－－	對－黏				
	重律	黏－黏	1			
××，－－（平韻）	｜｜，－－（對－對 完全對）		9	1	5	
	－｜	黏－對		1	3	
	｜－	對－黏				
	重律	黏－黏	2			
××，－｜（仄韻）	｜－，－｜（對－對 完全對）			1		
	－－	黏－對		4	2	
	｜｜	對－黏	3	2	2	
	重律	黏－黏				
××，｜｜（仄韻）	－－，｜｜（對－對 完全對）		7		2	
	｜－	黏－對	1			
	－｜	對－黏	1			
	重律	黏－黏				

轉換得到下表：

表6－9 齊言型奇－奇組合格律類型統計

	33 型（7 種 24 例）	55 型（5 種 12 例）	77 型（6 種 17 例）	總（11 種 53 例）
律詩對（完全對）	2 種 16 例	3 種 5 例	3 種 10 例	4 種 31 例；
類律詩對（對－黏）	2 種 4 例	1 種 2 例	1 種 2 例	2 種 8 例，缺「平平｜平仄」類
非律詩對（黏－對）	1 種 1 例	2 種 5 例	2 種 5 例	3 種 11 例；
非律詩對（黏－黏）	2 種 3 例	0	0	2 種 3 例皆平韻

從三言、五言、七言的齊言組合可以看出，詞的句式組合打破了「平韻」「對仗」兩個限制，在格律上傾向於尋求自由組合。五五型、七七型雖受律詩對身份制約，仍然出現了約 **1/3** 的「黏－對」型非律詩對；三三型不受制約更是出現了重律類型的非律詩對。從整體上看，16 類理論組合出現了 11 類，四大類理論組合均已出現；其中律詩對組合 8 類出現 6 類，非律詩對組合 8 類出席了 5 類，非律詩對種數約占 1 半，而數量也占到約 1/3 比例。

（二）雜言型奇──奇組合

二句雜言型奇──奇組合有 5 類：

表 6-10 雜言型奇──奇組合種類

句型	35 型	37 型	53 型	73 型	75 型
數量	7	6	5	1	13

1. 75 型

（1）13 例

珠簾約住海棠風，愁拖兩眉角。（好事近──睡起玉屏風　宋祁）

瑤編寶列相輝映，歸美意何窮。（導引──皇家盛事　無名氏）

歡聲和氣彌寰宇，皇壽與天同。（導引──皇家盛事　無名氏）

綺窗人在東風裏，灑淚對春閒。（眼兒媚──樓上黃昏杏花寒　左譽）

一對鴛鴦眠未足，葉下長相守。（雨中花令──剪翠妝紅欲就　晏殊）

家人並上千春壽，深意滿瓊卮。（少年遊──芙蓉花發去年枝　晏殊）

風過冰簷環佩響，宿霧在華茵。（武陵春──風過冰簷環佩響　毛滂）

鳳口銜燈金炫轉，人醉覺寒輕。（武陵春──風過冰簷環佩響　毛滂）

贈君明月滿前溪，直到西湖畔。（燭影搖紅──老景蕭條　毛滂）

一枝芳信到江南，來報先春秀。（一絡索──臘後東風微透　梅苑無名氏）

笛聲容易莫相催，留待纖纖手。（一絡索──臘後東風微透　梅苑無名氏）

小桃枝上春來早，初試薄羅衣。（人月圓──小桃枝上春來早　王詵）

（2）格律分析

平韻：

瑤編寶列相輝映，歸美意何窮。（導引──皇家盛事　無名氏）

歡聲和氣彌寰宇，皇壽與天同。（導引──皇家盛事　無名氏）

綺窗人在東風裏，灑淚對春閒。（眼兒媚──樓上黃昏杏花寒　左譽）

家人並上千春壽，深意滿瓊卮。（少年遊──芙蓉花發去年枝　晏殊）

小桃枝上春來早，初試薄羅衣。（人月圓──小桃枝上春來早　王詵）

──「黏─對」型之一種，「平仄，平平」式

風過冰簷環佩響，宿霧在華茵。（武陵春──風過冰簷環佩響　毛滂）

鳳口銜燈金炫轉，人醉覺寒輕。（武陵春──風過冰簷環佩響　毛滂）

──完全對之一種，「仄仄，平平」式

仄韻：

贈君明月滿前溪，直到西湖畔。（燭影搖紅──老景蕭條　毛滂）

一枝芳信到江南，來報先春秀。（一絡索──臘後東風微透　梅苑無名氏）

笛聲容易莫相催，留待纖纖手。（一絡索──臘後東風微透　梅苑無名氏）

──「黏─對」之一種，「平平，平仄」式

珠簾約住海棠風，愁拖兩眉角。（好事近──睡起玉屏風　宋祁）

──對黏之一種，「平仄，仄仄」式

一對鴛鴦眠未足，葉下長相守。（雨中花令──剪翠妝紅欲就　晏殊）

──「對黏」之另一種，「仄仄，平仄」式

（3）討論及結論

①只有 75 型，無 57 型。

②只有完全對和黏對情況，無重律情況。

③「黏對」式遠多於「完全對」式，與律詩相別（比例為 9：3）。

2. 35 型

（1）7 例

宮漏促，簾外曉啼鶯。（小重山──春到長門春草青　薛昭蘊）

江南好，風景舊曾諳。（憶江南──江南好　白居易）

思君切，羅幌暗塵生。（小重山──春到長門春草青　薛昭蘊）

花知否，花一似何郎。（最高樓──花知否　辛棄疾）

似二陸，初來俱少年。（沁園春──孤館燈青　蘇軾）

著一陣，霎時間底雪。（最高樓──花知否　辛棄疾）

更一個，缺些兒底月。（最高樓──花知否　辛棄疾）

（2）格律分析

思君切，羅幌暗塵生。（小重山──春到長門春草青　薛昭蘊）

似二陸，初來俱少年。（沁園春──孤館燈青　蘇軾）

著一陣，霎時間底雪。（最高樓──花知否　辛棄疾）

更一個，缺些兒底月。（最高樓──花知否　辛棄疾）

──不合律，暫不分析

平韻3例：

宮漏促，簾外曉啼鶯。（小重山──春到長門春草青　薛昭蘊）

──完全對「平仄仄，仄平平」

江南好，風景舊曾諳。（憶江南──江南好　白居易）

花知否，花一似何郎。（最高樓──花知否　辛棄疾）

──黏對「平平仄，仄平平」

3.53 型

（1）5例

不如從嫁與，作鴛鴦。（南歌子──手裏金鸚鵡　溫庭筠）

玉階華露滴，月朧明。（小重山──春到長門春草青　薛昭蘊）

紅妝流宿淚，不勝情。（小重山──春到長門春草青　薛昭蘊）

月明知我意，來相就。（感皇恩──綠水小河亭　毛滂）

露涼釵燕冷，更深後。（感皇恩──綠水小河亭　毛滂）

（2）格律分析

平韻 3 例：

不如從嫁與，作鴛鴦。（南歌子——手裏金鸚鵡　溫庭筠）

玉階華露滴，月朧明。（小重山——春到長門春草青　薛昭蘊）

紅妝流宿淚，不勝情。（小重山——春到長門春草青　薛昭蘊）

——完全對「仄仄，平平」

仄韻 2 例

月明知我意，來相就。（感皇恩——綠水小河亭　毛滂）

露涼釵燕冷，更深後。（感皇恩——綠水小河亭　毛滂）

——對黏「仄仄，平仄」

4.37 型

（1）6 例

最好是，一川夜月光流渚。（摸魚兒——買陂塘　晁補之）

滿青鏡，星星鬢影今如許。（摸魚兒——買陂塘　晁補之）

人不見，碧雲暮合空相對。（千秋歲——柳邊沙外　秦觀）

春去也，落紅萬點愁如海。（千秋歲——柳邊沙外　秦觀）

空贏得，目斷魂飛何處說。（撥棹子——風切切　尹鶚）

羞睹見，繡被堆紅閒不徹。（撥棹子——風切切　尹鶚）

（2）格律分析

全部爲仄韻

最好是，一川夜月光流渚。（摸魚兒——買陂塘　晁補之）

滿青鏡，星星鬢影今如許。（摸魚兒——買陂塘　晁補之）

——不合律，暫不分析

人不見，碧雲暮合空相對。（千秋歲——柳邊沙外　秦觀）

春去也，落紅萬點愁如海。（千秋歲——柳邊沙外　秦觀）

——對黏型之「仄仄，平仄」式

空贏得，目斷魂飛何處說。（撥棹子——風切切　尹鶚）

──對黏型之「平仄，仄仄」式

羞睹見，繡被堆紅閒不徹。(撥棹子──風切切　尹鶚)

──黏黏型之「仄仄，仄仄」式

5.73 型 1 例

劉郎此日別天仙，登綺席。(天仙子──晴野鷺鷥飛一隻　　皇甫松)

──完全對之「平平，仄仄」

6. 小結

歸納上述分析，得到雜言型奇──奇組合格律類型統計表：

表 6-11　雜言型奇－奇組合格律類型統計

總	以末2 腳表示	75 型 (12)	35 (3)	53 (5)	37 (4)	73 (1)	總 (25)	小結
××， ｜－ (仄收 平韻)	－｜，｜ － 完全對 對－對							完全對 2 類 7 例； 對黏 2 類 7 例，皆仄 韻； 黏對 2 類 10 例，皆 「平平｜ 平仄」類 重律 1 例 「仄仄」 型
	｜｜ 黏－對							
	－－ 對－黏							
	｜－ 重律 黏－黏							
××， －－ (平收 平韻)	｜｜，－ － 完全對 對－對	2	1	3			6	
	－｜ 黏－對	5	2				7	
	｜－ 對－黏							
	－－ 重律 黏－黏							

×× ， －｜ （平收 仄韻）	｜－，－｜ 完全對 對－對					
	－－ 黏－對	3				3
	｜｜ 對－黏	1		2	2	5
	－｜ 重律 黏－黏					
×× ， ｜｜ （仄收 仄韻）	－－，｜ ｜ 完全對 對－對				1	1
	｜－ 黏－對					
	－｜ 對－黏	1		1		2
	重律 黏－黏			1		1

雜言型奇－奇組合格律總結：

（1）黏、對、重為組合基本規律，完全對：黏對：對黏：重律＝7：10：7：1。

（2）沒有「仄平」為對句的組合。其中，無「仄仄平平仄，平平仄仄平」。

（3）三種組合最多：

「n 仄仄，n 平平」6 例

「n 平仄，n 平平」7 例

「n 仄仄，n 平仄」5 例

（三）奇－奇型組合格律分析小結

表6－12　奇－奇型組合之格律關係統計總表

句腳關係	類型	總	33	55	77	75	35	53	37	73
			24	12	17	12	3	5	4	1
○仄，○平（相對）38	平仄，仄平（完全對）	6		3	3					
	仄仄，平平（完全對）	21	9	1	5	2	1	3		
	平仄，平平（黏對）	11		1	3	5	2			
	仄仄，仄平（黏對）	0								
○平，○仄（相對）21	仄平，平仄（完全對）	1		1						
	平平，仄仄（完全對）	9	7		2					
	仄平，仄仄（黏對）	2	1							1
	平平，平仄（黏對）	9		4	2	3				
○仄，○仄（相黏）16	平仄，仄仄（對黏）	3	1			1			1	
	仄仄，平仄（對黏）	12	3	2	2	1		2	2	
	平仄，平仄（全黏－重律）	0								
	仄仄，仄仄（全黏－重律）	1							1	
○平，○平（相黏）3 去兩韻段	仄平，平平（對黏）	0								
	平平，仄平（對黏）	0								
	仄平，仄平（全黏－重律）	1	1							
	平平，平平（全黏－重言）	2	2							

二、兩句型韻段之二——偶－偶型組合

（一）齊言型偶——偶組合

表6－13　齊言型偶－偶組合種類

句型	22型	44型	66型
數量	2	12	9

1. 22 型

（2 例）

如夢。如夢。殘月落花煙重。（如夢令——曾宴桃源深洞　　後唐・莊宗）

無語。無緒。慢曳羅裙歸去。（風流子——樓倚長衢欲暮　　孫光憲）

——皆爲「平仄，平仄」的重律

2. 244 型

（1）12 例

細草愁煙，幽花怯露。（踏莎行——細草愁煙　　晏殊）

帶緩羅衣，香殘蕙炷。（踏莎行——細草愁煙　　晏殊）

銀字吹笙，金貂取酒。（感皇恩——綠水小河亭　　毛滂）

斜插疏枝，略點梅梢。（一翦梅——一翦梅花萬樣嬌　　周邦彥）

袖裏時聞，玉釧輕敲。（一翦梅——一翦梅花萬樣嬌　　周邦彥）

前歲栽桃，今歲成蹊。（行香子——前歲栽桃　　晁補之）

吳王故苑，柳嫋煙斜。（柳梢青——岸草平沙　　秦觀）

衰顏難強，拙語多遲。（行香子——前歲栽桃　　晁補之）

月樓花院，綺窗朱戶。（青玉案——凌波不過橫塘路　　賀鑄）

一川煙草，滿城風絮。（青玉案——凌波不過橫塘路　　賀鑄）

西風殘照，漢家陵闕。（憶秦娥——簫聲咽　　李白）

微行清露，細履斜暉。（行香子——前歲栽桃　　晁補之）

（2）格律分析

細草愁煙，幽花怯露。（踏莎行——細草愁煙　　晏殊）

帶緩羅衣，香殘蕙炷。（踏莎行——細草愁煙　　晏殊）

銀字吹笙，金貂取酒。（感皇恩——綠水小河亭　　毛滂）

——仄起完全對，皆「○仄平平，○平仄仄」式，缺「○仄仄平，○平平仄」式

斜插疏枝，略點梅梢。（一翦梅——一翦梅花萬樣嬌　　周邦彥）

袖裏時聞，玉釧輕敲。（一翦梅——一翦梅花萬樣嬌　　周邦彥）

前歲栽桃，今歲成蹊。（行香子——前歲栽桃　晁補之）

——仄起相黏，皆「○仄平平，○仄平平」式，缺「○仄仄平，○仄仄平」式

吳王故苑，柳裊煙斜。（柳梢青——岸草平沙　秦觀）

衰顏難強，拙語多遲。（行香子——前歲栽桃　晁補之）

——平起完全對，皆「○平仄仄，○仄平平」式，缺「○平平仄，○仄仄平」式

月樓花院，綺窗朱戶。（青玉案——凌波不過橫塘路　賀鑄）

一川煙草，滿城風絮。（青玉案——凌波不過橫塘路　賀鑄）

西風殘照，漢家陵闕。（憶秦娥——簫聲咽　李白）

——平起相黏，皆「○平平仄，○平平仄」式，缺「○平仄仄，○平仄仄」式

微行清露，細履斜暉。（行香子——前歲栽桃　晁補之）

——平起不完全對，「○平平仄，○仄平平」式，缺「○平仄仄，○仄仄平」

（3）討論及結論

①包含全部四種基本句式：○平仄仄、○仄平平、○平平仄、○仄仄平。

②包含四大類基本組合，但每類中的細類尚不完全。具體如下表。

3.66 型

（1）9 例

鳳額繡簾高卷，獸鈈朱戶頻搖。（西江月——鳳額繡簾高卷　柳永）

好夢枉隨飛絮，閒愁濃勝香醪。（西江月——鳳額繡簾高卷　柳永）

一笑皆生百媚，宸遊教在誰邊。（清平樂——禁闈清夜　李白）

風暖繁絃脆管，萬家競奏新聲。（木蘭花慢——坼桐花爛漫　柳永）

拌卻明朝永日，畫堂一枕春醒。（木蘭花慢——坼桐花爛漫　柳永）

手種堂前垂柳，別來幾度春風。（朝中措——平山闌檻倚晴空　歐陽修）

行樂直須年少，尊前看取衰翁。（朝中措——平山闌檻倚晴空　歐陽修）

臨鏡舞鸞離照，倚箏飛雁辭行。（風入松——柳陰庭院杏梢牆　晏幾道）

兩袖曉風花陌，一簾夜月蘭堂。（風入松——柳陰庭院杏梢牆　晏幾道）

（2）格律分析

鳳額繡簾高卷，獸鈈朱戶頻搖。（西江月——鳳額繡簾高卷　柳永）

好夢枉隨飛絮，閒愁濃勝香醪。（西江月——鳳額繡簾高卷　柳永）

手種堂前垂柳，別來幾度春風。（朝中措——平山闌檻倚晴空　歐陽修）

行樂直須年少，尊前看取衰翁。（朝中措——平山闌檻倚晴空　歐陽修）

臨鏡舞鸞離照，倚箏飛雁辭行。（風入松——柳陰庭院杏梢牆　晏幾道）

兩袖曉風花陌，一簾夜月蘭堂。（風入松——柳陰庭院杏梢牆　晏幾道）

——「〇仄〇平平仄，〇平〇仄平平」

一笑皆生百媚，宸遊教在誰邊。（清平樂——禁闈清夜　李白）

風暖繁絃脆管，萬家競奏新聲。（木蘭花慢——坼桐花爛漫　柳永）

拌卻明朝永日，畫堂一枕春醒。（木蘭花慢——坼桐花爛漫　柳永）

——「〇仄〇平仄仄，〇平〇仄平平」

（3）討論及結論

①組合全部合乎律句。

②全部屬於平韻對仗關係的「〇仄〇平〇仄，〇平〇仄〇平」類型，且不完全對居多。

4. 小結

綜合上述分析得：

表6−14　齊言型偶−偶組合格律類型統計

		22型 （2例）	44型 （12例）	66型 （9例）
〇仄，〇平 （相對關係）	〇平平仄，〇仄仄平（完全對）			
	〇平仄仄，〇仄平平（完全對）		2	3

	○平平仄，○仄平平（黏對）		1	6
	○平仄仄，○仄仄平（黏對）			
○平，○仄（相對關係）	○仄仄平，○平平仄（完全對）			
	○仄平平，○平仄仄（完全對）		3	
	○仄仄平，○平平仄（黏對）			
	○仄平平，○平平仄（黏對）			
○仄，○仄（相黏關係）	○平平仄，○仄平仄（對黏）			
	○平仄仄，○仄平仄（對黏）			
	○平平仄，○平平仄（重律）	2	3	
	○平仄仄，○平仄仄（重律）			
○平，○平（相黏關係）	○仄仄平，○仄平平（對黏）			
	○仄平平，○仄仄平（對黏）			
	○仄仄平，○仄仄平（重律）			
	○仄平平，○仄平平（重律）		3	

齊言型偶——偶組合格律類型總結：

（1）全爲律句；

（2）「22 型組合全爲重律；66 型組合全爲平韻律詩中類型；44 型組合則主要包括「完全對」和「重律」兩種。

（二）雜言型偶偶組合

表 6-15　雜言型偶偶組合種類

句型	46 型	48 型	句型	64 型
數量	4	2	數量	4

1. 46 型、64 型

表 6-16　64 型、46 型局勢組合格律類型對照

46 型（4 例，其中合律 2 例）	64 型（4 例，其中合律 1 例）
江山如畫，望中煙樹歷歷。 （念奴嬌——憑空眺遠　蘇軾）	斷腸如雪撩亂，去點人衣。 （聲聲慢——朱門深掩　晁補之）

水晶宮裏，一聲吹斷橫笛。	灞岸行人多少，竟折柔枝。
（念奴嬌——憑空眺遠　蘇軾）	（聲聲慢——朱門深掩　晁補之）
畫樓縹緲，盡掛窗紗簾繡。	薰風亂飛燕子，時下輕鷗。
（感皇恩——綠水小河亭　毛滂）	（漢宮春——黯黯離懷　晁沖之）
寶薰濃炷，人共博山煙瘦。	無端彩雲易散，覆水難收。
（感皇恩——綠水小河亭　毛滂）	（漢宮春——黯黯離懷　晁沖之）
（1）律句保持「平仄，平仄」——「重律」關係 （2）非律句若去掉重疊部份，則組合仍爲相重關係！	（1）律句保持「仄仄，平平」——「完全對」關係 （2）非律句若去掉重複部份，組合仍爲相對關係！

結論：46型組合保持「重律」關係，64型組合保持「完全對」關係！

2.48型

2例，實際均爲47型：

盡尋勝賞，驟雕鞍紺幰出郊坰。（木蘭花慢——坼桐花爛漫　柳永）

——平平仄仄，仄——平平仄仄仄平平

對佳麗地，信金罍罄竭玉山傾。（木蘭花慢——坼桐花爛漫　柳永）

——仄平平仄，仄——平平仄仄仄平平

（三）偶——偶型組合小結

綜合齊言型偶——偶組合與雜言型偶－偶組合結論，得到：

表6-17　偶——偶型組合之格律關係統計總表

句腳關係	類型		44	66	46	64	48
		總	12	9	2	1	2
	平仄，仄平（完全對）	0					
○仄，○平 （相對）15	仄仄，平平（完全對）	6	2	3			1
	平仄，平平（黏對）	9	1	6		1	1
	仄仄，仄平（黏對）	0					

	仄平，平仄（完全對）	0					
○平，○仄 （相對）3	平平，仄仄（完全對）	3	3				
	仄平，仄仄（黏對）	0					
	平平，平仄（黏對）	0					
○仄，○仄 （相黏）5	平仄，仄仄（對黏）	0					
	仄仄，平仄（對黏）	0					
	平仄，平仄（全黏－重律）	5	3		2		
	仄仄，仄仄（全黏－重律）	0					
○平，○平 （相黏）3 去兩韻段	仄平，平平（對黏）	0					
	平平，仄平（對黏）	0					
	仄平，仄平（全黏－重律）	0					
	平平，平平（全黏－重律）	3	3				

三、兩句型韻段之三——奇－偶組合

表6－18　奇──偶句式組合種類

句型	34型	36型	45型	47型	56型		
數量	17	6	22	4	3		
句型		63型	54型	74型	65型	85型	76型
數量		3	8	4	7	1	9

　　奇言結尾（偶－奇）與偶言結尾（奇－偶）數量大致相當。其核心代表為：45型與54型。

　　1.45型：

　　（1）22例

憑闌秋思，閒記舊相逢。（滿庭芳——南苑吹花　晏幾道）

楊柳風輕，展盡黃金縷。（蝶戀花——六曲闌干偎碧樹　馮延巳）

紅杏開時，一霎清明雨。（蝶戀花——六曲闌干偎碧樹　馮延巳）

柳徑春深，行到關情處。（點絳唇——蔭綠圍紅　馮延巳）

角聲嗚咽，星斗漸微茫。（江城子——髻鬟狼藉黛眉長　韋莊）

老來風味，是事都無可。（驀山溪——老來風味　程垓）

三杯徑醉，轉覺乾坤大。（驀山溪——老來風味　程垓）

冰肌玉骨，自清涼無汗。（洞仙歌——冰肌玉骨　蘇軾）

一曲清歌，暫引櫻桃破。（一斛珠——晚妝初過　唐・李煜）

爛嚼紅茸，笑向檀郎唾。（一斛珠——晚妝初過　唐・李煜）

醉倒山翁，但愁斜照斂。（齊天樂——綠蕪凋盡臺城路　周邦彥）

秋色連波，波上含煙翠。（蘇幕遮——碧雲天　范仲淹）

芳草無情，更在斜陽外。（蘇幕遮——碧雲天　范仲淹）

夜夜除非，好夢留人睡。（蘇幕遮——碧雲天　范仲淹）

酒入愁腸，化作相思淚。（蘇幕遮——碧雲天　范仲淹）

華闕中天，鎖蔥蔥佳氣。（醉蓬萊——漸亭皋葉下　柳永）

南極星中，有老人呈瑞。（醉蓬萊——漸亭皋葉下　柳永）

皇家盛事，三殿慶重重。（導引——皇家盛事　無名氏）

睡起懨懨，無語小妝懶。（祝英臺近——墜紅輕　程核）

閒倚銀屏，羞怕淚痕滿。（祝英臺近——墜紅輕　程核）

鳳幃夜短，偏愛日高眠。（促拍花滿路——香靨融春雪　柳永）

畫堂春過，悄悄落花天。（促拍花滿路——香靨融春雪　柳永）

（2）格律分析

冰肌玉骨，自清涼無汗。（洞仙歌——冰肌玉骨　蘇軾）

閒倚銀屏，羞怕淚痕滿。（祝英臺近——墜紅輕　程核）

——含非律句，暫不分析

平韻：

憑闌秋思，閒記舊相逢。（滿庭芳——南苑吹花　晏幾道）

畫堂春過，悄悄落花天。（促拍花滿路——香靨融春雪　柳永）

角聲嗚咽，星斗漸微茫。（江城子——髻鬟狼藉黛眉長　韋莊）

——「仄平平仄，仄仄仄平平」黏對

皇家盛事，三殿慶重重。（導引——皇家盛事　無名氏）

鳳幃夜短，偏愛日高眠。（促拍花滿路——香靨融春雪　柳永）

——「仄仄，平平」完全對

仄韻：

楊柳風輕，展盡黃金縷。（蝶戀花——六曲闌干偎碧樹　馮延巳）

紅杏開時，一霎清明雨。（蝶戀花——六曲闌干偎碧樹　馮延巳）

柳徑春深，行到關情處。（點絳唇——蔭綠圍紅　馮延巳）

一曲清歌，暫引櫻桃破。（一斛珠——晚妝初過　唐・李煜）

爛嚼紅茸，笑向檀郎唾。（一斛珠——晚妝初過　唐・李煜）

秋色連波，波上含煙翠。（蘇幕遮——碧雲天　范仲淹）

芳草無情，更在斜陽外。（蘇幕遮——碧雲天　范仲淹）

夜夜除非，好夢留人睡。（蘇幕遮——碧雲天　范仲淹）

華闕中天，鎖蔥蔥佳氣。（醉蓬萊——漸亭皋葉下　柳永）

南極星中，有老人呈瑞。（醉蓬萊——漸亭皋葉下　柳永）

睡起懨懨，無語小妝懶。（祝英臺近——墜紅輕　程垓）

——「仄仄平平，仄仄平平仄」黏對

三杯徑醉，轉覺乾坤大。（驀山溪——老來風味　程垓）

——「平平仄仄，仄仄平平仄」對黏

醉倒山翁，但愁斜照斂。（齊天樂——綠蕪凋盡臺城路　周邦彥）

酒入愁腸，化作相思淚。（蘇幕遮——碧雲天　范仲淹）

——「仄仄平平，平平平仄仄」全對

老來風味，是事都無可。（驀山溪——老來風味　程垓）

——「仄平平仄，仄仄平平仄」重律

（3）討論

①「仄仄平平，仄仄平平仄」黏對型組合占大多數，「平仄，平平」黏對次之。

②仄韻組合多於平韻。

2. 54 型

（1）8 例

繞嚴陵灘畔，鶯飛魚躍。（滿江紅──暮雨初收　柳永）

綠水小河亭，朱闌碧甃。（感皇恩──綠水小河亭　毛滂）

惟有長江水，無語東流。（八聲甘州──對瀟瀟暮雨灑江天　柳永）

歎重拂羅裍，頓疏花簟。（齊天樂──綠蕪凋盡臺城路　周邦彥）

正玉液新篘，蟹螯初薦。（齊天樂──綠蕪凋盡臺城路　周邦彥）

早窗外亂紅，已深半指。（紅窗迥──幾日來　周邦彥）

怒濤卷霜雪，天塹無涯。（望海潮──東南形勝　柳永）

乘醉聽簫鼓，吟賞煙霞。（望海潮──東南形勝　柳永）

（2）格律分析

繞嚴陵灘畔，鶯飛魚躍。（滿江紅──暮雨初收　柳永）

歎重拂羅裍，頓疏花簟。（齊天樂──綠蕪凋盡臺城路　周邦彥）

怒濤卷霜雪，天塹無涯。（望海潮──東南形勝　柳永）

──含非律句，暫不分析

綠水小河亭，朱闌碧甃。（感皇恩──綠水小河亭　毛滂）

早窗外亂紅，已深半指。（紅窗迥──幾日來　周邦彥）

──「仄仄仄平平，平平仄仄」

正玉液新篘，蟹螯初薦。（齊天樂──綠蕪凋盡臺城路　周邦彥）

──「仄仄仄平平，仄平平仄」

惟有長江水，無語東流。（八聲甘州──對瀟瀟暮雨灑江天　柳永）

乘醉聽簫鼓，吟賞煙霞。（望海潮──東南形勝　柳永）

──「仄仄平平仄，仄仄平平」

（3）討論與思考

從上述看，組合似乎並無特殊規律，似乎任何兩個句式都可以輕易構成組合。對此或許可作如下解釋，任何一個長短句組合都可看成是長句對短句的加成疊唱，故聲音自然和諧。但這個解釋對「偶奇組

合」並不具有針對性，下面本文進一步考察其他「偶奇組合」的格律情況，以期尋求具有統計意義的結論。

3.34 型

（1）17 例

漸暖靄，初回輕暑。（賀新郎——睡起流鶯語　葉夢得）

但悵望，蘭舟容與。（賀新郎——睡起流鶯語　葉夢得）

有誰家，錦書遙寄。（水龍吟——霜寒煙冷蒹葭老　蘇軾）

酒醒處，殘陽亂鴉。（柳梢青——岸草平沙　秦觀）

過短亭，何用素約。（瑞鶴仙——悄郊園帶郭　周邦彥）

卻彈作，清商恨多。（太常引——仙機似欲織纖羅　辛棄疾）

且痛飲，公無渡河。（太常引——仙機似欲織纖羅　辛棄疾）

怕綠刺，胃衣傷手。（雨中花令——剪翠妝紅欲就　晏殊）

爲黃花，頻開醉眼。（燭影搖紅——老景蕭條　毛滂）

二十年，重過南樓。（唐多令——蘆葉滿汀洲　劉過）

舊江山，渾是新愁。（唐多令——蘆葉滿汀洲　劉過）

細雨打，鴛鴦寒悄。（杏花天——淺春庭院東風曉　朱敦儒）

人別後，碧雲信杳。（杏花天——淺春庭院東風曉　朱敦儒）

對好景，愁多歡少。（杏花天——淺春庭院東風曉　朱敦儒）

憑小檻，細腰無力。（撥棹子——風切切　尹鶚）

偏掛恨，少年拋擲。（撥棹子——風切切　尹鶚）

雨瀟瀟，衰鬢到今。（戀繡衾——木落江南感未平　朱敦儒）

（2）格律分析

漸暖靄，初回輕暑。（賀新郎——睡起流鶯語　葉夢得）

但悵望，蘭舟容與。（賀新郎——睡起流鶯語　葉夢得）

酒醒處，殘陽亂鴉。（柳梢青——岸草平沙　秦觀）

過短亭，何用素約。（瑞鶴仙——悄郊園帶郭　周邦彥）

卻彈作，清商恨多。（太常引——仙機似欲織纖羅　辛棄疾）

且痛飲，公無渡河。(太常引——仙機似欲織纖羅　辛棄疾)

細雨打，鴛鴦寒悄。(杏花天——淺春庭院東風曉　朱敦儒)

對好景，愁多歡少。(杏花天——淺春庭院東風曉　朱敦儒)

怕綠刺，冒衣傷手。(雨中花令——剪翠妝紅欲就　晏殊)

——含非律句，暫不分析

仄韻：

有誰家，錦書遙寄。(水龍吟——霜寒煙冷蒹葭老　蘇軾)

——仄平平，仄平平仄

憑小檻，細腰無力。(撥棹子——風切切　尹鶚)

偏掛恨，少年拋擲。(撥棹子——風切切　尹鶚)

——平仄仄，仄平平仄

為黃花，頻開醉眼。(燭影搖紅——老景蕭條　毛滂)

——仄平平，平平仄仄

人別後，碧雲信杳。(杏花天——淺春庭院東風曉　朱敦儒)

——平仄仄，平平仄仄

平韻：

二十年，重過南樓。(唐多令——蘆葉滿汀洲　劉過)

——仄仄平，仄仄平平

舊江山，渾是新愁。(唐多令——蘆葉滿汀洲　劉過)

——仄平平，仄仄平平

雨瀟瀟，衰鬢到今。(戀繡衾——木落江南感未平　朱敦儒)

——仄平平，平仄仄平

4. 36型、63型

(1) 6例、4例

漫留得，尊前淡月西風。(滿庭芳——南苑吹花　晏幾道)

偏只怕，臨風見他桃樹。(花心動——風約簾波　史達祖)

望不盡，垂楊幾千萬縷。(花心動——風約簾波　史達祖)

青綾被，休憶金閨故步。（摸魚兒——買陂塘　晁補之）

行路永，客去車塵漠漠。（瑞鶴仙——悄郊園帶郭　周邦彥）

斂餘紅，猶戀孤城闌角。（瑞鶴仙——悄郊園帶郭　周邦彥）

依舊竹聲新月，似當年。（虞美人——風回小院庭蕪綠　南唐·李煜）

滿鬢清霜殘雪，思難禁。（虞美人——風回小院庭蕪綠　南唐·李煜）

細草平沙蕃馬，小屏風。（相見歡——羅襪繡袂香紅　薛昭蘊）

暮雨輕煙魂斷，隔簾櫳。（相見歡——羅襪繡袂香紅　薛昭蘊）

（2）格律分析

漫留得，尊前淡月西風。（滿庭芳——南苑吹花　晏幾道）

偏只怕，臨風見他桃樹。（花心動——風約簾波　史達祖）

望不盡，垂楊幾千萬縷。（花心動——風約簾波　史達祖）

——暫不入分析

青綾被，休憶金閨故步。（摸魚兒——買陂塘　晁補之）

行路永，客去車塵漠漠。（瑞鶴仙——悄郊園帶郭　周邦彥）

——平仄仄，仄仄平平仄仄

斂餘紅，猶戀孤城闌角。（瑞鶴仙——悄郊園帶郭　周邦彥）

——仄平平，仄仄平平仄仄

依舊竹聲新月，似當年。（虞美人——風回小院庭蕪綠　南唐·李煜）

滿鬢清霜殘雪，思難禁。（虞美人——風回小院庭蕪綠　南唐·李煜）

細草平沙蕃馬，小屏風。（相見歡——羅襪繡袂香紅　薛昭蘊）

暮雨輕煙魂斷，隔簾櫳。（相見歡——羅襪繡袂香紅　薛昭蘊）

——○仄○平○仄，仄平平

5. 47 型、74 型

千年清浸，先淨河洛出圖書。（水調歌頭——九金增宋重　毛滂）

芝房雅奏，儀鳳矯首聽笙竽。（水調歌頭——九金增宋重　毛滂）

尚有練囊，露螢清夜照書卷。（齊天樂——綠蕪凋盡臺城路　周邦彥）

——不入分析

老景蕭條，送君歸去添淒斷。(燭影搖紅——老景蕭條　毛滂)

——仄仄平平，平平仄仄平平仄

蛢蟥領上訶梨子，繡帶雙垂。(採桑子——蛢蟥領上訶梨子　和凝)

叢頭鞋子紅編細，裙窣金絲。(採桑子——蛢蟥領上訶梨子　和凝)

——平平仄仄平平仄，仄仄平平

夢裏不知身是客，一晌貪歡。(浪淘沙令——簾外雨潺潺　南唐‧李煜)

流水落花春去也，天上人間。(浪淘沙令——簾外雨潺潺　南唐‧李煜)

——仄仄平平平仄仄，仄仄平平

6. 56型、65型

睡起玉屏風，吹去亂紅猶落。(好事近——睡起玉屏風　宋祁)

長記別伊時，和淚出門相送。(如夢令——曾宴桃源深洞　　後唐‧莊宗)

——仄仄仄平平，平平仄仄平平仄

但明河影下，還看疏星幾點。(選冠子——水浴清蟾　周邦彥)

——仄平平仄仄，仄仄平平仄仄

東城南陌花下，逢著意中人。(訴衷情令——青梅煮酒鬥時新　晏殊)

人道愁與春歸，春歸愁未斷。(祝英臺近——墜紅輕　程核)

昨夜一庭明月，冷秋韆紅索。(好事近——睡起玉屏風　宋祁)

有時攜手閒坐，偎倚綠窗前。(促拍花滿路——香靨融春雪　柳永)

——含非律句，暫不分析

天氣驟生輕暖，襯沉香帷箔。(好事近——睡起玉屏風　宋祁)

——平仄仄平平仄，仄平平仄仄

是處紅衰翠減，苒苒物華休。(八聲甘州——對瀟瀟暮雨灑江天　柳永)

異日圖將好景，歸去鳳池誇。(望海潮——東南形勝　柳永)

——仄仄平平仄仄，仄仄仄平平

7. 85型

對瀟瀟暮雨灑江天，一番洗清秋。(八聲甘州——對瀟瀟暮雨灑江天　柳永)

——仄一平平仄仄仄平平，仄仄仄平平，實際爲75型。

8.76型（9例）

（1）格律分析

綠蕪凋盡臺城路，殊鄉又逢秋晚。（齊天樂——綠蕪凋盡臺城路　周邦彦）
——含非律句，暫不分析

仄韻：

桂魄飛來光射處，冷浸一天秋碧。（念奴嬌——憑空眺遠　蘇軾）
——仄仄平平平仄仄，平仄仄平平仄

東皐雨足輕痕漲，沙嘴鷺來鷗聚。（摸魚兒——買陂塘　晁補之）
弓刀千騎成何事，荒了邵平瓜圃。（摸魚兒——買陂塘　晁補之）
——平平仄仄平平仄，平仄仄平平仄

吹盡殘花無人問，惟有垂楊自舞。（賀新郎——睡起流鶯語　葉夢得）
無限樓前滄波意，誰采蘋花寄取。（賀新郎——睡起流鶯語　葉夢得）
——仄仄平平平仄仄，仄仄平平仄仄

霜寒煙冷蒹葭老，天外征鴻嘹唳。（水龍吟——霜寒煙冷蒹葭老　蘇軾）
——平平仄仄平平仄，仄仄平平仄仄

平韻：

海棠香老春江晚，小樓霧谷空濛。（臨江仙——海棠香老春江晚　和凝）
——平平仄仄平平仄，平平仄仄平平

碾玉釵搖鸂鶒戰，雪肌雲鬢將融。（臨江仙——海棠香老春江晚　和凝）
——仄仄平平平仄仄，平平仄仄平平

（2）討論

①仄韻組合全部爲仄‧仄腳，4種齊全。平‧仄腳4種全缺。

②平韻組合去掉兩韻段情況。有「……，平平仄仄平平」兩種，缺「……，仄平平仄仄平」兩種。

③大致可以得出結論，76組合中7言全部爲仄腳式，6言的4式中獨缺「仄平平仄仄平」式。

9. 小結

表6-19 奇偶型組合之格律關係統計總表

句腳關係	類型	45	54	34	36	63	47	74	56	65	85	76
	總	20	3	8	3	4	1	4	3	3	1	8
○仄，○平（相對）19	平仄，仄平（完全對）0											
	仄仄，平平（完全對）7	2						2		2		1
	平仄，平平（黏對）12	4	1			4		2				1
	仄仄，仄平（黏對）0											
○平，○仄（相對）20	仄平，平仄（完全對）0											
	平平，仄仄（完全對）4	1	1	1	1							
	仄平，仄仄（黏對）0											
	平平，平仄（黏對）16	11	1	1			1			2		
○仄，○仄（相黏）15	平仄，仄仄（對黏）2										1	1
	仄仄，平仄（對黏）4	1		2								1
	平仄，平仄（全黏—重律）3	1										2
	仄仄，仄仄（全黏—重律）6			1	2					1		2

	仄平，平平（對黏）	1		1				
	平平，仄平（對黏）	1		1				
○平，○平（相黏）4 去兩韻段	仄平，仄平（全黏一重律）	0						
	平平，平平（全黏一重律）	2		1				1

四、兩句型韻段之格律規律總結——4 大總表

（一）四大總表

上面分析得到關於兩句型韻段句式組合的三個總表：

《奇－奇型組合之格律關係統計總表》

《偶－偶型組合之格律關係統計總表》

《奇－偶型組合之格律關係統計總表》

將上述三表合併，得到《兩句型韻段之格律關係統計總表》：

表 6－20　兩句型韻段之格律關係統計總表

句腳關係	類型		奇奇型	偶偶型	奇偶型
		163 例	79	26	58
○仄，○平（相對）72	平仄，仄平（完全對）	6	6	0	0
	仄仄，平平（完全對）	34	21	6	7
	平仄，平平（黏對）	32	11	9	12
	仄仄，仄平（黏對）	0	0	0	0
○平，○仄（相對）44	仄平，平仄（完全對）	1 少	1	0	0
	平平，仄仄（完全對）	16	9	3	4
	仄平，仄仄（黏對）	2 少	2	0	0
	平平，平仄（黏對）	25	9	0	16

○仄，○仄（相黏）37	平仄，仄仄（對黏）	5	3	0	2
	仄仄，平仄（對黏）	16	12	0	4
	平仄，平仄（全黏一重律）	9	1	5	3
	仄仄，仄仄（全黏一重律）	7	1	0	6
○平，○平（相黏）10 去兩韻段	仄平，平平（對黏）	1少	0	0	1
	平平，仄平（對黏）	1少	0	0	1
	仄平，仄平（全黏一重律）	1少	1	0	0
	平平，平平（全黏一重律）	7	2	3	2

我們將上述四表稱為**兩句型韻段格律組織規律的四大總表**。

（二）格律規律總析

為分析方便，將《兩句型韻段之格律類型統計總表》略作變形，得到下表。

表 6−21　兩句型韻段之格律關係統計總表變形之一 ——四類型表

句腳關係	類型	總	奇奇型	偶偶型	奇偶型
		163 例	79	26	58
完全對（57）	仄仄，平平（平韻）	34	21	6	7
	平仄，仄平（平韻）	6	6	0	0
	仄平，平仄	1少	1	0	0
	平平，仄仄	16	9	3	4
對黏（23）	仄平，平平（平韻）	1少	0	0	1
	平平，仄平（平韻）	1少	0	0	1
	仄仄，平仄	16	12	0	4
	平仄，仄仄	5	3	0	2

黏對 （59）	平仄，平平（平韻）	32	11	9	12
	仄仄，仄平（平韻）	0	0	0	0
	仄平，仄仄	2 少	2	0	0
	平平，平仄	25	9	0	16
全黏－重律 （24）	平平，平平（平韻）	7	2	3	2
	仄平，仄平（平韻）	1 少	1	0	0
	平仄，平仄	9	1	5	3
	仄仄，仄仄	7	1	0	6

　　這一表格概括了所有句式在組合成兩句型韻段時發生的格律情況。通過這個表格，我們能夠清楚地看到句式在組合成兩句型韻段時所遵循的真實格律組織規律。.

　　我們首先來看這個表格反映的基本格律事實。

　　1、格律組合的 16 種理論小類出現了 15 種，但各小類的出現頻率不一樣。大量出現的組合有 5 類，基本不出現的組合有 6 類。從使用頻率角度，可以將 15 種情況分為三個等級。

　　（1）第一等級為大量出現的組合，有 5 類，占 117／163。包括：

仄仄，平平（34）、平平，仄仄（16）

平仄，平平（32）、平平，平仄（25）

仄仄，平仄（16）

　　（2）第二等級為常用組合，有 5 類。包括：

平仄，仄平（6）、

平仄，仄仄（5）、

平平，平平（7）、平仄，平仄（9）、仄仄，仄仄（7）

　　（3）第三等級為基本不出現的組合，有 6 類，合占 5／163（其中一類無，其他各一）。包括：

仄平，平仄（1）

仄平，平平（1）、平平，仄平（1）

仄仄，仄平（0）、仄平，仄仄（2）

仄平，仄平（1）

2、格律組合的四大理論類型皆出現，且比例適當，爲完全對：對黏：黏對：全黏＝57：23：59：24。

（1）這個結果可以表述爲：

律詩對：類律詩對：「黏對」型非律詩對：「重律」型非律詩對＝57：23：59：24

也就是說，詞的句式組合格律突破了律詩規律，不僅包含律詩中的格律對仗和首聯組合，更增添了非律詩對組合，並且從比例上看，**非律詩對組合達到了與律詩組合對分庭抗禮的地位**。

（2）這個結果還可以表述爲：

（完全對＋黏對）：（對黏＋黏黏）＝（57＋59）：（23＋24）

也就是說，**詞體的句式組合格律關係傾向於選用末字格律相對**。

（3）理論上完全對有四種：仄仄對平平兩種，仄平對平仄的兩種。實際上後者少得多，甚至基本沒出現其中一種「仄平，平仄」型組合。

（4）理論上的不完全對，有4類8小類。其中，「對黏」4小類中實際基本沒出現「仄平／平平」組成的兩小類，「黏對」4小類中基本沒出現「仄仄／仄平」組成的兩小類。

（5）4種重律情況，只有「仄平，仄平」型較少，其他皆有一定使用。

（6）從完全對、對黏、黏對三者情況看，如果將三者各歸爲兩大類，則往往一類使用多，另一類使用少，呈不平衡狀態。

（三）詞人的格律策略

那麼，我們應該怎樣更深入理解上述格律規律呢？這些規律包含著詞人什麼樣的格律決策呢？

爲了瞭解這一點，我們按格律生成的模式，將上表再變形，得到

下表：

表 6-22　兩句型韻段之格律關係統計總表變形之二 ——生成表

類型		總	奇奇型	偶偶型	奇偶型
		163 例	79	26	58
○○，平平（平韻）	仄仄，平平（完全對）	34	21	6	7
	平仄，平平（黏對）	32	11	9	12
	仄平，平平（對黏）	1 少	0	0	1
	平平，平平（重律）	7	2	3	2
○○，仄平（平韻）	平仄，仄平（完全對）	6	6	0	0
	平平，仄平（對黏）	1 少	0	0	1
	仄仄，仄平（黏對）	0	0	0	0
	仄平，仄平（重律）	1 少	1	0	0
○○，平仄（仄韻）	仄平，平仄（完全對）	1 少	1	0	0
	平平，平仄（黏對）	25	9	0	16
	仄仄，平仄（對黏）	16	12	0	4
	平仄，平仄（重律）	9	1	5	3
○○，仄仄（仄韻）	平平，仄仄（完全對）	16	9	3	4
	仄仄，仄仄（重律）	7	1	0	6
	平仄，仄仄（對黏）	5	3	0	2
	仄平，仄仄（黏對）	2 少	2	0	0

　　從這一表格，我們可以清楚看到詞人們在進行句式組合時的格律策略。概括起來講，有：

（1）在平韻詞中，

（i）若對句為「n 平平」，則出句的格律選擇順序是：

　　　完全對（34）≈黏對（32）＞＞重律（7）＞＞對黏（1）

　　　即格律選擇以相對關係為主。

（ii）若對句為「n 仄平」，則出句的格律選擇順序是：

完全對（6）＞＞黏對（0）≈重律（1）≈對黏（1）

即出句似只有唯一選擇，即完全對。值得注意的是，這一情況在整個平韻詞中是少見的。

（iii）若籠統考慮平韻段，則組合的格律選擇順序是：

完全對（40）≈黏對（32）＞＞重律（8）＞＞對黏（2）

即選擇格律相對（包括完全對和黏對）。

（2）在仄韻詞中，

（i）若對句爲「n 平仄」，則出句選擇順序是：

黏對（25）＞對黏（16）＞＞重律（9）＞＞完全對（1）；

即選擇「半對」或「半黏」關係，避免完全對。

（ii）若對句爲「n 仄仄」，則出句顯然的格律選擇順序是：

完全對（16）＞＞對黏（5）≈重律（7）≈黏對（1）

即格律選擇以完全相對爲主，避免黏對。

　　如果簡化一點講，我們甚至可以說，在平韻詞中，押韻句多採用「平平」韻腳，此時，出句主要考慮格律相對方式（包括完全對和黏對形式）；而在仄韻詞中，押韻句約 2／3 採用「平仄」腳，此時，出句主要考慮半對（即黏對）和半黏（即對黏）兩種方式；押韻句 1／3 採用「平仄」腳的，出句則優先考慮完全對，避免黏對。

　　這就是詞人們在進行長短句實驗時的基本格律策略。

　　雖然我們尚不能完全理解這些策略的意義。但是，我們很難相信這是出於偶然。這些格律策略到底蘊含何種意義，要待以後更深入的研究和解釋了。

五、本節小結

　　本節通過繁瑣統計分析，詳盡研究了兩句型韻段的格律組合規律，得出結論：詞的句式組合突破了律詩規律，不僅包含律詩中的對仗和首聯組合，更增添了非律詩對組合，並且從比例上看，非律詩對組合達到了與律詩組合對分庭抗禮的地位。本節由此進一步探索出詞

人的格律策略：在平韻詞中，押韻句多採用「平平」韻腳，此時，出句主要考慮完全對和黏對形式；而在仄韻詞中，押韻句約 2／3 採用「平仄」腳，此時，出句主要考慮黏對和對黏兩種方式；押韻句 1／3 採用「平仄」腳的，出句則優先考慮完全對，避免黏對。

第三節　三句型韻段格律關係分析

　　三句型韻段格律關係遠比兩句型韻段複雜。爲簡化分析，我們先只對三句型韻段的句腳格律關係進行分析，看能否得出一些初步的結論。

一、齊言三句組合——333 型及相關型

（一）純齊言三句組合：333 型、444 型

1. 333 型

（1）3 例

朝元去，鏘環佩，冷雲衢。（水調歌頭——九金增宋重　毛滂）

笑東君，還又向，北枝忙。（最高樓——花知否　辛棄疾）

且饒他，桃李趁，少年場。（最高樓——花知否　辛棄疾）

（2）格律分析：

朝元去，鏘環佩，冷雲衢。（水調歌頭——九金增宋重　毛滂）

——平平仄，平平仄，仄平平（前重後對）

笑東君，還又向，北枝忙。（最高樓——花知否　辛棄疾）

且饒他，桃李趁，少年場。（最高樓——花知否　辛棄疾）

——仄平平，平仄仄，仄平平（前後皆對）

（3）討論

①末兩句腳均相對。

②首兩句腳可黏可對。

③皆爲平韻體。

④首句較寬，可用三仄調。

2. 444 型

（1）17 例

孤館燈青，野店雞號，旅枕夢殘。（沁園春——孤館燈青　蘇軾）

銀河秋晚，長門燈悄，一聲初至。（水龍吟——霜寒煙冷蒹葭老　蘇軾）

應念瀟湘，岸遙人靜，水多菰米。（水龍吟——霜寒煙冷蒹葭老　蘇軾）

萬重雲外，斜行橫陣，才疏又綴。（水龍吟——霜寒煙冷蒹葭老　蘇軾）

仙掌月明，石頭城下，影搖寒水。（水龍吟——霜寒煙冷蒹葭老　蘇軾）

文章太守，揮毫萬字，一飲千鍾。（朝中措——平山闌檻倚情空　歐陽修）

雨後寒輕，風前香細，春在梨花。（柳梢青——岸草平沙　秦觀）

門外秋韆，牆頭紅粉，深院誰家。（柳梢青——岸草平沙　秦觀）

玉宇無塵，金莖有露，碧天如水。（醉蓬萊——漸亭皋葉下　柳永）

太液波翻，披香簾卷，月明風細。（醉蓬萊——漸亭皋葉下　柳永）

明月如霜，好風如水，清景無限。（永遇樂——明月如霜　蘇軾）

一雙燕子，兩行歸雁，畫角聲殘。（眼兒媚——樓上黃昏杏花寒　左譽）

也應似舊，盈盈秋水，淡淡青山。（眼兒媚——樓上黃昏杏花寒　左譽）

橘奴無恙，蝶子相迎，寒窗日短。（燭影搖紅——老景蕭條　毛滂）

年年此夜，華燈競處，人月圓時。（人月圓——小桃枝上春來早　王詵）

禁街簫鼓，寒輕夜永，纖手同攜。（人月圓——小桃枝上春來早　王詵）

夜闌人靜，千門笑語，聲在簾幃。（人月圓——小桃枝上春來早　王詵）

此情拚作，千尺遊絲，惹住朝雲。（訴衷情——青梅煮酒鬥時新　晏殊）

（2）格律分析

平韻

孤館燈青，野店雞號，旅枕夢殘。（沁園春——孤館燈青　蘇軾）

——仄仄平平，重，重（前後皆重）

文章太守，揮毫萬字，一飲千鍾。（朝中措——平山闌檻倚情空　歐陽修）

一雙燕子，兩行歸雁，畫角聲殘。（眼兒媚——樓上黃昏杏花寒　左譽）

也應似舊，盈盈秋水，淡淡青山。（眼兒媚——樓上黃昏杏花寒　左譽）

年年此夜，華燈競處，人月圓時。（人月圓——小桃枝上春來早　王詵）

禁街簫鼓，寒輕夜永，纖手同攜。（人月圓——小桃枝上春來早　王詵）

夜闌人靜，千門笑語，聲在簾幃。（人月圓——小桃枝上春來早　王詵）

——○平○仄，○平○仄，○仄○平（前重後對）

雨後寒輕，風前香細，春在梨花。（柳梢青——岸草平沙　秦觀）

門外秋韆，牆頭紅粉，深院誰家。（柳梢青——岸草平沙　秦觀）

——○仄○平，○平○仄，○仄○平（前後皆對）

此情拚作，千尺遊絲，惹住朝雲。（訴衷情——青梅煮酒鬥時新　晏殊）

——仄平平仄－仄仄平平－重

仄韻

銀河秋晚，長門燈悄，一聲初至。（水龍吟——霜寒煙冷蒹葭老　蘇軾）

萬重雲外，斜行橫陣，才疏又綴。（水龍吟——霜寒煙冷蒹葭老　蘇軾）

——前後皆重

應念瀟湘，岸遙人靜，水多菰米。（水龍吟——霜寒煙冷蒹葭老　蘇軾）

仙掌月明，石頭城下，影搖寒水。（水龍吟——霜寒煙冷蒹葭老　蘇軾）

玉宇無塵，金莖有露，碧天如水。（醉蓬萊——漸亭皋葉下　柳永）

太液波翻，披香簾卷，月明風細。（醉蓬萊——漸亭皋葉下　柳永）

明月如霜，好風如水，清景無限。（永遇樂——明月如霜　蘇軾）

——前對後重

橘奴無恙，蝶子相迎，寒窗日短。（燭影搖紅——老景蕭條　毛滂）

——前後皆對

3. 小結

（1）格律關係小結

表6－23　純齊言三句組合格律類型統計

類型	平韻（12）				仄韻（8）			
	前後皆對	前重後對	前對後重	前後皆重	前後皆對	前重後對	前對後重	前後皆重
句腳關係	平－仄－平(4)	仄－仄－平(7)	仄－平－平(0)	平－平－平(1)	仄－平－仄(1)	平－平－仄(0)	平－仄－仄(5)	仄－仄－仄(2)

333 型（3例，皆平）	2	1				
444 型（17例，9平8仄）	2	6		1	1	5	2

（2）討論

①平韻：仄韻＝12：8；平韻多用「前後皆對」和「前重後對」；仄韻多用「前對後重」。

②其中平韻不用「前對後重」，仄韻不用「前重後對」。

上述兩個結論是否必然，尚待下文更多統計數據支持。

（二）可轉化的齊言三句組合：433 型（2 例）、544 型（7 例）

1. 實例：433 型（2 例）、544 型（7 例）、4444 型（1 例）、5444 型（2 例）

對林中侶，閒中我，醉中誰。（行香子——前歲栽桃　晁補之）

但醉同行，月同坐，影同歸。（行香子——前歲栽桃　晁補之）

年光還少味，開殘檻菊，落盡溪桐。（滿庭芳——南苑吹花　晏幾道）

正豔杏燒林，緗桃繡野，芳景如屏。（木蘭花慢——坼桐花爛漫　柳永）

念征衣未擣，佳人拂杵，有盈盈淚。（水龍吟——霜寒煙冷蒹葭老　蘇軾）

漸霜風淒緊，關河冷落，殘照當樓。（八聲甘州——對瀟瀟暮雨灑江天　柳永）

有流鶯勸我，重解雕鞍，緩引春酌。（瑞鶴仙——悄郊園帶郭　周邦彥）

漸亭臯葉下，隴首雲飛，素秋新霽。（醉蓬萊——漸亭臯葉下　柳永）

歎年華一瞬，人今千里，夢沈書遠。（選冠子——水浴清蟾　周邦彥）

正值昇平，萬幾多暇，夜色澄鮮，漏聲迢遞。（醉蓬萊——漸亭臯葉下　柳永）

漸月華收練，晨霜耿耿，雲山摛錦，朝露漙漙。（沁園春——孤館燈青　蘇軾）

有筆頭千字，胸中萬卷，致君堯舜，此事何難。（沁園春——孤館燈青　蘇軾）

2. 格律分析

433 型（2 例）皆平韻

對林中侶，閒中我，醉中誰。（行香子——前歲栽桃　晁補之）
——前重後對

但醉同行，月同坐，影同歸。（行香子——前歲栽桃　晁補之）
——前後皆對

544 型（7 例）

平韻

年光還少味，開殘檻菊，落盡溪桐。（滿庭芳——南苑吹花　晏幾道）

漸霜風淒緊，關河冷落，殘照當樓。（八聲甘州——對瀟瀟暮雨灑江天　柳永）
——前重後對

正豔杏燒林，緗桃繡野，芳景如屏。（木蘭花慢——坼桐花爛漫　柳永）
——前後皆對

仄韻

念征衣未搗，佳人拂杵，有盈盈淚。（水龍吟——霜寒煙冷蒹葭老　蘇軾）

歎年華一瞬，人今千里，夢沈書遠。（選冠子——水浴清蟾　周邦彥）
——前後皆重

有流鶯勸我，重解雕鞍，緩引春酌。（瑞鶴仙——悄郊園帶郭　周邦彥）

漸亭皋葉下，隴首雲飛，素秋新霽。（醉蓬萊——漸亭皋葉下　柳永）
——前後皆對

4444 型（1 例），5444 型（2 例）

正值昇平，萬幾多暇，夜色澄鮮，漏聲迢遞。（醉蓬萊——漸亭皋葉下　柳永）
——「平－平－平－仄」（前重末對）

漸月華收練，晨霜耿耿，雲山摛錦，朝露漙漙。（沁園春——孤館燈青　蘇軾）

有筆頭千字，胸中萬卷，致君堯舜，此事何難。（沁園春——孤館燈青　蘇軾）
——「仄－仄－仄－平」（前重末對）

3. 討論

①除 1 例外，餘 10 例均爲去聲領字句，均可看作「領字＋齊言句」。

②5444 組合遵循「前重末對」原則，與 4444 組合同——「前重末對」似可看成四句組合的基本原則——留待四句研究時再詳細討論。

③三句組合其格律類型仍然種類多樣。如下表：

表 6－24　可轉化的齊言三句組合格律類型統計

類型	平韻（6）				仄韻（4）			
	前後皆對	前重後對	前對後重	前後皆重	前後皆對	前重後對	前對後重	前後皆重
句腳關係	平－仄－平 2	仄－仄－平 3	仄－平－平 1	平－平－平 0	仄－平－仄 2	平－平－仄 0	平－仄－仄 0	仄－仄－仄 2
433 型（3例，皆平）	1	1	1					
544 型（7例，3 平 4 仄）	1	2			2			2

（三）齊言三句組合小結

綜合上述「齊言三句組合」和「可轉化的齊言三句組合」統計，得到：

表 6－25　齊言三句組合格律關係

類型	平韻（18）				仄韻（12）			
	前後皆對	前重後對	前對後重	前後皆重	前後皆對	前重後對	前對後重	前後皆重
句腳關係	平－仄－平	仄－仄－平	仄－平－平	平－平－平	仄－平－仄	平－平－仄	平－仄－仄	仄－仄－仄
333 型（3例，皆平）	2	1						

433型（3例，皆平）	1	1	1					
444型（17例，9平8仄）	2	6		1	1		5	2
544型（7例，3平4仄）	1	2			2			2
小計（30）	6	10	1	1	3	0	5	4

總結：

①平韻：仄韻＝18：12，平仄韻韻段遵循的句式組合格律規律不一樣。

②平韻忌「後重」，一般選用「前後皆對」和「前重後對」式。

③仄韻忌「前重後對」，餘三類使用程度差不多。

（四）關於齊言三句組合格律規律的驗證

上文，我們得到齊言三句格律組合規律的兩個小結論：一、平韻忌「後重」；二、仄韻忌「前重後對」。那麼這個小結論在具體詞調中是否具有普遍性呢？下面，我們選用含齊言三句組合最多的詞牌《六州歌頭》來驗證一下（值得注意的是，《六州歌頭》尚在「常用百體」之外）。

我們選用兩首最著名的《六州歌頭》，張孝祥《六州歌頭·長淮望斷》和賀鑄《六州歌頭·少年俠氣》作爲驗證對象。

表6-26　張孝祥《六州歌頭·長淮望斷》與賀鑄《六州歌頭·少年俠氣》的三言運用

【宋】張孝祥《六州歌頭·長淮望斷》	【宋】賀鑄《六州歌頭·少年俠氣》
長淮望斷，關塞莽然平。 **征塵暗，霜風勁，悄邊聲**。 黯銷凝。 追想當年事，殆天數，非人力，洙泗上，絃歌地，亦膻腥。 隔水氈鄉，落日牛羊下，區脫縱橫。	少年俠氣，交結五都雄。 肝膽洞，毛髮聳。立談中。 死生同。 一諾千金重，**推翹勇，矜豪縱，輕蓋擁，聯飛鞚，斗城東**。 轟飲酒壚，春色浮寒甕，吸海垂虹。

看名王宵獵，騎火一川明。	閒呼鷹嗾犬，白羽摘雕弓。
笳鼓悲鳴，遣人驚。	狡穴俄空，樂匆匆。
念腰間箭，匣中劍，空埃蠹，竟何成！	似黃粱夢，辭丹鳳，明月共，漾孤篷。
時易失，心徒壯，歲將零。	官冗從，懷倥傯，落塵籠。
渺神京。	簿書叢。
干羽方懷遠，靜烽燧，且休兵。	鶡弁如雲衆，供粗用，忽奇功。
冠蓋使，紛馳騖，若爲情。	笳鼓動，漁陽弄，思悲翁。
聞道中原遺老，常南望、翠葆霓旌。	不請長纓，繫取天驕種，劍吼西風。
使行人到此，忠憤氣填膺。	恨登山臨水，手寄七絃桐。
有淚如傾。	目送歸鴻。

以《六州歌頭》驗證之：三言齊言組合10例，除方框中1例「前後皆對」外，餘皆爲「前重末對」。說明「前重末對」是平韻韻段最重要的格律組織模式。同時，這個結論還可以從兩個方面得到加強。首先，這10例中有兩例「4333型」句，其四句腳格律組合爲「仄－仄－仄－平」，還有兩例「533333型」句，其六句腳格律組合爲「仄－仄－仄－仄－仄－平」，是擴大的「前重末對」式，說明「前重末對」可以作爲一種組合原則，是最能保證語氣貫通的一種組合模式；其次，10例之外還有1例「533」，亦可以近似轉化爲「333型」句，其句腳格律組合也是「前重末對」。

從兩首平韻《六州歌頭》的驗證看，上述「齊言三句格律組合小結論」具有相當高的可信度。其關於「平韻忌「後重」，一般選用「前後皆對」和「前重後對」」的結論，得到了很好的證明。

二、半雜言三句組合——446型及相關型

本部份希望弄清，關於齊言三句組合的格律小結論是否也適用於半雜言三句組合。

（一）446型（17）、644型（2）

1. 446型

（1）17例

南苑吹花，西樓題葉，故園歡事重重。（滿庭芳——南苑吹花　晏幾道）

月波清霽，煙容明淡，靈漢舊期還至。（鵲橋仙——月波清霽　歐陽修）

雲屏未卷，仙雞催曉，腸斷去年情味。（鵲橋仙——月波清霽　歐陽修）

暮雨生寒，鳴蛩勸織，深閣時聞裁剪。（齊天樂——綠蕪凋盡臺城路　周邦彥）

渭水西風，長安亂葉，空憶詩情宛轉。（齊天樂——綠蕪凋盡臺城路　周邦彥）

朱門深掩，擺蕩春風，無情鎮欲輕飛。（聲聲慢——朱門深掩　晁補之）

統如五鼓，鏗然一葉，黯黯夢雲驚斷。（永遇樂——明月如霜　蘇軾）

天涯倦客，山中歸路，望斷故園心眼。（永遇樂——明月如霜　蘇軾）

古今如夢，何曾夢覺，但有舊歡新怨。（永遇樂——明月如霜　蘇軾）

東南形勝，江湖都會，錢塘自古繁華。（望海潮——東南形勝　柳永）

煙柳畫橋，風簾翠幕，參差十萬人家。（望海潮——東南形勝　柳永）

羌管弄晴，菱歌泛夜，嬉嬉釣叟蓮娃。（望海潮——東南形勝　柳永）

水浴清蟾，葉喧涼吹，巷陌雨聲初斷。（選冠子——水浴清蟾　周邦彥）

閒依露井，笑撲流螢，惹破畫羅輕扇。（選冠子——水浴清蟾　周邦彥）

梅風地溽，虹雨苔滋，一架舞紅都變。（選冠子——水浴清蟾　周邦彥）

夜酒未蘇，春枕猶欹，曾是誤成歌舞。（花心動——風約簾波　史達祖）

繡戶鎖塵，錦瑟空弦，無復畫眉心緒。（花心動——風約簾波　史達祖）

（2）格律分析

平韻：

南苑吹花，西樓題葉，故園歡事重重。（滿庭芳——南苑吹花　晏幾道）

煙柳畫橋，風簾翠幕，參差十萬人家。（望海潮——東南形勝　柳永）

羌管弄晴，菱歌泛夜，嬉嬉釣叟蓮娃。（望海潮——東南形勝　柳永）

——平－仄－平

東南形勝，江湖都會，錢塘自古繁華。（望海潮——東南形勝　柳永）

——仄－仄－平

朱門深掩，擺蕩春風，無情鎮欲輕飛。（聲聲慢——朱門深掩　晁補之）

——仄－平－平

仄韻：

月波清霽，煙容明淡，靈漢舊期還至。（鵲橋仙——月波清霽　歐陽修）

雲屏未卷，仙雞催曉，腸斷去年情味。（鵲橋仙——月波清霽　歐陽修）

統如五鼓，錚然一葉，黯黯夢雲驚斷。（永遇樂——明月如霜　蘇軾）

天涯倦客，山中歸路，望斷故園心眼。（永遇樂——明月如霜　蘇軾）

古今如夢，何曾夢覺，但有舊歡新怨。（永遇樂——明月如霜　蘇軾）

——仄－仄－仄

暮雨生寒，鳴蛩勸織，深閣時聞裁剪。（齊天樂——綠蕪凋盡臺城路　周邦彥）

渭水西風，長安亂葉，空憶詩情宛轉。（齊天樂——綠蕪凋盡臺城路　周邦彥）

——平－仄－仄

水浴清蟾，葉喧涼吹，巷陌雨聲初斷。（選冠子——水浴清蟾　周邦彥）

夜酒未蘇，春枕猶敧，曾是誤成歌舞。（花心動——風約簾波　史達祖）

繡戶鎖塵，錦瑟空弦，無復畫眉心緒。（花心動——風約簾波　史達祖）

——平－平－仄

閒依露井，笑撲流螢，惹破畫羅輕扇。（選冠子——水浴清蟾　周邦彥）

梅風地溽，虹雨苔滋，一架舞紅都變。（選冠子——水浴清蟾　周邦彥）

——仄－平－仄

2. 644 型（2 例，皆仄）

不記歸時早暮，上馬誰扶，醒眠朱閣。（瑞鶴仙——悄郊園帶郭　周邦彥）

人靜夜久憑闌，愁不歸眠，立殘更箭。（選冠子——水浴清蟾　周邦彥）

——○－平－仄

3. 統計

表 6－27　446 型、644 型組合格律類型統計

	平韻（5）				仄韻（14）			
類型	前後皆對	前重後對	前對後重	前後皆重	前後皆對	前重後對	前對後重	前後皆重
句腳關係	平－仄－平 3	仄－仄－平 1	仄－平－平 1	平－平－平 0	仄－平－仄 3	平－平－仄 4	平－仄－仄 2	仄－仄－仄 5

446型(17例，5平12仄)	3	1	1		2	3	2	5
644型（2例，皆仄）				1	1		

4. 討論

①雖然六言多拗句，但涉及六言的「半雜言三句組合」卻皆遵律句。

②同一作家選擇趨同。

③與齊言三句組合似乎略有不同。平韻忌用「前後皆重」，仄韻各類均用。說明三言組合具有相當靈活性，創始者似可自由選擇。

（二）其他類

1. 格律分析

65型（2例，皆平韻）

一段昇平光景，不但五星循軌，萬點共連珠。（水調歌頭──九金增宋重　毛滂）

天近黃麾仗曉，春早紅鸞扇暖，遲日上金鋪。（水調歌頭──九金增宋重　毛滂）

──仄仄平平仄仄－仄仄平平仄仄－仄仄仄平平

445型（9例：平3仄6）

便欲乘風，翻然歸去，何用騎鵬翼。（念奴嬌──憑空眺遠　蘇軾）

玉宇瓊樓，乘鸞來去，人在清涼國。（念奴嬌──憑空眺遠　蘇軾）

嫩菊黃深，拒霜紅淺，近寶階香砌。（醉蓬萊──漸亭皋葉下　柳永）

此際宸遊，鳳輦何處，度管絃清脆。（醉蓬萊──漸亭皋葉下　柳永）

曲港跳魚，圓荷瀉露，寂寞無人見。（永遇樂──明月如霜　蘇軾）

燕子樓空，佳人何在，空鎖樓中燕。（永遇樂──明月如霜　蘇軾）

──平－仄－仄

綠鬢朱顏，道家裝束，長似少年時。（少年遊──芙蓉花發去年枝　晏殊）

──平－仄－平

珠簾影裏，如花半面，絕勝隔簾歌。（太常引——仙機似欲織纖羅　辛棄疾）

蘭堂風軟，金爐香暖，新曲動簾帷。（少年遊——芙蓉花發去年枝　晏殊）

——仄－仄－平

344 型（6例：平1仄5）

臨島嶼，蓼煙疏淡，葦風蕭索。（滿江紅——暮雨初收　柳永）

異時對，黃樓夜景，爲余浩歎。（永遇樂——明月如霜　蘇軾）

盡沉靜，文園更渴，有人知否。（花心動——風約簾波　史達祖）

——仄－仄－仄

掩蒼苔，房櫳向曉，亂紅無數。（賀新郎——睡起流鶯語　葉夢得）

浪黏天，蒲萄漲綠，半空煙雨。（賀新郎——睡起流鶯語　葉夢得）

——平－仄－仄

爭知我，倚闌干處，正恁凝愁。（八聲甘州——對瀟瀟暮雨灑江天　柳永）

——仄－仄－平

447 型（3例，皆平）

用舍由時，行藏在我，袖手何妨閒處看。（沁園春——孤館燈青　蘇軾）

世路無窮，勞生有限，似此區區長鮮歡。（沁園春——孤館燈青　蘇軾）

——平－仄－平

何妨到老，常閒常醉，任功名生事俱非。（行香子——前歲栽桃　晁補之）

——仄－仄－平

633 型（2例，皆仄）

甚處玉龍三弄，聲搖動，枝頭月。（霜天曉角——冰清霜潔　林逋）

更卷珠簾清賞，且莫掃，階前雪。（霜天曉角——冰清霜潔　林逋）

——仄－仄－仄

744 型（2例，皆平）

輕盈微笑舞低回，何事尊前，拍手相招。（一翦梅——一翦梅花萬樣嬌　周邦彥）

城頭誰恁促殘更，銀漏何如，且慢明朝。（一翦梅——一翦梅花萬樣嬌　周邦彥）

——平－平－平

733 型（3 例，皆平）

柳下繫船猶未穩，能幾日，又中秋。（唐多令——蘆葉滿汀洲　劉過）

欲買桂花同載酒，終不似，少年遊。（唐多令——蘆葉滿汀洲　劉過）

露冷月殘人未起，留不住，淚千行。（江城子——髻鬟狼藉黛眉長　韋莊）

——仄－仄－平

其他單例（4 仄 2 平）

歎西園，已是花深無地，東風何事又惡。（瑞鶴仙——悄郊園帶郭　周邦彥）

墜紅輕，濃綠潤，深院又春晚。（祝英臺近——墜紅輕　程核）

市列珠璣，戶盈羅綺，競豪奢。（望海潮——東南形勝　柳永）

——平－仄－仄

微傅粉，攏梳頭，隱映畫簾開處。（風流子——樓依長衢欲暮　　孫光憲）

——仄－平－仄

圻桐花爛漫，乍疏雨，洗清明。（木蘭花慢——圻桐花爛漫　柳永）

可惜許，月明風露好，恰在人歸後。（雨中花令——剪翠妝紅欲就　晏殊）

——仄－仄－平

2. 歸納

表 6−28　半雜言三句組合（其他類）格律類型統計

類型	平韻（16）				仄韻（17）			
	前後皆對	前重後對	前對後重	前後皆重	前後皆對	前重後對	前對後重	前後皆重
句腳關係	平－仄－平 3	仄－仄－平 11	仄－平－平 0	平－平－平 2	仄－仄－仄 1	平－平－仄 0	平－仄－仄 11	仄－仄－仄 5
665 型（2 例，皆平）		2						
445 型（9 例，3 平 6 仄）	1	2					6	
344 型（6 例，1 平 5 仄）		1					2	3
447 型（3 例，皆平）	2	1						

類型								
733型（2例，皆仄）								2
744型（2例，皆平）			2					
733型（3例，皆平）		3						
其他單例（6例，4仄2平）		2				1	3	

討論：與齊言三句規律極相似，平韻忌「後重」特別是「前對後重」，仄韻忌「前重後對」。

（三）半雜言三句組合小結

表6－29　半雜言三句組合格律關係表

類型	平韻（21）				仄韻（31）			
	前後皆對	前重後對	前對後重	前後皆重	前後皆對	前重後對	前對後重	前後皆重
句腳關係	平－仄－平	仄－仄－平	仄－平－平	平－平－平	仄－平－仄	平－平－仄	平－仄－仄	仄－仄－仄
446型（17例，5平12仄）	3	1	1		2	3	2	5
644型（2例，皆仄）					1	1		
665型（2例，皆平）		2						
445型（9例，3平6仄）	1	2					6	
344型（6例，1平5仄）		1					2	3
447型（3例，皆平）	2	1						
733型（2例，皆仄）								2
744型（2例，皆平）				2				

733型（3例，皆平）		3						
其他單例（6例，4仄2平）		2			1		3	
小計（52）	6	12	1	2	4	4	13	10

　　半雜言三句組合規律與齊言三句組合規律大同小異。平仄韻韻段規律不一樣，平韻與齊言相似，主「後對」；仄韻與齊言略異，各類皆用，但主「後重」。

三、全雜言三句組合

1. 格律分析

346型（6例，平2仄4）

買陂塘，旋栽楊柳，依稀淮岸湘浦。（摸魚兒——買陂塘　晁補之）

夜茫茫，重尋無處，覺來小園行遍。（永遇樂——明月如霜　蘇軾）

——平－仄－仄

浪花中，一葉扁舟，睡煞江南煙雨。（鸚鵡曲——儂家鸚鵡洲邊住　白無咎）

覺來時，滿眼青山，抖擻綠蓑歸去。（鸚鵡曲——儂家鸚鵡洲邊住　白無咎）

——平－平－仄

常是送，行人去後，煙波一向離愁。（漢宮春——黯黯離懷　晁沖之）

應又似，當年載酒，依前明占青樓。（漢宮春——黯黯離懷　晁沖之）

——仄－仄－

654型（4例，平3仄1）

不忍登高臨遠，望故鄉渺渺，歸思難收。（八聲甘州——對瀟瀟暮雨灑江天　柳永）

回首舊遊如夢，記踏青殢飲，拾翠狂遊。（漢宮春——黯黯離懷　晁沖之）

——仄－仄－平

重湖疊巘清佳，有三秋桂子，十里荷花。（望海潮——東南形勝　柳永）

——平－仄－平

荊江留滯最久，故人相望處，離思何限。（齊天樂——綠蕪凋盡臺城路　周邦彥）

——仄－仄－仄

354型（4例，皆仄）

微吟罷，憑征鞍無語，往事千端。（沁園春──孤館燈青　蘇軾）

身長健，但優游卒歲，且斗尊前。（沁園春──孤館燈青　蘇軾）

算未肯，似桃含紅蕊，留待郎歸。（聲聲慢──朱門深掩　晁補之）

又爭可，妒郎誇春草，步步相隨。（聲聲慢──朱門深掩　晁補之）

──仄－仄－平

434型（3例，2平1仄）

無情渭水，問誰教，日日東流。（漢宮春──黯黯離懷　晁沖之）

風流未老，拌千金，重入揚州。（漢宮春──黯黯離懷　晁沖之）

──仄－平－平

暮雨初收，長川靜，征帆夜落。（滿江紅──暮雨初收　柳永）

──平－仄－仄

734型（7例，平3仄4）

半褰薇帳雲頭散，奈愁味，不隨香去。（花心動──風約簾波　史達祖）

待拈銀管書春恨，被雙燕，替人言語。（花心動──風約簾波　史達祖）

──仄－仄－仄

鵲迎橋路接天津，映夾岸，星榆點綴。（鵲橋仙──月波清霽　歐陽修）

多應天意不教長，恁恐把，歡娛容易。（鵲橋仙──月波清霽　歐陽修）

──平－仄－仄

鳳簫已遠青樓在，水沈煙，復暖前香。（風入松──柳陰庭院杏梢牆　晏幾道）

斷雲殘雨當年事，到如今，幾度難忘。（風入松──柳陰庭院杏梢牆　晏幾道）

老人對酒今如此，一番新，殘夢暗驚。（戀繡衾──木落江南感未平　朱敦儒）

──仄－平－平

353型（2例，平1仄1）

遣行客，當此念回程，傷漂泊。（滿江紅──暮雨初收　柳永）

──仄－平－仄

歸去來，一曲仲宣吟，從軍樂。（滿江紅──暮雨初收　柳永）

──平－平－平

545 型（2 例，皆仄）

任翠幕張天，柔茵藉地，酒盡未能去。（摸魚兒——買陂塘　晁補之）

便做得班超，封侯萬里，歸計恐遲暮。（摸魚兒——買陂塘　晁補之）

——平－仄－仄

345 型（2 例，皆平）

別來久，淺情未有，錦字繫征鴻。（滿庭芳——南苑吹花　晏幾道）

佳期在，歸時待把，香袖看啼紅。（滿庭芳——南苑吹花　晏幾道）

——仄－仄－平

735 型（2 例，皆仄）

寶扇重尋明月影，暗塵侵，上有乘鸞女。（賀新郎——睡起流鶯語　葉夢得）

萬里雲帆何時到，送孤鴻，目斷千山阻。（賀新郎——睡起流鶯語　葉夢得）

——仄－平－仄

534 型（2 例，皆仄）

只愛小書舟，剩圍著，琅玕幾個。（驀山溪——老來風味　程垓）

——平－仄－仄

醉後百篇詩，盡從他，龍吟鶴和。（驀山溪——老來風味　程垓）

——平－平－仄

634 型（4 例，皆平）

朝來半和細雨，向誰家，東館西池。（聲聲慢——朱門深掩　晁補之）

而今恨啼露葉，鎖香街，拋擲因誰。（聲聲慢——朱門深掩　晁補之）

——仄－平－平

幾處歌雲夢雨，可憐便，流水西東。（滿庭芳——南苑吹花　晏幾道）

此恨誰堪共說，清愁付，綠酒杯中。（滿庭芳——南苑吹花　晏幾道）

——仄－仄－平

454 型（2 例，平 1 仄 1）

憑空眺遠，見長空萬里，雲無留跡。（念奴嬌——憑空眺遠　蘇軾）

——仄－仄－仄

黯黯離懷，向東門繫馬，南浦移舟。（漢宮春——黯黯離懷　晁沖之）

——平－仄－平

其他單例（9例，平4仄5）

我醉拍手狂歌，舉杯邀月，對影成三客。（念奴嬌——憑空眺遠　蘇軾）
——平－仄－仄

起來攜素手，庭戶無聲，時見疏星渡河漢。（洞仙歌——洞仙歌骨　蘇軾）
——仄－平－仄

有個人人生濟楚，向耳邊問道，今朝醒未。（紅窗迥——幾日來　周邦彥）
——仄－仄－仄

誰信無聊，為伊才減江淹，情傷荀倩。（選冠子——水浴清蟾　周邦彥）
風約簾波，錦機寒，難遮海棠煙雨。（花心動——風約簾波　史達祖）
——平－平－仄

向路傍，往往遺簪墮珥，珠翠縱橫。（木蘭花慢——坼桐花爛漫　柳永）
——平－仄－平

還記章臺往事，別後縱，青青似舊時垂。（聲聲慢——朱門深掩　晁補之）
——仄－仄－平

起來貪顫要，只恁殘卻黛眉，不整花鈿。（促拍花滿路——香靨融春雪　柳永）
長是嬌癡處，尤殢檀郎，未教拆了秋韆。（促拍花滿路——香靨融春雪　柳永）
——仄－平－平

2. 統計

表6-30　全雜言三句組合格律關係表

	平韻（22）				仄韻（25）			
	平－仄－平	仄－仄－平	仄－平－平	平－平－平	仄－平－仄	平－平－仄	平－仄－仄	仄－仄－仄
346型（6例，平2仄4）		2				2	2	
754型（4例，平3仄1）	1	2						1
354型（4例，皆仄）						4		

434型（3例，2平1仄）			2				1	
734型（7例，平3仄4）			3				2	2
353型（2例，平1仄1）				1	1			
545型（2例，皆仄）		2						
735型（2例，皆仄）					2			
534型（2例，皆仄）						1	1	
634型（4例，皆平）		2	2					
454型（2例，平1仄1）	1							1
其他單例（9例，平4仄5）	1	1	2		1	2	1	1
小計	3	9	9	1	4	9	7	5

3. 討論

①各種格律關係都存在，平仄韻規律不一樣。

②平韻忌「前後皆對」。

③仄韻各類皆用。

四、三句組合格律關係小結

（一）《三句組合格律關係總表》

表6-31　三句組合格律關係總表

類型名稱	平韻（61）				仄韻（68）			
	前後皆對	前重後對	前對後重	前後皆重	前後皆對	前重後對	前對後重	前後皆重
句腳關係	平－仄－平15	仄－仄－平31	仄－平－平11	平－平－平4	仄－平－仄11	平－平－仄13	平－仄－仄25	仄－仄－仄19

333型（3例，皆平）	2	1						
433型（3例，皆平）	1	1	1					
444型（17例，9平8仄）	2	6		1	1		5	2
544型（7例，3平4仄）	1	2			2			2
齊言三句組合小計（30）	6	10	1	1	3	0	5	4
446型（17例，5平12仄）	3	1	1		2	3	2	5
644型（2例，皆仄）					1	1		
665型（2例，皆平）		2						
445型（9例，3平6仄）	1	2					6	
344型（6例，1平5仄）		1					2	3
447型（3例，皆平）	2	1						
733型（2例，皆仄）								2
744型（2例，皆平）				2				
733型（3例，皆平）		3						
其他單例（6例，4仄2平）		2			1		3	
半雜言三句組合小計（52）	6	12	1	2	4	4	13	10

346型（6例，平2仄4）		2				2	2	
754型（4例，平3仄1）	1	2						1
354型（4例，皆仄）						4		
434型（3例，2平1仄）			2				1	
734型（7例，平3仄4）			3				2	2
353型（2例，平1仄1）				1	1			
545型（2例，皆仄）		2						
735型（2例，皆仄）					2			
534型（2例，皆仄）						1	1	
634型（4例，皆平）		2	2					
454型（2例，平1仄1）	1							1
其他單例（9例，平4仄5）	1	1	2		1	2	1	1
全雜言三句組合小計（47）	3	9	9	1	4	9	7	5

（二）三句組合格律關係總析

　　三句組合格律關係比兩句組合格律關係更為複雜。單從句腳平仄關係看，這種複雜性就非常突出。從《三.句組合格律關係總表》，我們大約可以歸納出三句組合的以下一些規律或原則。

　　1‧平韻與仄韻的三句組合，其格律組織規律顯然不同。

　　2‧不同類型的三句組合，其格律組織規律並不完全一樣。

（1）如果將三句組合劃分爲齊言、半雜言和全雜言三類，則三類規律有差異，大致上：**齊言平韻類忌「後重」，仄韻類忌「前重後對」；半雜言平韻類仍少用「後重」，仄韻類則主「後重」；全雜言平韻類之忌「後重」中的「前後皆重」，仄韻類則均用各類。**

（2）各種小類其格律規律也不盡相同。如 444 型爲齊言最多用的種類，其平韻主用「前重後對」而忌「前對後重」，其仄韻則主「前對後重」而忌用「前重後對」，兩者規律完全相反。再如，446 型時半雜言最多用的種類，其平韻少，主用「前後相對」而不用「前後相重」，其仄韻則四類皆用而主「前後皆重」。各小類的規律似乎並不明顯。

3·從三句組合總體上看，

平韻段　前後皆對：前重後對：前對後重：前後皆重＝15：31：11：4

仄韻段　前後皆對：前重後對：前對後重：前後皆重＝11：13：25：19

這說明，**平韻段三句組合除忌「前後皆重」外，都用餘類，主「前重後對」；仄韻段三句組合則都用四類，「後重」較多，最多「前對後重」。**

從這些規律和原則，我們充分意識到詞人在進行格律創造時的自由創造性及其所受的內在制約。其中，平韻類組合較符合我們我們理想中的設想，即「仄－仄－平」爲主導，「平－平－平」少用；這樣做顯然的好處是可以保證突出韻腳。而仄韻類則似乎偏離了我們事先的假想，仄韻中最多「平－仄－仄」，其次爲「仄－仄－仄」，這種選擇顯然不利於突出韻腳特性，因此其原因有待深究——如果我們粗略地講，不妨說，仄韻類組合的格律選擇有著更大的自由性。

上文，我們單討論句腳關係，即亦看出三句組合格律關係十分複雜。如果加入對「踝位」格律關係更詳細的討論，那麼情況形將變得更爲複雜。這個方面的研究，只有等待將來了。

第四節　四句以上型韻段格律關係分析

　　四句以上組合包括四句組合 14 例：5444（2）、5433、5434、3434、3435、3446、3636、3536、4444、6434（2），3334（2），五句組合：45335（2）。四句及四句以上組合由於韻太疏，故在詞中較少。討論起來似較方便。

一、齊言與類齊言四句組合：4444 型（1），5444 型（2）

1. 格律分析

4444 型（1）：

正值昇平，萬幾多暇，夜色澄鮮，漏聲迢遞。（醉蓬萊——漸亭皐葉下　柳永）

——「平－平－平－仄」（前重末對）

5444 型（2）：

漸月華收練，晨霜耿耿，雲山摛錦，朝露漙漙。（沁園春——孤館燈青　蘇軾）

有筆頭千字，胸中萬卷，致君堯舜，此事何難。（沁園春——孤館燈青　蘇軾）

——「仄－仄－仄－平」（前重末對）

2. 討論

　　①平腳全用「n 平平」，仄腳多用「n 平仄」。

　　③5444 型與 4444 型組合皆遵循「前重末對」原則——「前重末對」似可看成齊言四句組合的基本原則。

二、雜言四句組合：5433、5434、3434、3435、3446、3636、3536、6434（2），3334（2）

1. 格律分析

仄韻（8）

乍望極平田，徘徊欲下，依前被，風驚起。（水龍吟——霜寒煙冷蒹葭老　蘇軾）

——平平－仄仄－平仄－平仄（平－仄－仄－仄）

可堪三月風光，五更魂夢，又都被，杜鵑催趲。（祝英臺近——墜紅輕　秦觀）

斷腸沈水重薰，瑤琴閒理，奈依舊，夜寒人遠。（祝英臺近——墜紅輕　秦觀）

──平平─平仄─平仄─平仄（平─仄─仄─仄）

試問夜如何，夜已三更，金波淡，玉繩低轉。（洞仙歌──冰肌玉骨　蘇軾）

──平平─平平─平仄─平仄（平─平─仄─仄）

繡簾開，一點明月窺人，人未寢，欹枕釵橫鬢亂。（洞仙歌──冰肌玉骨　蘇軾）

算從前，錯怨天公，甚也有，安排我處。（鸚鵡曲──儂家鸚鵡洲邊住　白無咎）

──平平─平平─仄仄─仄仄（平─平─仄─仄）

但屈指，西風幾時來，又不道，流年暗中偷換。（洞仙歌──冰肌玉骨　蘇軾）

空見說，鬖怯瓊梳，容銷金鏡，漸懶趁時勻染。（選冠子──水浴清蟾　周邦彥）

──仄仄─平平─平仄─平仄（仄─平─仄─仄）

　　平韻（3）

想佳人，妝樓長望，誤幾回，天際識歸舟。（八聲甘州──對瀟瀟暮雨灑江天　柳永）

──平平─平仄─仄平─平平（平─仄─平─平）

甚處是，長安路，水連空，山鎖暮雲。（戀繡衾──木落江南感未平　朱敦儒）

又是灑，黃花淚，問明年，此會怎生。（戀繡衾──木落江南感未平　朱敦儒）

──仄仄─平仄─平平─仄平（仄─仄─平─平）

2. 討論

①平腳多用「n平平」，仄腳多用「n平仄」。

②仄韻末二句腳踝全重；平韻末二句只腳位相重。

③雜言四句組合整體規律性不強，與齊言四句組合的「前重末對」規律有別。

三、五句組合：45335（2）

1. 格律分析

呼風約月，隨分樂生涯，不羨富，不憂貧，不怕烏蟾墮。（驀山溪──老來風味　程垓）

升沉萬事，還與本來天，青雲上，白雲間，一任安排我。（驀山溪──老來風味　程垓）

──仄仄─平平─仄─平平─平仄

2. 討論

無明顯組合規律，帶有隨機性質。

四、小結

　　大致來講，四句及四句以上組合其規律明顯弱於三句組合。從句式看，多用「n 平平」、「n 平仄」，偶而穿插另二類型；從組合角度看，齊言組合與雜言組合規律不相同——齊言用「前重末對」格式，而雜言較複雜，末二句腳多相重。

【本章小結】

　　本章以「詞用律句」「律句四類」「百體句系」「句式組合理想格律關係表」為基礎，詳細討論了各類句式組合的格律關係。這些句式組合包括二句組合、三句組合、四句及四句以上組合。從討論結果看，這些關係異常複雜。

　　兩句組合是一切組合的基礎，理論上有 16 種格式，平仄韻各 8 種，其格律關係主要考慮踝腳位關係，概括起來講，有：

　　（1）在平韻詞中，若對句押韻句為「n 平平」，則出句顯然的選擇順序是：完全對（34）＞黏對（32）＞＞重律（7）；

　　（2）在平韻詞中，若對句押韻句為「n 仄平」，則出句只有唯一選擇，即完全對。值得注意的是，這一情況在整個平韻詞中是少見的。

　　（3）在仄韻詞中，若對句押韻句為「n 平仄」，則出句選擇順序是：

　　黏對（25）＞對黏（16）＞＞重律（9）；

　　（4）在仄韻詞中，若對句押韻句為「n 仄仄」，則出句選擇順序是：

　　完全對（16）＞＞重律（7）≈對黏（5）；

　　也就是說，詞的句式組合突破了律詩規律，不僅包含律詩中的對仗和首聯組合，更增添了非律詩對組合，並且從比例上看，非律詩對組合達到了與律詩組合對分庭抗禮的地位。更進一步講，兩句組合規律分平仄，平韻詞中，押韻句多採用「平平」韻腳，此時，出句主要

考慮完全對和黏對形式；仄韻詞中，押韻句約 2 / 3 採用「平仄」腳，此時，出句主要考慮黏對和對黏兩種方式；押韻句 1 / 3 採用「平仄」腳的，出句則優先考慮完全對，避免重律。

三句組合建立在兩句組合基礎之上，但遠比兩句組合複雜。其格律規律主要考慮腳位關係，表現爲：

1、格律規律分平仄韻。

2、不同類型的三句組合，其格律組織規律並不完全一樣。

（1）如果將三句組合劃分爲齊言、半雜言和全雜言三類，則三類規律有差異，大致上：齊言平韻類忌「後重」，仄韻類忌「前重後對」；半雜言平韻類仍少用「後重」，仄韻類則主「後重」；全雜言平韻類之忌「後重」中的「前後皆重」，仄韻類則均用各類。

（2）各種小類其格律規律也不盡相同。如 444 型爲齊言最多用的種類，其平韻主用「前重後對」而忌「前對後重」，其仄韻則主「前對後重」而忌用「前重後對」，兩者規律完全相反。再如，446 型時半雜言最多用的種類，其平韻少，主用「前後相對」而不用「前後相重」，其仄韻則四類皆用而主「前後皆重」。各小類的規律似乎並不明顯。

3、從三句組合總體上看，

平韻段　前後皆對：前重後對：前對後重：前後皆重＝15：31：11：4

仄韻段　前後皆對：前重後對：前對後重：前後皆重＝11：13：25：19

這說明，平韻段三句組合除忌「前後皆重」外，都用餘類，主「前重後對」；仄韻段三句組合則都用四類，「後重」較多，最多「前對後重」。

四句及四句以上組合其規律明顯弱於三句組合。從句式看，多用「n 平平」「n 平仄」，偶而穿插另二類型；從組合角度看，齊言組合與雜言組合規律不相同——齊言用「前重末對」格式，而雜言較複雜，末二句句腳多相重。

　　總結起來看，句式組合格律關係因組合類型、韻腳類型而異。兩句組合是一切組合基礎，平韻詞中，押韻句多採用「平平」韻腳，此時，出句主要考慮完全對和黏對形式；仄韻詞中，押韻句約 2 /3 採用「平仄」腳，此時，出句主要考慮黏對和對黏兩種方式；押韻句 1 /3 採用「平仄」腳的，出句則優先考慮完全對，避免重言。其句式組合突破了律詩規律，不僅包含律詩中的對仗和首聯組合，更增添了非律詩對組合，並且從比例上看，非律詩對組合達到了與律詩組合對分庭抗禮的地位。三句組合較兩句組合更複雜，平韻三句組合除忌「前後皆重」外，都用餘類，主「前重後對」；仄韻三句組合則都用四類，「後重」較多，最多「前對後重」。齊言平韻類忌「後重」，仄韻類忌「前重後對」；半雜言平韻類仍少用「後重」，仄韻類則主「後重」；全雜言平韻類之忌「後重」中的「前後皆重」，仄韻類則均用各類。四句及四句以上組合其規律明顯弱於三句組合。從句式看，多用「n 平平」「n 平仄」，偶而穿插另二類型；從組合角度看，齊言組合與雜言組合規律不相同——齊言用「前重末對」格式，而雜言較複雜，末二句句腳多相重。